吸金妙神醫 1

風文創 340

微漫 著

目錄

自序

微漫

我想在《吸金妙神醫》中描繪出來的，是一個充滿了情意的世界。

哪怕是孤獨如同身處荒漠中，也能夠在這樣的世界中，尋找到自己的位置和存在。

從前總是會想，如果穿越這樣的事情發生在我身上，先不說能不能活得精彩，能否活下去，我都沒有十足的信心。

完全陌生的環境，完全陌生的人，所有的所有，都是另一個空間的，跟自己一點兒關係都沒有。這樣的情況下，怎麼還能有勇氣從頭來過，慢慢地融入其中，怎麼能夠放下先前的依戀繼續拚搏？我不敢。

可我希望我能夠變得像沈素年一樣，不管在什麼樣的情況下，不管是否身處逆境，都想著要活下去，都想著要拚到最後一秒。再辛苦，只要堅持，才可能會有希望。

我也祈求，人與人之間，能夠有極單純的情感，不論是父母兄妹之間、主僕之間、師徒之間，還是君臣之間、男女之間，這些情分，是支撐著沈素年的一個重要支柱，它給了素年信心，給了她無畏的勇氣。

否則，在那個破敗簡陋的院子裡重生醒來，只有一點稀薄的米糊，而沒有無怨無悔守著她的小翠，沈素年的心境，絕不會那樣快速地沈靜下來。在自己最最落魄艱難的時候，能有一個人肯陪著自己，肯為了給自己省那麼兩口粥去喝涼水果腹，沈素年才會如此迅速地跳過驚慌恐懼的階段，燃起鬥志，想要帶著小翠一同尋找更美好的日子。

如果沒有師父柳老對素年的愛護和培育，沒有蕭戈對素年的珍惜和守護，沒有劉炎梓、顧斐等人的暗中相助，那麼，沈素年一定不會是現在這個樣子。

人活著的環境多麼的重要，周圍的影響多麼的強烈。或許我們周遭也充斥著這樣的美好，可惜，總是被俗事牽擾得並不能用心去看。於是我想著，若是將這些美好放大了去看，是不是就會讓人從中體會到溫暖？

大夫這個職業，其實在古代的地位並不高，即便醫術高超如華佗，也有史曰其「然本作士人，以醫見業，意常自悔」，華佗尚且對自己大夫的身分耿耿於懷、深以為恥，其餘的大夫會受到怎樣的待遇，也能從中窺其一二。

可是，醫生本該是一個多麼神聖的職業，承載了所有病人的希冀。

現在的醫學，西醫強過中醫，這是事實，可曾幾何時，咱們的中醫也是神乎其技的，針灸更是出神入化，讓人嘆為觀止。不同於外界給藥或是手術的西醫，針灸透過調節人體自身的神經系統、內分泌系統、免疫系統等等，來達到治病的效果，這是老祖宗留下來的珍貴寶貝，卻已是不常見了，多可惜。

如果《吸金妙神醫》能夠讓看的人會心地笑、難過地哭、安靜地滿足，我也就心滿意足了。

第一章　槐花香氣

「……吳嬤嬤，您輕一些，小姐、小姐還病著呢……」

小丫頭略顯焦急的聲音將沈素年從沈睡中喚醒，她睜開眼，仰面躺在床上，看著已經顯露出年歲痕跡的床欄，眼睛裡沒有任何情緒。

「哎喲，都是我的錯，小姐是多矜貴的人兒啊！看看，都怪我！」中年婦女的嗓門仍舊提得老高，絲毫沒有想要放低聲音的打算，並且在「矜貴」這兩個字上，明顯地加重了語氣。

周圍有掩飾不住的嗤笑聲，雖然壓得很低，可是透過薄薄的窗紙，素年聽得清清楚楚。

「吳嬤嬤，您看，我們小姐這段時間的分例是不是有點……小姐才剛剛大病一場，正是需要好好調養的時候……」小丫頭的聲音帶著些懇求。

「小翠呀，不是我說妳，妳家小姐的分例統共就那麼一點，這次還是太太心軟，又是請大夫又是抓藥的，哪兒不需要錢呀？早就已經用乾淨了！」吳嬤嬤的大嗓門吼得小院子裡外都能聽見。「如今還能得了這些，妳們就該感恩了，可不能這麼不知足的！」

小丫頭正想再說什麼，吳嬤嬤直接將話頭搶過去。「我們來這裡一趟也不容易，還有很多事等著辦呢，妳就好好照顧妳家小姐行了……」

說著，聲音漸行漸遠，外面慢慢安靜了下來，只剩下小丫頭不甘心的喘息聲。

「小翠。」素年見小翠半天沒進來，便開口喚人。

房門立刻被推開，一個十二、三歲，身穿青色半舊衣裙，梳著兩個小包包頭的女孩子疾步走了進來。

看見素年撐著身體從床上坐起來，小丫頭有些緊張。「小姐您醒了？是不是……是不是奴婢將您吵醒的？」

素年微微搖了搖頭，眼光落在桌上。「我想喝水。」

小翠聞言，立刻從茶壺裡倒出一杯水，端到素年的嘴邊服侍她喝下。

今天是第幾日了？素年的腦子裡亂亂的，她從睜開眼睛開始，看到眼前這個小丫頭哭得眼淚、鼻涕都糊在一起時，內心便無比震撼，甚至懷疑自己是不是沒有睡醒？

到如今，素年才認清事實，她確實是穿越到了一個還沒有發育的小丫頭身上。

身邊這個小翠在看到素年醒過來時，從內心深處散發出來的喜悅，讓素年覺得再找根繩子一了百了有些於心不忍。

一會兒後，小翠從門外端來一只白瓷碗。

「小姐，您多少喝一點吧，吳嬤嬤說，這個月只有這些了，這才剛過月頭，我們……得要節儉一些……」戰戰兢兢的口氣，像是害怕素年會拒絕一樣。

白瓷碗遞到素年的眼前，裡面是棕色帶一點點黑的糊糊。她就納悶了，她不是什麼小姐嗎？為什麼待遇如此的差？她們家是有多窮，小姐居然需要吃這種東西？她這是穿越到了一個什麼樣的家庭裡啊？

胃裡的飢餓感讓素年沒有選擇地將碗接過來，二話不說就將糊糊喝下去，反正這麼些天也都習慣了，雖然一點味道都沒有，還粗糙地劃拉著喉嚨，可總比餓著要好得多。

小翠不管見了幾次都十分吃驚，小姐這回病好了以後，彷彿變了一個人一樣，從前這些糊糊她是看都不會看的，就算再餓，也會冷著臉不肯吃，每一次自己都要費姥姥勁才能勸進去一、兩口，這幾日居然這樣順利？見素年喝完，小翠將碗接過來，臉上帶著笑容。「小姐若是悶了就在院子裡走走，小翠先去收拾了，小姐若是有什麼事只管叫我便是。」

素年點點頭，眼睛自小翠紅腫的手上掃過。來到這個世界沒幾天，除了小翠，她幾乎沒有見過其他的人，自己的起居似乎只有小翠一個人在照顧，這跟素年所認知的小姐生活有很大的出入，可素年很珍惜重生的機會。前世，她為了能多活幾天，能學的、能做的都做了，還要為了安慰親人而表現出一副雲淡風輕的樣子，可她想活，真的很想。

病死的時候，她才二十七歲，有多少事情、多少風景沒有做過、見過，努力掙扎了那麼久，也沒能逃脫病魔的召喚。

如今的素年只有十一、二歲的模樣，許是養得不好，身體小小的，但她的手緩緩地撫上胸口，那裡有一顆稚嫩的心臟在跳動，這就夠了。她想，管他什麼伙食不好、受人欺侮，管他什麼家境困難、沒有地位，這些統統都沒有關係，只要她還活著，就好。

素年躺了幾日了，確實坐不住，便在小翠出門之後也慢慢地走到門外。這是一個很小的院子，只有兩個小小的廂房，旁邊有生火做飯的小廚房，小翠這會兒正蹲在院子一角的井邊搓洗著衣服。

素年這時最想改善的是伙食問題，她這具身體之前好像大病過一場，體質本就虛弱，正是該補充些營養的時候，可是這天天喝米糊能有什麼營養？她感覺自己已經氣血不足，腳下都是虛軟的。這可不行，難得能夠中大獎獲得一次重生，可不能這麼虧待自己。

小小的廚房裡面光線很暗，一個黑漆漆的灶臺上放了一口黑鐵鍋，上面用鍋蓋蓋著，素年走過去掀開鍋蓋，裡面赫然是她早上吃的那種糊糊，還有小半碗的量。

素年環視了一下周圍，只有一只扁掉的布袋擱在角落裡，將布袋打開，裡面是一些非常碎的糙米，那種糊糊應該就是用這些碎米熬出來的。

素年嘆氣，整個廚房除了這一點點碎米外，啥都沒有，這日子還怎麼過？

「小姐？小姐您怎麼在這兒？」小翠慌亂地出現在小廚房的門口。小姐以前是最討厭廚房的，說裡面髒亂不堪，連接近都不願意，今兒這是怎麼了？

「沒什麼，我就看看。」素年將手裡的布袋放回原處，對著小翠微微笑了一下才走出廚房。

小翠被素年溫和的笑容嚇到了。太不對勁了！小姐看到了她們僅剩的口糧後竟然還能笑得出來？不該是這樣的呀！

將小姐送回屋子裡歇著，小翠剛要出去繼續忙的時候，素年將她拉住。

「小翠，妳跟我說說話吧，病了一陣子，腦子裡似乎什麼都想不起來了。」

小翠一驚，小姐想跟自己說話？小姐不是總嫌她笨嗎？

素年堅持將小翠拉到身邊坐下，小翠驚恐得只敢挨著一小半的凳子坐，戰戰兢兢。

素年套話的功力還是不錯的，特別是在對一個十一、二歲的小丫頭套話的時候，幾乎沒費什麼力氣就知道了她現在的處境，果真是……前途堪憂啊！

這裡是麗朝，素年沒有任何對這個朝代的印象，她們如今在隸屬於幽州的一個小村子裡。素年終於知道為何自己能被稱為小姐，卻過著如此貧苦的日子，那是因為寄人籬下，勢單力薄啊！素年的父親跟幽州如今的州牧佟大人是同門，兩人的關係十分密切，可是很不幸，不知為何，父親得罪了當時的監御史而被陷害，滿門鋃鐺入獄。多虧了佟大人顧念同門之情，將素年保住，好歹算是為他們沈家保留了一絲血脈。小翠說得雖然也不是特別詳細，但大概意思她聽懂了。素年手托著下巴，撐在桌上。

這麼說，這個佟大人應該是大慈大悲、菩薩心腸了？可問題是，為什麼她受到的待遇並不像是這麼回事呢？佟家將素年安置在這個牛家村的小院子裡，幾乎不聞不問，只每月會派人送來一些必需品，還是緊巴巴、缺斤少兩的，也只夠讓她們兩個半大的孩子活著。這是對待同僚遺孤的態度？素年不知道，或許，這是麗朝的風俗也不一定呢。

「這麼說，我們其實是被遺棄的對吧？」素年淡淡地看著小翠。

「小、小姐！」小翠立刻焦急起來，莫非小姐又想要鬧了？上一次趁著佟家來這裡給她們送東西的時候，小姐託陳嬷嬷跟佟太太提出想要回佟府，結果陳嬷嬷就再也沒有出現了，她們兩人的待遇也更加的艱難，小姐可千萬不能再起什麼想法呀！

素年被小翠的聲音嚇了一跳，她奇怪地看了小翠一眼，這丫頭怎麼一驚一乍的？

「小姐，佟家說對您已經仁至義盡了，如果您再鬧的話、再鬧的話……他們就只有將您趕出門去了。您就聽我一次，我們就安安穩穩地生活不好嗎？」小翠像是害怕了素年一樣，好言好語地勸道。

素年笑了笑，聽了這話她還真想鬧上一鬧，只不過還得再緩緩，她這會兒自己也是一個小丫頭，如果脫離了佟家的照顧，能不能生存都是個問題。素年的情緒很穩定，跟小翠保證了不會做出什麼事情，小丫頭觀察再三才勉強相信，然後趕忙出去做飯了。

一想到那種劃拉喉嚨的「飯」，素年就沒精神，就沒有什麼方法能吃到別的東西嗎？可能是肚子太餓了，似乎餓出了幻覺，素年忽然覺得自己聞到了什麼香氣，淡淡的清香。

她在房間裡打著轉，勾著鼻子猛嗅幾下，彷彿……是槐花的味道。

對呀，現在的氣溫應該是四、五月分的樣子，正是槐花盛開的季節！素年趕緊高聲將小翠叫進房間。「小翠呀，院子周圍有槐樹嗎？」

小翠點點頭。「有的，我們院子外面就有一棵，長得可高了，牛家村裡有許多槐樹呢！」

素年又追問：「那，這些槐樹有人管嗎？」

小翠愣了一下，沒聽明白素年的意思。

「就是，如果我們去摘槐花的話，會有人阻攔嗎？」素年想要知道的重點是這個。

小翠搖搖頭。「隨便人摘的。可是小姐，我們為什麼要去摘槐花呢？」

這下輪到素年驚訝了，因為槐花可以吃呀！怎麼這裡的人都不吃槐花的嗎？

小的時候在奶奶家，每當槐花盛開的時候，那些皮猴子似的孩子就會開始往樹上躥，奶奶會拿著根竹竿在下面喊著讓他們小心，用竹竿搆就好，可是沒人聽，一個比一個爬得快。那個時候，素年只能坐在樹下的椅子上，羨慕地抬著頭看小夥伴們在樹上撒歡，看陽光從樹葉縫中灑下來，帶著縷縷槐花香。

既然沒有人阻止，那麼素年就不客氣了！雖然她們這裡設施簡陋、調料不齊全，那也沒辦法，總好過吃糙米糊糊吧？

將小翠指使出去採槐花，小丫頭卻哭喪著臉，說是自己晚飯還沒有做好呢，素年擺擺手，道：「沒事，妳去採，採來自然就有晚飯了。」

好說歹說才讓小翠出去採槐花，並且告訴她，如果不會爬樹的話，就跟別人求助。素年心想，小村子嘛，民風應該是很淳樸的，怎麼著也能夠採到才對。

她自己則走到小廚房，找到了蒜、蔥、薑、鹽等一些基本調料，情況還算好，這些都還是有的。素年將調料搗成泥，加入秋油（注）攪拌均勻，然後就等小翠回來了。

等呀等呀，素年想，這採槐花不會將自己給採丟了吧？怎麼這麼長時間呢？她正想出去找找，就看到小院子的門被推開了，小翠捧著一個竹筐，裡面是雪白帶著香氣的槐花。

「這是怎麼回事？」素年將槐花接過來，將小翠拉到身邊，小翠左邊的臉頰蹭破了一點，已經有些出血，上面還沾著些許泥土，無比的狼狽。

小翠本來就膽戰心驚，看到素年皺著眉頭，下意識就想跪下來認錯。

素年卻將她按到一旁的石凳上坐下，然後去屋裡拿出一塊乾淨的軟布，沾濕了水將傷口

注：秋油，古人說醬油以秋日造者為勝，深秋第一抽之醬油稱為「秋油」。

清理乾淨。她們住的院子裡種著幾株植物，雖然沒有刻意打理，此刻也正開著花，這花素年認識，杜鵑花，這會兒正能用得上。她走過去採了幾片杜鵑花葉子，搗爛以後敷在小翠的臉上，有消腫止痛的功效。

小翠一開始不願意，但又不敢將臉上的爛葉子擦掉。過了一會兒以後，她覺得面頰上的刺痛感緩和了許多，再看素年的眼神就已變為了崇拜，小姐怎麼知道這些葉子有用的？

「好了，現在說說，到底怎麼回事？」素年將手洗乾淨，坐在小翠的對面看著她。

小翠立刻就想站起來，素年拉了一下沒拉住，乾脆不去管她。

「小姐對不起，我摘槐花的時候不小心蹭破了臉，所以回來遲了。您一定餓壞了吧？我這就去做晚飯！」說完，小翠就往廚房的方向走。

「妳等會兒。」素年有些不敢相信，她像是這麼好騙的人嗎？蹭破了臉能耽誤這麼長時間？小翠是找的什麼蹭的？況且，從剛剛開始她就感覺有人在她們沒有關好的院子門口遊蕩。「外面是誰?!」

小翠聽見素年的聲音時，臉色都變了，白著小臉看向門口，一會兒，只見一個穿著粗布衣裳的少年磨磨唧唧地出現在她們的視線裡。「你、你跟著我幹什麼?!」

小翠看到那人，情緒便激動起來，開始在院子裡四處掃視，彷彿在找有什麼稱手的工具。素年將小翠攔下，問：「你是誰？我家小翠的臉是不是你弄傷的？」

少年黝黑著臉，也看不出是什麼表情，只是沈默著點了點頭，然後指著石桌上的那一筐槐花。「我送她這個賠罪了。」

少年的聲音沙啞，明顯是在經歷變聲期，可能知道自己的聲音不好聽，所以他惜字如金到不肯多說一個字。素年轉頭看向小翠，這麼說，這槐花是這個少年摘的？見小翠的臉憋得通紅，素年有些不忍，就讓她去將槐花洗乾淨。說起來，自己也餓了，白白嫩嫩的一筐新鮮槐花就放在面前，豈有不吃的道理？

小翠去院子後面清洗槐花後，素年坐在那裡盯著少年看，直看得他不自在地挪動了一下腳步，才淡淡地問：「小翠是做了什麼事嗎？你要弄傷她的臉。你可知對一個女孩子來說，臉有多重要？」

少年果然相當不安，黝黑的臉憋得更加的黑。他真不是故意的，誰知道那個小丫頭的脾氣這麼固執。他以為像這種丫鬟應該很好欺負的，嚇唬一下就會哭著跑回去，可她的臉都破了卻還要強忍著摘槐花！

少年三言兩語便讓素年大概清楚了來龍去脈，這孩子的品性還不錯，至少不將責任怪在別人的頭上。小翠挑選的那棵槐樹是牛家村裡最大的一棵，正好長在這名叫做牛蛋的少年的家門口，於是他對小翠用竹竿敲打槐花的舉動很生氣，就想捉弄她一下。牛蛋以為，這種大戶人家的小姐要槐花肯定是閒得沒事做了，都是些什麼怪毛病啊！哪知道小翠的臉都給他用小石子砸破了，卻還憋著眼淚繼續要用竹竿敲，淚眼汪汪的樣子讓牛蛋覺得自己才是個惡霸，這不，主動摘了一筐槐花送她了！

第二章 出手救人

小翠將槐花清洗乾淨後，按照素年的指示，放在一個擦乾水的盆裡，然後將她們僅有的一小碗麵粉倒進去攪拌。

小翠起先堅決不同意，她不知道小姐是從哪裡找到這小半碗白麵的，她明明藏得很好，留著想給小姐改善一下伙食的，怎麼能做出這麼浪費的舉動呢？這個槐花究竟能不能吃還不知道呢！

後來，素年乾脆拿出小姐的氣勢，逼著小翠倒進去，只見小翠含淚用手開始攪拌，神情極其的委屈，素年一下子就理解了牛蛋所說的那種罪惡感。

牛蛋看得稀奇，他第一次看到居然有人用麵粉去和槐花！

素年比他還稀奇，這裡的人當真不吃嗎？真的很好吃的呀！

等到每一朵槐花都沾上了麵粉，槐花粒粒分明，這才將鍋裡燒上水，水開以後將槐花放入屜籠，大火開始蒸。八、九分鐘以後，將蒸好的槐花趁熱倒進乾淨的容器中拌開，然後將剛剛調好的佐料倒進去攪拌均勻，淡淡的香氣便慢慢地散發開來。

小翠在攪拌的時候不自覺地吞嚥了幾次喉嚨，才將處理好的槐花盛了一碗端到素年的面前。

素年嚐了一口，火候恰到好處，槐花的清香從口中瀰漫開，混著蒜香，十分爽口，只是可惜，如果能有一些香油就更好了。還算滿意地點點頭後，素年示意小翠也盛一碗來吃，小翠急忙搖頭表示不敢，素年只好嘆氣，自己起身打算給她盛。

小翠趕緊將素年攔下，苦著臉自己動手。

素年就鬱悶了，這也委屈？

小心地將槐花放進嘴裡，小翠臉上從一開始的謹慎、不敢相信，一下子跳躍到滿足，是從心底散發出來的滿足感。太好吃了，簡直是人間美味！

看著小翠誇張的反應，素年心裡酸酸的，不過一碗蒸槐花而已，小翠就像嚐到了珍饈一樣……她忽然覺得自己的責任重大。眼睛的餘光看到仍然站在一旁的牛蛋，素年將沈浸在蒸槐花滋味裡的小翠喚醒，讓她給牛蛋也盛一碗。

小翠的眼睛立刻就瞪圓了。「小姐，為什麼呀？他還用石頭丟我來著！」

「人家不是補償妳了嗎？而且，這些槐花也是他摘的，給他嚐嚐不虧。」素年耐心地開導小翠。當然，她還有另外的目的。

既然小姐這麼要求了，小翠只能不情不願地盛了一碗蒸槐花送過去。

牛蛋早就被滿院子的香味征服，槐花的香味他這段時間日日聞，可也從來沒有像現在這樣被勾起滿肚子饞蟲的。略微客氣了一下，牛蛋就不再矯情。小村莊裡的人沒那麼多的規矩，他接過碗，轉過身，背對著她們將槐花送進嘴裡，然後大口大口地吃完，只感覺齒頰留香，沒想到槐花居然也能做得這麼好吃！

「我們小翠的手藝不錯吧？」素年笑咪咪的，眼睛裡的神情完全看不出來只有十二歲。

據小翠說，她們在牛家村幾乎不跟外人交流，住了這麼久還是人生地不熟，所以她急需有人為她講解一下這裡的風土地貌，也好為自己的將來打算。

看這個佟大人對自己的「照顧」方法，素年覺得靠著佟家生活下去很不可靠，所以她必須找到自己的出路，她來到這裡可不是為了虧待自己的。

牛蛋紅著臉點點頭，槐花確實好吃，不過這麼看來，自己似乎又欠她們了，那筐槐花是為了補償將小翠的臉弄破而採的。「我……我明天再給妳們送一筐槐花吧。」

素年搖搖頭，有些無奈。「送來了也做不好吃了，我們已經沒有白麵。」

牛蛋有些驚奇，她不是大家小姐嗎？村子裡的人都知道，這家住著從幽州來的官老爺家的小姐，平常他們都被大人們約束著不能來這裡的，怎麼可能連白麵都沒有呢？

素年也不說話，她們的處境……說實話，只要不瞎都能看得出來。雖然這個少年的年紀也很小，可已經有分辨判斷的能力了。

她們院子裡的家什簡單得不像話，怎麼看都不像是有錢的，怎麼跟他聽說的不一樣呢？牛蛋有些奇怪。

「這樣吧，我也不要你的槐花了，你就給我講講牛家村的事情如何？我們兩個都是小姑娘，也不好出去拋頭露面。」素年看到牛蛋臉上不解的表情，無所謂地笑笑。

牛蛋覺得這個要求壓根兒不算什麼要求，他是土生土長的牛家村孩子，對這裡簡直瞭若指掌！只是，這個小姐想要知道的東西怎麼這麼奇怪呢？你說她打聽這裡一畝田的租金是多少幹什麼？

差不多對於物價有一個大概的瞭解後，素年心裡有了底，她不用問小翠都知道，她們手上是沒有什麼錢的。果然，等牛蛋回去了以後，小翠將她們僅剩的一百文銅錢捧到了素年的面前。素年無語地望著屋頂，一百文，相當於一百塊錢，敢問她們兩個人，僅僅有著只能小額周轉的一百塊錢，能做什麼？

「小姐，這些錢是留著應急的，我們之前還有一些的，可是這次您大病一場，花去了不少……」小翠看到素年不滿意的表情，趕緊解釋。就是這些，都是她偷偷省下來的。

素年點點頭。難為她了，一個跟自己一般才十二歲的小女孩就能知道省錢，已經非常的難得了。可是，這些能幹什麼？

晚上沒有吃那種難以下嚥的糊糊，素年覺得睡覺的時候都特別舒坦，連帶地躺在床上、蓋著並不暖和的被子時，都毫無怨言。

素年覺得，之前的那個小姐會生病是在情理之中的，她簡直無法想像寒冷的冬天時，這床跟被單沒什麼區別的被子能禦什麼寒？佟家是吝嗇到了連一床稍厚些的棉被都不想給她的程度嗎？素年心裡對這個佟大人更加的沒有了好感。

第二日一早，小翠起身後打開院子門，發現門口已經放著一大筐雪白的槐花，在清晨的陽光中微微地散發誘人的香氣。

小翠將槐花捧去給素年看，素年瞇著眼睛想，這孩子可真不錯呀！

雖然沒有了麵粉，可是鮮嫩的槐花蒸熟了的味道，還是糊糊所不能比的，可惜槐花的花期只有這麼十來天，過了便沒了。

小翠將槐花寶貝一樣地收進小廚房，然後侍候素年洗漱。「小姐您看，昨天那些爛葉子洗掉以後，我的臉差不多要好了呢！」小翠很開心地將半邊臉指給素年看。「原來爛葉子也能有這種功效呀！」

素年輕笑出聲。「那不是爛葉子，杜鵑花葉本就有消腫止血的功效，外傷將葉子搗爛了敷一敷，效果很好的。」

「小姐好厲害呀！您怎麼知道的？」小翠的眼睛裡透著驚嘆。她跟著小姐那麼長時間，從不知道小姐居然還懂這些。

素年微微一笑，眼睛有些瞇起來，口氣淡淡地說：「從書上看來的。」

小翠「喔」了一聲，點了點頭，眼睛裡依舊是崇拜之色。太好了，以前小姐就算懂這些也從來都不說，心裡只想著要回到幽州，還是現在這個樣子好！她一邊想，臉上一邊露出笑容。

作為曾經的官小姐，總是會稍微識文斷字的吧？看來自己沒有猜錯，這個原身果然也是會看書的，素年十分的欣慰。就是這小翠也太容易相信人了！

抬頭看著蔚藍的天空，素年心想，不能等著佟家的救助，牛蛋讓她大概知道了牛家村的概況，可是眼見為實，素年決定還是要出去走走。

知道了素年的想法後，小翠堅決不同意。「小姐，您想知道什麼我去就可以，您怎麼能夠隨便出去呢？外面可是有壞人的！」

小翠緊張兮兮的表情讓素年看著好笑，有壞人的話，讓她出去難道就不怕了嗎？「沒事，我就在周圍走一走，悶了這麼些天，太難受了。」

小翠越發地驚奇了，小姐可是從來都沒有出去過，也沒見她說悶啊！難道是病了一場，連想法都改變了？

素年最終還是走了出去，小翠攔不住，只好陪在她身邊，寸步不離。

如同牛蛋所說的，牛家村裡的人都知道這座小院子裡住著從幽州來的小姐，可誰也沒有見過，所以素年的身影出現在田間時，不少人都帶著奇異的眼光往她這兒看。

剛剛開春不久，正是撒種耕耘的好季節，每塊田裡都有人在勞動著，他們穿著簡單的白布衣服，褲腿捲起站在田裡。千百年來，這幅農耕的景象從來沒有改變過，生活在最底層的人們用辛勤的勞動扎根在土地上，讓素年看得心醉。

大片藍天上是舒卷的白雲，地上才耕種過的地裡透出微微的一些嫩綠色，遠處還能瞧見一、兩隻耕牛在田裡站著，好一幅心曠神怡的春耕圖。

素年本來想著，如果條件允許的話，她也可以賃一塊地來種，僱一些長工，雖然她並不是太懂這些，可耐心點學一學，想要溫飽興許不難。但問題是，現在條件不允許。一百文，要做到這麼多事根本不夠。站在田邊，素年發了愁，怎麼樣才能讓手裡有錢呢？

就在素年站在田邊發愁的時候，在她前面不遠的一畝田地裡勞動的村民，頭上的草帽忽然飄落到地上，他站直了身體想走過去撿時，忽然手捂著胸口，慢慢地倒了下去。

小翠也跟素年一樣看到了，小丫頭立刻慌了神，驚叫聲將周圍的村民都吸引了過來，不過一會兒的時間，那位大叔的臉已經憋得有些紫了。

周圍的村民將大叔平放後，有人去通知他的家人，更多的是圍在旁邊，手足無措。

牛家村是沒有大夫的，他們附近幾個村落裡，只有一個遊醫，如今根本不在村子裡。聽一旁的村民說，近來因是耕種的勞動期，大家都拚了命地在田裡幹活，這種情況時有發生，胸口一疼，然後便一命嗚呼了。

素年走過去，見躺著的人牙關緊閉，臉上滿是汗水，想著自己前世生病時的痛苦，素年也顧不上別的，忙喊道：「散開，都散開！都別圍著！」

清脆的女童聲音讓村民們皆是一愣，再看素年雖然穿著普通，卻是長著一張秀美靈氣的臉，此刻臉上盡是嚴肅的表情。村民本就有些束手無策，聽見素年的話，下意識就照做了。

素年將大叔的頸部墊高，下頷抬起，讓頭往後面仰，保持他的呼吸道暢通，並將頭側向一邊，然後指揮小翠將大叔的腿部也抬高。兩個十多歲的小姑娘要搬動一個成年男子，說實話，太費勁了，還沒怎麼動呢，素年和小翠便都一頭的汗，臉色也通紅。

樸實的村民很快就明白過來素年在給名為大山的村民治病，趕緊過來搭把手，按照素年的指示來做。

有村民在素年的催促下從家裡拿出一床薄被給大叔蓋上，休克的時候維持體溫很重要。

這時，旁邊出現一位大嬸，一邊哭一邊往眾人的方向跑過來。

這可是他們家的頂梁柱呀，要是他倒下了，自己和幾個孩子要如何活下去？

素年一看正好，趕緊將大嬸叫過來，讓她對著大叔的嘴吹氣。

大嬸還沒有從悲傷的情緒中緩過來呢，粗糙的臉上掛著淚珠，有些不明白面前這個小姑娘說的是什麼意思。

「快點！妳還想不想讓他醒過來？」素年見她不動，放開了聲音吼出來，不知道現在時間緊迫嗎？

素年的吼聲還是有點作用的，又或者「讓他醒過來」這句話太具有誘惑力，大嬸竟然真的照著素年所吩咐的，捏著大叔的鼻子，開始往他的嘴裡吹氣。

都是勞苦農民，周圍的村民在看到這種場面竟然都沒有說什麼。在一切面前，人命是最重要的。

如果能將大山給救回來，就真的太好了。

素年不時地伸手去探大叔的脈搏，手指在他的人中上掐著。慢慢地，大叔脹成紫色的臉開始恢復，又過了一會兒，他的眼睛輕輕地睜了開來。

大嬸立刻發現了，驚喜過後放聲大哭起來，帶著劫後餘生的後怕。

素年坐在一邊，緩緩地鬆下肩膀。

「這段時間注意休養，不可再過度勞動，若是再發生這種情況，就不一定能救得回來了。」素年板著小臉，一本正經地跟大嬸囑咐。

大嬸滿臉的虔誠，她見過許多在田裡倒下去就站不起來的例子，自己的丈夫居然還能活過來，她從心底裡感激素年！

小翠將素年從地上扶起來，她在一旁看得心驚肉跳的，小姐從來都對這些貧苦低賤的農民沒有好感，連看一眼都不屑，更不要說親自走下田間去幫忙，還讓她幫成功了！這簡直比這個人重新活過來更加的匪夷所思……小姐不對勁，太不對勁了！

村民合力將大叔抬回家休養，素年這才打算跟小翠回去。出來蹓躂一趟都能碰到這種事情，不過還好，這種因為過度勞累造成的暫時性休克並不是很嚴重，只要急救及時都沒有大問題。

村民們看著素年慢慢地離開，眼睛裡出現的是比之前更加不可思議的神色。看她離開的方向，知道她是幽州來的大小姐，但為什麼她會出現在田地裡，還能將大山給救回來呢？為什麼讓大山媳婦當眾去……去親大山，大山怎麼就又好了呢？

沒有人敢上前擋住她們的路，能將大山救活，素年在村民們心中的地位已經不再是有錢人家的大小姐這麼簡單了。救人一命勝造七級浮屠，原來這位小姐這麼厲害呀！

素年不知道，因為她這一次的出手相助，居然讓她和小翠常年匱乏的伙食得到了改善……

第三章　改善伙食

第二日一早，小翠大呼小叫地抱著一個籃子，小心翼翼地來到素年的屋子，將籃子輕手輕腳地在桌上放好後，小翠才繼續驚嘆。「小姐，您看、您看！」

將籃子上蒙的布揭開，裡面有幾把新鮮的綠色蔬菜，這個不重要，重要的是還有小半籃圓滾滾的雞蛋和一尾魚！

素年不用看也知道，定是昨天的大嬸拿來的，應該是感謝自己救活了她的丈夫。素年想了想，覺得還是收下，首先她們是真的缺吃的，其次……還是因為她們缺吃的。

十來歲正是長身體的時候，這個時候要是虧待了自己，以後哭都來不及。

素年讓小翠將僅有的錢都拿去買糧食，她們最近應該用不著錢。

小翠抗爭了半天還是沒有讓素年改變想法，只得拿著錢出了門。往常，這些錢是留著給小姐加餐的，雞蛋、肉的價格並不低，小姐也總不耐煩吃那些碎米，所以她從來也不敢打這些錢的主意。怎麼小姐大病一場以後，彷彿連想法也改變了呢？

素年想起那個吳嬤嬤說的話，她們這個月的分例就這麼些了，總不能餓著肚子吧？

本來素年以為一百文可能買不到什麼東西，便吩咐小翠全部買糧食，大米、麥子，只要是能吃的，都買來，結果小翠生生領了一輛木板車回來了，上面都是她買到的糧食！原來單純糧食的價格在這裡並不是非常高的。

素年的臉上第一次有了喜色，吃白飯可好，她是真心不想碰那些碎糙米糊了。給小翠送糧食的大嬸子幫著她們把糧食放好後，才帶著憨厚的笑容離開。

小翠將剩餘的一些錢拿給素年看，她終究沒敢全部用光，畢竟身上一點錢都沒有，她們兩人便一點周轉的餘地都沒了。

素年看著剩下的十幾文錢，讓小翠先收著，估計也派不上什麼用場。

那些調料裡，只剩簡單的鹽和一些少量的秋油，其餘什麼都沒有，估計這裡的吃食味道都是寡淡單一的，這讓素年相當不滿意。

既然買了一些小麥，素年便讓小翠拿去磨成麵粉，可不能辜負了這美好的槐花花期。至於大嬸送來的那些贈禮，小翠在素年的指導下，將魚剖開，清理乾淨，然後擦乾水分，細細地抹上一層鹽後，放在陰涼的地上晾著。這種本來在食物匱乏的冬天才會使用的儲存方法，沒想到在春天時她們竟然也要如此節省。素年眼淚汪汪地站在小院子裡抬頭看著天空，有些悲劇啊……

碧綠的當季蔬菜清炒一下就非常的可口，再加上槐花飯，主僕二人這幾天的日子改善得突飛猛進。

此時，素年招呼著小翠上桌吃飯，讓她不知所措。當年是小姐隨手將她從人販子手裡救下來的，那個時候起她便下定決心，不管如何，她都會跟著小姐。後來小姐家裡發生變故，所有的僕人都遣散了，小姐則被接到了佟大人的家裡，小翠得知以後，費了老大的勁兒才找到佟大人的府邸，將身上值錢的東西統統給了門房，說明了自己的身分，希望能夠繼續侍候小姐。那個時候，佟大人正打算將素年移到莊子上來，正愁沒有人願意跟著她，小翠的出現恰巧解決了這個問題。這算是患難見真情吧？可小翠從來也沒敢忘記過自己的身分，從沒有做出過逾越的事情，而素年竟然讓她上桌吃飯，這……

素年端坐在桌子邊，桌上放著一盤青翠欲滴卻看不見油水的蔬菜，除此只有槐花飯，別無他物。「病重之時我便在想，如果我就此病死了會怎麼樣？」

「小姐！您可千萬別這麼想……」小翠趕緊想安撫素年。

素年輕笑著搖了搖頭。「我想了，結果什麼都不會改變。我在不在這個世上，彷彿並沒有任何關係，沒有人會難過，也沒有人會記得。」

小翠當即便想跪下來。「小姐，我會難過的！」

素年扶住小翠，看著她的眼睛。「是，妳會難過的，也只有妳會。」她將小翠強行按在椅子上坐好。「所以那個時候我便想通了，興許，妳便是唯一一個會擔心我的人，因此我不願將妳僅僅當作一個下人，妳明白嗎？」十多歲的小女孩很容易就會感動，更何況素年這段時間的改變小翠都看在眼裡，每一個變化都能讓她無比欣慰，但……讓一個小女孩有欣慰的感覺，素年不禁心想，之前的小姐是有多不可靠？

不管如何，素年說的是真心話。小翠對自己的關心她看在眼裡，雖然是對另一個靈魂的，可那個靈魂現在不在了，她就得承擔起這份情才行。

幾日不愁吃喝的日子，讓兩個小丫頭的臉色漸漸地好了起來，小姑娘本身的飯量是不大，可之前的糙米糊喝下去很快便會餓，又沒有別的可以吃，這才會養得面黃肌瘦。

那小半籃雞蛋，小翠說了，這些東西對於牛家村的村民來說並不便宜，因此建議是不是用這些換點別的東西。

「不用，都吃了！」素年的眼睛裡冒出光，一咬牙作出了決定。

原本她還想著要不要換一隻雞來養著，那以後不就一直有雞蛋吃了嗎？可轉念一想，那要等到何年何月呀？再說，自己也不是養殖高手，何必費那個勁呢？

小翠聽小姐決定都吃了，不禁瞪大了眼睛，吞了吞喉嚨，拿去換點錢也是好的嘛……

「小翠呀，這妳就不懂了。」目光瞄到小翠的面色有些掙扎，素年便扯過一張木凳子在她面前坐下，開始忽悠。「這是大嬸給我們的謝禮對吧？咱們要是拿出去換錢的話，那大嬸知道了會怎麼想？」

小翠愣了愣，小姐說的似乎也有道理，好像她們都吃了才會比較好的樣子……其實，兩個小姑娘如今每日的伙食不算好，槐花的花期已經過了，醃製的魚便成了唯一能夠下飯的東西，好在米飯都是夠的，便是光吃米飯都能吃出甜甜的味道來，小翠已經很滿意了。

看著小翠面上真誠的笑容，素年覺得相當的辛酸。

那些雞蛋，素年讓小翠隔一天便蒸出一碗蛋羹，算是改善伙食了。

因為調料的匱乏，蛋羹並沒有素年上一世吃過的那麼好吃，不過可能是她很久都沒有嚐到了，竟然也覺得是無上的美味。

小翠一開始死活不肯動蛋羹，素年無奈了，每次只吃半碗，然後剩下的就擺在那裡，跟小翠說，反正她是不吃的，如果小翠不吃掉，那只好倒掉了。

這是會遭到天譴的啊……小翠只好抽抽噎噎地將那小半碗雞蛋羹吃掉。

早這樣不就好了嘛！素年坐在小院子裡，看著小翠委委屈屈洗碗的背影。她知道這些人的觀念跟自己不一樣，一開始小翠動不動就雙膝跪地，讓素年相當不適應，甚至每次都能驚嚇到，但跟小翠好好說一點效果都沒有，人家該跪、不該跪的時候都照樣跪，於是素年乾脆命令她，不准動不動就下跪，要是讓自己看到，嚴懲不貸，小翠便只得委委屈屈地答應。

素年仰天長嘆，日子還得一天一天地過啊……

轉眼，又到了佟府給她們送月例的日子。其實早在好多天前小翠就說月例應該送來了才是，可一直都沒有佟府的人出現。

素年一點兒都不著急，按照她目前的待遇，這月例肯定會拖延一段時間的，但只要有就是好事，所以在看到佟府的吳嬤嬤時，素年的臉上居然還帶著笑容。

「給小姐請安。」吳嬤嬤見到素年，眼中閃過一絲詫異，瞬間便又掩藏起來，笑咪咪地說話，卻連頭都沒有低。

「吳嬤嬤有禮了。」素年也同樣笑咪咪的。

隨吳嬤嬤前來的另外兩名婆子就直白得多，眼神裡都透著不可思議。這病了一場，果然有些改變了？她們不止來過一次、兩次了，這個沈素年從來都還當自己是官家大小姐般的不可一世，怎麼這次改變得如此巨大？

素年請吳嬤嬤坐下，吳嬤嬤嘴裡說著不敢，屁股卻已經落在了凳子上。「素年小姐，太太憐惜您之前大病一場，身子虛弱，所以特地讓老奴趕緊給您將月例送來，可您看，這正巧趕上了三小姐生辰，一時間周轉不過來，所以來得有些遲，還請小姐見諒。」

「煩勞嬤嬤了。」素年聽到這個明顯是藉口的理由以後，表情絲毫不變，臉上仍舊帶著笑容，然後轉頭看向小翠。「還不將東西接過來，沒得累壞了嬤嬤。」

小翠自己都很震驚，小姐什麼時候對佟家的嬤嬤們如此和顏悅色了？她在素年眼神的提醒下回過神，這才忙不迭地上前。

吳嬤嬤對著身後的兩個婆子努了努嘴，她們才拿出一個小小的荷包遞過去。這點東西談什麼累？她們佟府的丫鬟拿的都比這個多！

小翠小心地將荷包收好，有了錢，她的臉色都亮了不少，規規矩矩地站在素年的身邊。

「嬤嬤您瞧，本應該給嬤嬤倒杯茶喝的，可我這裡……委屈嬤嬤了。」素年秀氣的眉毛輕輕地皺了起來，一副很為難的樣子。

「哪兒能讓小姐破費呢！我們這就回去覆命了。」吳嬤嬤眼中閃過一絲嫌棄，喝茶？真是說笑了！吳嬤嬤動作十分乾脆俐落，站起身帶著婆子就往外面走。

素年也跟著站起來，直到看見她們的身影消失在院落外。

「快看看，有多少？就這麼點兒啊……」素年有些不滿，她從前聽說大戶人家的丫鬟每月都能有不少月例，怎麼她們才兩百文錢？這是打發叫花子嗎？

小翠咬著嘴唇，唯唯諾諾地輕聲說：「奴婢以前也問過的，可她們說……說白養……」

素年揮了揮手，示意她明白了。意思是，人家是幹活的拿錢，她一個白養的閒人還敢要求這麼多？好歹是有錢了，雖然不多，但她們兩個小姑娘粗茶淡飯的，想要不挨餓應該是可以做到的。原先日子為何會過得那麼慘，素年跟小翠旁敲側擊過，結果她自己聽了都想翻白眼。之前這個素年小姐，那叫一個熱衷享受，每月的分例本來就不多了，她還要求吃好的、喝好的，小翠只得將錢省下來，自己去吃那種粗糙的碎米糊，給小姐弄一些吃的。

可就這樣還是不夠，每個月兩百文錢能買到什麼？於是她們就經常資金短缺，小翠才會不得不存一些起來應急。

真是可靠的小丫鬟啊，要是沒有小翠，素年覺得之前的小姐早八輩子就餓死在院子裡了！

「她真的如此規矩了？」佟府裡，一名貴婦人正慵懶地側身躺在美人榻上，著一身淡紫色衣裙，上面繡著小朵的梔子花圖樣，從腰際一直延伸到下襬，頭髮隨意地綰了一個鬆鬆的髮髻，斜插一支淺紫色松煙石攢珠簪花，顯得幾分隨意，卻不失典雅。

吳嬤嬤恭敬地立在一旁，微微彎著腰。「是的，規矩多了，跟原先那種不懂事的樣子完全不一樣。」

「那這場病還真是得對了……」貴婦人輕笑出聲，隨即將這件事拋諸腦後。「蓓蓓的生辰就在三日之後，可千萬不能有一絲一毫的差錯。」

「是是是，太太放心，保准讓您滿意！」吳嬤嬤連聲應承，臉上淨是討好的笑容

素年如今每日在院子裡閒轉，她的身子還沒有完全恢復，使不上什麼勁兒，再加上小翠壓根兒不讓她做任何事，素年只好整天無所事事地考慮著要如何賺錢。

畢竟，她能再次獲得生命是多麼的來之不易，必須要舒舒服服地享受才能對得起自己。那條醃製的魚就快要吃完了，不過糧食還有不少，畢竟兩個小姑娘吃不掉太多的東西，但也不能光吃飯啊！素年想著，要不要將剛拿到手的兩百文再拿去改善一下伙食……

「小姐！小姐——」小翠剛剛聽見院子的門邊有動靜，便過去察看，結果這會兒捧著一個籃子，急匆匆地跑回到素年的身邊。「小姐，您看！」小翠臉上的表情極度驚訝，她將籃子上蒙著的白布掀開，裡面竟然又是小半籃的雞蛋和一些新鮮的綠葉蔬菜！

素年微微皺眉，莫非又是那位大嬸送來的？這就太過了。這些吃食對勞動的農民來說並不是那麼容易能拿出來的，她只是出手幫助了那麼一次，不能夠一而再、再而三地接受回報。

「小姐，不是那個大嬸！我剛剛看到了，是另外一個不認識的！」小翠看到素年皺眉，急忙解釋道。

素年聞言，眉頭皺得更緊了。那就更奇怪了，既然不是那位大嬸，會是誰呢？誰會給她

們這兩個不相干的人拿來食物？

這種莫名其妙的東西素年和小翠並不敢動，萬一是別人弄錯了呢？小翠的是非觀念十分強烈，當即提了籃子就衝出去，打算挨家挨戶地詢問。

不一會兒，小翠就提著籃子又回來了，身後還跟著一個用白布包著頭髮的大嬸。

大嬸進了院子看到素年以後，就直接對著她跪下了。

「哎，嬸子您這是……」素年嚇得趕緊站起來，上前兩步將大嬸扶起來。「您有話好好說啊，這是做什麼？」

「感謝小姐的救命之恩！我家老頭子說了，找機會要來您跟前磕個頭！」大嬸面色有些緊張，但眼睛裡激動的神情是掩飾不了的。

素年微怔，將大嬸往凳子上扶，可大嬸死活不願意坐下來，力氣大得讓素年的手都生疼，只得作罷。「嬸子，您在說什麼？我有些不明白。」

大嬸眼中泛起了淚花。「小姐，上一次您給大山治病的時候我就在旁邊，菩薩保佑，大山活過來了。昨兒個，我家老頭子也跟大山一樣倒下了！那可是我們家老頭子啊，家裡還有大大小小四張嘴等著，他要是去了，我們也活不成了……」大嬸泣不成聲，提著袖子在眼睛上抹了抹，臉上被風吹出的深深的溝壑黑黝黝的，透著艱辛，老淚縱橫。「於是我便想，既然大山能救回來，我家老頭子說不定也行！我便照著小姐的法子給老頭子吹氣、給老頭子掐人中，大慈大悲觀世音菩薩保佑，老頭子真的活過來了！」大嬸臉上滿是感激，拉著素年的袖子就是不放手。「多謝小姐、多謝小姐……」大嬸不知道要說些什麼好，只反反覆覆地唸叨著這一句話，一直一直唸叨著。

好不容易將大嬸的情緒安撫下來後，素年讓大嬸將這些吃食帶回去。過度勞累造成的休克就算救過來了，也是需要補充營養的。

大嬸連連擺手。「使不得、使不得！我們家還有！如果不是小姐，我們家老頭子連命都沒有了，更何況只是這一點點吃的。」

素年覺得有些好笑，怎麼就是她的功勞了？估計人工呼吸在這裡是無人知曉，好在大嬸竟然能看到是在往裡頭吹氣，而不是單純的親嘴……

將大嬸送走後，小翠看向素年的眼神更加的崇拜了。

素年嘆了口氣，不過，她們的伙食暫時又得到了補給，這確實是件值得高興的事。看著小翠與高采烈地將籃子提著走進小廚房，素年忽然拍了拍一旁的桌子。她是真的沒什麼生存技能，可她略通醫術啊！能不能走這條路呢？

第四章　發財路子

「將雞蛋打散，加一些小蔥和鹽到蛋液裡。」

「倒進去，哎，注意要兩面輪流翻著煎。」

「不能太老，妳看一下火候。」

素年坐在凳子上，聞著小廚房裡飄出來的香氣，肚子裡的饞蟲不爭氣地被勾出來了。不過是小蔥漲蛋而已，就能讓她如此垂涎，太沒有追求了！素年一面自我檢討，一面狠狠地猛嗅了兩下香氣，滿足地瞇起了眼睛。那兩百文，素年讓小翠除了繼續買糧食以外，還多買了一些油，平常的菜裡連個油星都見不到。然後素年心一橫，讓小翠煎個雞蛋來吃，難得奢侈一次。奇怪的是，小翠竟然什麼也沒說就走進了廚房。

從前小姐這樣的要求實在司空見慣，已經有段時間沒有鬧騰了，她都覺得有些不對勁呢！小翠捧著熱氣騰騰、散發著香氣的小蔥漲蛋走出小廚房，將粗瓷木紋盤放在了桌上。

素年毫無形象地吸了吸鼻子，小翠已經轉身去廚房添了兩碗飯。

鮮美帶著蔥香的煎蛋幼滑香甜，吃得素年的眼睛都瞇了起來，差點連舌頭都吞下去！小翠的手藝也太好了吧？她覺得原先的計劃可以擱著，讓小翠去做賣吃食的生意應該更行得通！就著半碟小蔥漲蛋，素年將碗裡的飯吃得乾乾淨淨，而後滿足地摸了摸小肚子。

「小姐……您不多吃點？」小翠看著桌上還剩了半碟的雞蛋，皺起了眉頭。

這段日子的相處，但凡桌上有的，小姐都會讓她吃掉一半，小翠抗拒著抗拒著，也就習慣了。可今天的菜跟往常的不一樣，是小姐喜歡吃的東西。

「我吃不下了啊，那是妳的，趕緊趁熱吃了，涼了就不那麼香了。」素年催促著小翠，然後自個兒繞著小院子轉悠起來。

素年想著，如果她只是佟府好心養著的話，也就是說，她離開也不需要佟府的同意，不過人家也可以不需要任何的藉口就斷了她們的分例，所以趕緊自立起來才是關鍵。

自己拿得出手的也只有醫術了，那一世，為了能夠多活哪怕一天，素年真的是將能學的都學了，中醫、西醫，毫不忌口。她的病後來連西醫都無能為力的時候，中醫還真的發揮了很大的作用。素年將袖口輕輕拉開，纖細瘦弱的胳膊，那裡曾經布滿了針眼，在她其餘的各個穴位上，也都有針灸的痕跡。

要說中醫真的是沈澱了千年的精華，讓素年在緩解痛苦的時候燃起了求知的渴望，她的父親為了滿足她，還特意重金打造了一具針灸銅人，上面有著人體所有的筋絡走向和穴位，素年就是用那具銅人來學習博大精深的針灸，以至於後來竟然有人慕名前來找素年看病，讓素年十分有成就感，她也能救人了！

不過……素年摸了摸現在雖然瘦弱卻很細膩的雙手，這雙手的指力不行啊！就算現在給她針灸包，她也不能發揮作用。

「小翠啊，妳說妳之前都去哪裡撿柴？」素年打算從最簡單的開始做起，看看能不能先找到一些藥材。

小翠正以巨大的意志將剩下的小蔥漲蛋解決掉，聽到素年的問話，一時有些沒有反應過來，半晌才指了指院子後面的方向。「那裡，牛家山。」

素年順著小翠的手往後面看去，在她們的院子後面，能看見一座並不算小的山，上面的樹已經都長出了綠色的枝葉，鬱鬱蔥蔥，一片翠綠。素年滿意地點點頭，她穿越來的時機真是不錯，萬物復甦的春天！想必此刻的山上，應該是一座草藥的寶庫吧？

得知素年要跟自己一起去撿柴，小翠的頭搖得如同博浪鼓。「使不得、使不得！小姐，小翠一個人就可以了，怎麼能讓您做這種事情呢？」說著，她的眼淚就流下來了。「嗚嗚……都是小翠沒有能耐，讓小姐受苦了！」

素年哭笑不得，這都什麼跟什麼啊？「我只打算去散散心。」

小翠一聽，眼淚一擦，這個可以！隨即去換了行裝，帶上柴刀和布包，走在前面給素年引路。

牛家山看起來離她們不遠，可真正走起來就不是那麼回事了，素年只覺得頭上一層一層地冒汗，那座青翠欲滴的山跟她的距離卻一點兒都沒有接近。

「小翠啊，這到底還有多遠啊？」素年撐不住，在路邊的一塊石頭上坐下來稍作休息。這都走了多長時間了，怎麼連山腳都還沒有到呢？

「快了快了！小姐您看，都要到山腳了，再走兩步就到！」小翠伸手指著前面，帶著鼓勵的語氣說。

「這句話妳已經跟我說過三遍了！」素年完全不相信。小翠指的地方仍舊是一條看不見盡頭的小道，素年真不知道她從哪裡能看出是山腳的。這身體實在是差勁得很，得多鍛鍊鍛鍊才行！素年看著小翠臉不紅、心不跳的樣子，在心裡扼腕。

這時，一個人影走到她們兩人的身邊，素年抬頭看去，這不是那個給她們摘槐花的牛蛋嗎？一段日子不見，少年好像又黑了些許。

「妳們也要上山？」牛蛋的臉上是毫不掩飾的震驚，她們兩個嬌滴滴的小姐為什麼看起來像是要到牛家山上去？

小翠點了點頭，晃了晃手裡的柴刀。「我要去撿一些柴火，小姐要去逛逛。」

素年捶腿的手一頓，她都這副德行了，真虧小翠能說出「逛逛」這兩個字……

果然，牛蛋上下打量了一下素年，大概是礙於面子，並沒有說什麼戳穿她的話。

「你呢？」小翠反問道。

牛蛋也從身後扯出一把柴刀。「我每天都會去撿柴的，我家熱水用得多，這是我的任務。」說這話的時候，他的下巴微微上揚，彷彿十分的驕傲。

「每天嗎？我來一次就覺得很辛苦了！」小翠很捧場地感嘆出聲。

這段去牛家山的路對於小女孩來說確實遠了些，更重要的是，這還是沒有任何負重的情況下，如果再加上柴火，定會更加吃力。素年再一次鄙視自己之前的那個小姐，怎麼能忍心讓小翠這麼一個小姑娘受這種罪呢？

休息完畢之後，三人結伴上路。牛蛋會將牛家村的一些好玩的事情講給她們聽，比如自己偷偷躲在秸稈堆附近燒麥子吃，結果將秸稈引燃，被牛老爹從村頭追到村尾地打。

牛蛋臉上齜牙咧嘴的神情，彷彿那種痛再現了一般，惹得小翠格格直笑。

有了牛蛋的小故事，素年在看到真正的牛家山山腳之後，覺得後半程的時間也沒那麼難熬了。

「行了，妳們就在這兒待著吧，一會兒我給妳們將柴撿過來。」牛蛋還是不相信她們是來這兒正兒八經地撿柴的。從背後將柴刀一抽，他自個兒往山裡走了去。

「小姐，您要乖乖的喔，小翠一會兒就好。」小翠臉上的表情特別像哄小朋友的。扶著素年來到一旁，將一塊石頭擦乾淨了讓她坐下，又交代了半天，這才拎著柴刀慢慢地在周圍尋找乾燥的柴火。

素年保持微笑地看著小翠走遠，然後站起身。費了這麼大的勁兒才來到這裡，她可不是真的來散步的。眼睛在樹叢裡來回巡視，這個時節，適合採收一些根莖類的草藥。素年的目光盯上了不遠處的一叢草生植物，葉片上有三角形刺齒裂，嫩生生地長在那裡。

蒼朮，素年一眼就認了出來。當初SARS鬧得轟轟烈烈，蒼朮因抗擊SARS走紅，身價飛漲了幾十倍……素年歪著頭，那好像是上輩子的事情，似乎離自己越來越遠了。

小翠出發前帶著的那個小布包這會兒放在了素年這裡，裡面有素年非要帶上的一把小小的鏟子。她將蒼朮的根莖完好無損地挖出來，略微抖了抖上面的泥土後，扔進了布包中。

小翠手裡各拿著一些柴火，回來後發現小姐不在剛剛的地方時嚇了一大跳，下意識就想將柴火扔掉找人，再仔細一看，小姐正蹲在不遠處不知道幹什麼呢。

小翠抿嘴笑了笑，小姐還是個孩子呢，想要玩一玩也是正常的。她輕手輕腳地將柴火放下，然後轉身繼續進入了山林中。

當地上的柴火已經收集到一捆了以後，小翠才慢慢走到素年旁邊，卻在看到素年髒兮兮的手時發出了一聲驚呼。小姐可是從來都十分愛乾淨的，別說是滿手的泥土了，就算是稍微碰到了一點灰塵都要嫌棄地用清水洗上好幾遍呢！

「小姐……您這是……」小翠皺著眉喃喃自語，眼淚都要掉下來了。

素年毫不在意地揮了揮手裡的東西，臉上是開心的笑容。「看看，我找到了什麼！」

小翠這才仔細地看了一眼那些黑乎乎、一截一截疙瘩狀的東西，這下小翠是真的哭了出來。「小姐，這可不是柴火呀！您看看您的手都成什麼樣了！」

「沒事，回去洗洗就成。」素年依舊笑嘻嘻的，將她挖到的一小布包蒼朮當寶貝一般地繫好，然後就打算往身上揹。

「小姐！」

一聲驚呼，素年的耳膜都差點破掉，遠處有不少飛鳥也都被驚得撲啦啦飛了起來。

小翠趕緊將小布包搶過去，怎麼能讓小姐做這種事情！

不去管布包裡這些黑乎乎的是什麼東西，小翠義無反顧地將布包揹在了身上，然後轉頭又去將那些柴火捆好，打算也往身上放。

「哎，小翠，讓我拿一點啊！妳這樣怎麼可能揹得動？」素年嘆了口氣，小翠跟自己一般大小，地上的這捆柴她看著就沈，小翠竟然還想往身上揹？

小翠深吸一口氣，兩隻胳膊使勁，腰彎下來，就將柴火往身上挪，可還沒有挪上去呢，突然覺得手裡一輕……柴火呢？

「得了吧，就妳們這點小身板還來撿柴火？」牛蛋一隻手將那捆柴拎在手中，滿臉的不認同。在他的背上，是一大捆幾乎要超過他人大小的柴火。

小翠眨巴了半天眼睛，覺得有些受傷。跟牛蛋那捆柴火相比，自己撿的這些顯得特別袖珍，怪不得人家不當回事……拎著那一小捆柴火往回走，牛蛋臉上一點吃力的表情都沒有，小翠對他立刻轉為崇拜，什麼時候她也能這樣毫不費力地揹起這麼大一捆柴火就好了！

對於小翠奇怪的想法，素年已經不想說什麼了，不過真的要感謝牛蛋，不然就她們兩個，自己有沒有力氣走回去都是個問題，更別說將那捆柴火弄回去了。

似乎回去的路要稍微快一些，很快地，素年就看到了她們那個小小的院子。牛蛋乾脆給她們將柴火放好，然後才一言不發地揹著他的柴火回家。

「小姐小姐，小翠以後也要努力，要能像牛蛋那樣有用！」小翠看著牛蛋離開的背影，眼睛裡的崇拜都要撲出來。

素年扯了扯嘴角，她實在是想像不出來那樣有用的小翠會是什麼樣的，敷衍地鼓勵了她兩句，就開始折騰剛採回來的蒼朮。

將蒼朮上的泥土弄乾淨，殘根也都去掉後，素年找了一個竹匾將蒼朮放上去，這段時間的天氣都不錯，應該能很快曬乾才對。

那邊，小翠已經兌好了熱水，端出來看到素年又在折騰這些黑黑的疙瘩，滿臉的不贊同。「小姐，奴婢給您淨手。」

一邊用溫熱的水將那些都已經嵌進指甲縫裡的泥土清洗乾淨，小翠一邊不停地唸叨。

「小姐，您玩什麼不好，要去玩這些泥巴，您也太不愛惜自己了。」

「這些泥巴可是能賣錢的！」無視小翠的碎碎唸，素年看著竹匾笑呵呵的。不知道這裡的藥鋪收不收？能賣多少錢？

小翠瞪大了眼睛。「小姐可別逗小翠玩了，這些都是什麼呀？」

「這叫蒼朮，是中草藥的一種，具有燥濕健脾的功效。」被小翠懷疑了素年也不惱，笑咪咪地給她解答。

「中草藥？」小翠的眼神越發不解，小姐怎麼知道這些是中草藥呢？在她看來，也就是莫名其妙又髒兮兮的疙瘩罷了。用一塊顯舊卻柔軟的布將素年的雙手擦乾淨，小翠仔細端詳了一會兒，確定已經恢復了之前的乾淨細膩以後，才滿意地去收拾了。

在牛家山，素年不僅發現了蒼朮，她還發現一些新鮮的野菜，只是跟蒼朮比起來，她沒有時間顧得上，下次再去，一定也要採一些野菜回來。那些野菜處理得好的話，也是一道大自然賜予的珍饈，至少能讓她們的餐桌上好看一些。

素年點了點頭，下定了決心，只不過一想到去牛家山要走上那麼長時間，她的小腿肚就開始抽筋。現在這會兒還不顯，但她敢肯定，明天自己的腿一定會痠痛腫脹到讓她頭疼！

第五章 再去逛逛

果不其然，第二天醒過來以後，素年就覺得小腿肚一跳一跳地抽疼，她齜牙咧嘴地下地，那種疼痛順著神經直竄進腦子裡。

「小姐，您起身了？」小翠剛好進屋，看到素年的身影，急忙將手裡的東西放下，趕過來將素年扶坐在椅子上。「是不是腿疼了？」

素年有些哀怨地看著小翠，小姑娘神采奕奕，完全看不出有任何不妥，分明昨天跟自己一塊兒去了牛家山，現在卻只有自己的肌肉僵疼……

小翠熟練地將素年的一條腿抬起來搭在自己的腿上，兩隻手輕柔地捏著。「小姐每次多走一些路都會這樣，所以小翠讓您待在家裡就好了嘛……」

「沒事，疼著疼著就不疼了。」

小姐忍著痠疼，並沒有像從前那樣因為疼痛而大發脾氣，小翠覺得小姐是真的變了，而且竟然說疼著疼著就不疼了，要知道，以前若出現這種情況，小姐是會罵人打人的！

小翠的手藝非常的不錯，小姑娘勁兒倒是挺大的，很快地素年便覺得稍微好一些了，肌肉裡的這些乳酸要想加快被身體吸收，還是得適當運動一些才有效。

「咱們今天還去牛家山嗎？」素年問小翠。

「不去了，昨天的柴火夠燒好一陣的了，而且小姐您給了我買柴火的錢，我們暫時不缺的！」小翠笑逐顏開，特別的感動，心裡暖呼呼的，這樣的小姐可真好呀！

素年知道小翠之前被逼著去撿拾柴火的事情，拿到這個月的分例時，除了糧食，就是把柴火的錢給拿了出來。

「這樣啊……」素年也沒覺得什麼，反正以她現在這樣的狀況，再去牛家山也稍微勉強了一些。這副身子的體質相當的弱，就是想養起來也不是一蹴而就的，慢慢來吧！

於是，今天素年的運動就是圍著院子繞圈圈。

蒼朮被攤開來放在竹匾裡曬乾，素年不時地會去檢查乾燥的情況，曬到四、五成乾的時候，將蒼朮裝入筐內，撞掉鬚根，呈黑褐色，然後接著曬。

之後的幾日，小翠因為柴火十分的充足，就用幾個雞蛋去換了一些巴掌大的小魚和一小塊豆腐，然後將魚燉上，不心疼柴火地一直燉，直到湯色雪白似乳，魚骨頭都化在了湯裡，豆腐也都穿了孔，才算完成。一鍋魚湯只燉出了兩小碗，撒上翠綠的蔥花，十分誘人。這是素年教小翠的方法，雪白的魚湯好似牛奶一樣。

素年招呼小翠一起來嚐嚐，剛喝了一口，她就對小翠的手藝給予無上的肯定。自己只是動動嘴而已，而小翠竟能直接按照她的指示做出這麼美味的東西，天才，簡直是天才啊！

小翠躊躇了半天才端起碗，她知道如果自己不喝的話，小姐有的是辦法讓自己喝掉。

她最近才摸清楚小姐的性格，那就是如果小姐讓她做一件事，自己最好無條件地服從，反正小姐不會害她就是了。而且，小姐對她好，就是真心的好，自己不如就坦然地接受了，然後更加用心地服侍小姐就成。

看著小翠乖乖地將魚湯喝掉，素年心中頗有成就感。讓小翠領悟人人平等她就不敢奢望了，能讓這個小丫頭更信任她一些，多珍惜自己一些，素年就很滿意了。

蒼朮曬至六、七成乾的時候，素年將它們放回筐子裡再次撞擊，直到大部分老皮撞掉，然後繼續曬。

「小姐，這些真的是草藥嗎？小姐是如何得知的？」小翠覺得很奇怪，小姐不僅將這些挖出來，還將它們曬乾處理，彷彿非常熟悉一樣。

素年但笑不語，半晌才緩緩地說：「多看書，就什麼都知道了。」

小翠眼中的崇拜更明顯了，小姐真厲害，小姐真能幹！

這些蒼朮的量並不多，素年覺得她小腿的痠痛已經緩解很多了，於是她開始跟小翠提出再次去牛家山的建議。

「小姐，您還要去呀？」小翠聽了以後非常震驚，之前不是一直都說小腿痠疼的嗎？看她走路都咧著嘴，這應該還沒有好吧？怎就又惦記上了？

素年很堅決地點點頭。「嗯！牛家山是個好地方！」

小翠一臉的茫然，不過既然是小姐的意願，小翠打算無條件地服從，於是又開始準備柴刀、布包了，不一會兒就全副武裝地站到素年的面前。

素年讓她轉個圈，然後搖了搖頭。「柴刀不用帶了，帶兩把小鏟子就好。布包也放下，換個竹筐。」

小翠折騰好以後，再次站到素年面前，素年這才滿意。

原本素年也想揹一個竹筐的，這樣能帶回來的東西會更多，可是小翠死活不答應，說什麼這是原則性問題，如果素年非要帶的話，她打算也扛到自己的身上，素年只得作罷。

才走出院子，往牛家山的方向沒走多遠，小翠便眼尖地看到前方不遠處悠哉悠哉走著的，正是牛蛋。

素年還沒有反應過來呢，就看見小翠歡呼著跟人家打招呼去了。

也是，小翠自從牛蛋給她們帶回柴火以後，就將牛蛋的形象自動上升到厲害的大力士等級，之前為了也能成為那麼能幹的人，見天地想把柴火捆往肩上揹，美其名曰鍛鍊……

「喲，又去撿柴？」牛蛋看見她們兩個，挑了挑眉毛，言語間並沒有將她們倆當成大小姐。開玩笑，試問哪家大小姐會吃樹上的花，還親自去撿柴？

這說明她們的日子過得比自己家還緊巴巴，這叫什麼大家小姐？

小翠站在素年的身後，笑嘻嘻地回答。「不是，小姐說要去逛逛！」

「又逛逛？」牛蛋笑出聲音，這是因為面子問題才不得不這麼說的吧？牛家山上啥都沒有，有什麼可逛的？不過，牛蛋也不想拆穿她們，點了點頭，自言自語道：「逛逛啊，也挺好的。」

素年一眼就看出牛蛋心裡是怎麼想的，她也不解釋，只笑了笑。

牛蛋看著這兩個比自己年紀還小的小姑娘，就跟自己妹妹差不多，但都是瘦瘦弱弱的，看起來就是缺少吃的造成的。真不知道她們家裡是怎麼想的，不是說在幽州是大官嗎？怎麼連吃的都不能保障呢？

小翠開開心心地揹著竹筐，臉上淨是喜悅的笑容。現在的日子比起之前已經是好太多了，至少吃飽已經能夠保障，而且小姐不知道為什麼，變得很會過日子，由小姐指導過後，再普通的東西都能變得美味。這次小姐說了，她們來牛家山的目標除了那些黑不溜丟的疙瘩，還有許多新鮮的野菜。其實那些野菜小翠之前也嘗試過，可不是苦就是澀，要不就是奇怪得發酸，小姐只吃過一口就將盤子砸了，並且發了好大一通火氣。這次不一樣，有小姐坐鎮，小翠想，那些肯定也能變得好吃才對。

這一次去牛家山的時間似乎沒有第一次那麼長了，而且素年中間竟然沒有休息，小翠提醒了好幾次，素年都覺得自己還能堅持，這一堅持，就堅持到了山腳下。

牛家山一如既往的寧靜，裡面還籠著一層薄薄的霧氣，有些神秘的美感，但上山素年現在可不敢想，牛家山看起來就很大，她們要是在裡面迷了路，那可就慘了。而且，就算是牛蛋等人撿拾柴火，也都是在牛家山的邊緣徘徊。

山周圍生著鬱鬱蔥蔥、一片一片的野菜，有蕨菜、香椿、馬齒莧，牛蛋說了，往裡面一些還有一片竹林，這會兒正是春筍鮮嫩的季節，挖來吃最好不過了。

野菜小翠認得比素年還要全，所以這個光榮而艱巨的任務，素年就全權交給小翠，自己則開始繼續搜尋蒼朮。等蒼朮的莖葉開始生長起來，那些根莖可就效果不好了，所以素年給自己打氣，今天要在牛家山裡奮鬥！

「小姐，您慢點……慢慢站起來……」小翠都無語了，自己挖了小半筐野菜後來看看小姐的狀況時，就見著素年看到自己便淚眼汪汪的。

「嗚嗚，我站不起來了……」

「不能一直蹲著呀，這樣腿會麻掉的。」小翠小心翼翼地將素年從地上拉起來，扶著她坐到一旁的石頭上。

素年的臉無比糾結，咬牙切齒地忍著腿部的痠麻，好似一根根針在刺著一樣。她抬頭望天，如果手裡能有一根銀針，也就是扎一針髀關穴的事情啊……素年在穴位上用力按壓揉著，加速痠麻刺痛的消失。

「好了，不疼了，剛剛蹲著蹲著就給忘了，下次我會小心的。」素年可不想浪費時間，等刺痛緩解了以後便連連對小翠搖手，表示自己已經無礙了。

小翠這次可真的是不放心了。「小姐，要不您教我挖這些東西吧？我來挖。」

「沒事的，我還能傻到同樣的錯誤犯兩次不成？」素年傷心了，小翠這是赤裸裸地蔑視她的智商！不就是想抓緊時間，所以蹲的時間長了點嘛！

小翠皺著眉，在素年板著臉驅趕了好幾次以後才一臉擔心地繼續去挖野菜。

結果等小翠將竹筐差不多裝滿了，趕到素年身邊的時候，她才發現自己想得太簡單了！

素年這會兒為了不再犯之前的錯誤，找到了蒼朮群以後乾脆就席地而坐，結果月牙白色的衣裙上沾滿了泥土，而她卻絲毫不在乎，拿著小鏟子挖得不亦樂乎。

小翠感覺自己的臉都在抽動，小姐之前可是連鞋底沾上一點泥土都逼著自己去洗乾淨的，現在居然會坐在地上?!手裡的竹筐落在地上，發出了聲音。

素年轉過頭，看到了小翠時還心情十分好地打了個招呼，她今天的收穫也非常不錯呢！

「小、小姐，您怎麼坐在地上?!」小翠的聲音都走調了，上前一把扶住素年的胳膊，將她從地上攙扶起來。「這、這讓人看到可怎麼辦？」

看著小翠已經紅了的眼眶，素年自我檢討了一下。也是，古代的大家小姐怎麼可能坐在地上？可這不是方便嘛！素年臉上的笑容慢慢地收了起來，眼神垂到地上，滿臉的失落。

「可是，誰會看到呢……」

小翠一愣，想到小姐現在的處境，被送到牛家村這個破落的小村子裡，每月也只有那麼一點點的月例來維持生計，還需要什麼面子？可是小姐之前並不是這麼想的，那個時候，不管她們的日子過得有多艱難，吃的東西有多粗糙，小姐都不會忘記她之前的身分，一舉一動都高標準、嚴要求，完全不管她們的處境。小姐這是自暴自棄了嗎？小翠心裡有些難受，小姐曾經那麼優雅、那麼在乎形象……小翠的頭也慢慢地垂下來，眼裡全是無能為力的自責。

素年一看演過頭了，趕緊力挽狂瀾。「小翠啊，我是忽然想開了，什麼都是虛的，能讓我們吃飽穿暖才是正經。我雖然手無縛雞之力，但也想盡可能地努力，所以別說是坐地上，坐哪兒我都不在意的。」素年伸手將小翠的下巴抬起來，讓她看著自己的眼睛。「我們不是為了別人活的，我也是幾乎死過一次之後才想得通透了些。」自己穿越過來之後，那個佟家對她的態度讓素年明白，她的處境除了她自己，沒有人會幫助她改變。可她怎麼可能甘心？好不容易有一副健康的身子，素年迫不及待地想要享受她的生活。

幾句話讓小翠聽得頗有感觸，小姐確實是從那次生病後就開始轉變了，這些轉變都讓自己對以後的生活有了盼頭，只是……也不能轉變得太過分啊！

「小姐，那也不能坐地上呀！這樣太不雅了！」小翠嘟著嘴，堅持己見。

素年只好不停地點頭，表示自己確實考慮不周，以後一定不會再犯了。

小翠這才滿意，細心地將素年弄髒的衣裙清理乾淨，然後自己蹲下去，將那些挖出來的蒼朮包好放進竹筐裡。

素年看見小翠竹筐裡的那些野菜，還有幾根嫩生生的竹筍冒著尖兒，看著就透著新鮮。

「不錯嘛！」

小翠抿著嘴笑。「山上的這些野菜也只是圖個新鮮勁兒，並不會有人家當成主食，所以有許多呢！」

素年微微抬頭，陽光從樹葉縫隙中落下來。以後的日子一定會好的，她們也會脫離這個要靠野菜改善伙食的階段的，一定會的！

既然兩人的收穫都不錯，那她們就可以回去了，畢竟天色也不早了，小翠將竹筐揹上就扶著素年往回走。

半路上，牛蛋從她們身後追上來。

「妳們怎麼不等我呀？」牛蛋有些疑惑。

「我們為什麼要等你呀？」小翠比他更疑惑。

牛蛋晃了晃手裡另外捆的一小捆柴火。「這個是給妳們撿的，我看妳就只顧著挖野菜了，所以順手給妳收拾了。」

小翠看著那捆柴火，眼睛裡又開始充滿了崇拜的神色。

「那真是有勞了。」素年揮了揮手，將小翠的神拉回來，然後打算將柴火接過來。

「行了，給妳們送到家裡去。」牛蛋也不磨唧，他看素年那副脆弱的樣子，估計著給她也拿不動，於是瀟灑地往肩上一扛，跟自己家裡的那一大捆柴一起輕鬆地揹著。

小翠剛拉回來的神又開始走了，這個牛蛋可真厲害呀！自己什麼時候能跟他一樣厲害？

第六章　初展拳腳

回到家裡後，小翠先將牛蛋丟在她們家門口的柴火放好，然後讓素年千萬別動那些蒼朮，一定要等她一起來收拾。

素年覺得，這個小翠跟她一開始看到的也不一樣了。十多歲的孩子，性格還沒有定型，可塑性也強，這段時間自己的改變讓小翠也在潛移默化地改變著，她不再戰戰兢兢，個性也開朗了許多，臉上幾乎一直都帶著笑容，雖然有時候笨笨的，但無比的正直。素年覺得，這才是女孩子應該有的樣子嘛！

素年笑著點點頭，表示自己一定聽話，小翠這才轉身去了廚房，開始做飯。

新鮮的野菜去掉老根，放進加了鹽的滾水中燙一下，瀝乾水分，然後加入調料涼拌即可。也可以清炒，但要注意火候，春天的野菜大都鮮嫩，如果炒的時間長了，就會出許多的水分，也就沒什麼好吃的了。

晚上，在院子裡的小石桌上，擺上翠綠欲滴的兩盤野菜，特有的清香鮮甜，讓兩個小姑娘胃口大開。

填飽了肚子後，素年和小翠這才開始著手處理蒼朮。按照之前的方法，去泥去鬚，清理乾淨了開始曬。

素年看著小院子裡擺著的一筐一筐的竹匾，迫不及待地想要去城鎮裡找銷路。

「小姐，您嚐嚐，按照您說的做的。」小翠從廚房裡衝出來，手裡端著一個粗瓷大碗。

素年看過去，碗裡放著切成寸段的春筍，這些春筍已經去掉了酸澀味，涼拌春筍可是素年之前十分喜愛的一道涼菜。挾了一片春筍放入嘴裡，素年緩緩地咀嚼，旁邊是小翠閃閃發光的期待眼神。

在端出來之前，小翠已經嚐過了，果然一點兒也不酸澀。小姐可真有辦法，這比以前吃過的筍子都要好吃！

素年放下筷子，輕輕地搖了搖頭。「缺少調料啊……」

在這裡，最常見的調料是鹽、醋和秋油，糖的價格非常昂貴，更別說香油什麼的了，所以儘管春筍有自帶的清香，可它的鮮美還是沒有被體現出來，浪費了。

小翠不相信地又挾了一片放進嘴裡，真的挺好吃的嘛，小姐是哪裡不滿意呢？

佟家這次的月例倒是送得準時，只不過仍舊是那麼一點錢。素年也不嫌少，好言好語地跟吳嬤嬤說著客氣話，讓吳嬤嬤都愣了一下，然後才笑著答話。

真是稀了奇了，這個沈素年竟然連續兩個月見到她們都沒有一句抱怨的話，並且一直笑臉相迎，態度也十分緩和。太太說，莫不是一場大病將她的心竅給開了？既然沈素年如此的識相，吳嬤嬤等人也沒有說什麼多餘的話，隨便客套了兩句就離開了。

素年要的就是這種效果。她現在並不希望跟佟府有什麼瓜葛，如果她能有哪怕跟月例同樣的收入，她絕對不樂意拿他們施捨的錢。但生活是很現實的，素年和小翠兩人沒有任何的營生本領，只得再等等、再等等……

牛家村裡的人一般一個月會去烏縣一趟，將他們的一些東西拿過去賣，或是採購一些用品。素年知道，這應該就是趕集的意思。

烏縣是離牛家村最近的一個小縣城，據說還挺繁華的，只是就算是最近的，來回一趟也要兩天的時間才夠。素年一邊盤算著她們兩人去一次要多少費用，一邊將已經完全曬乾處理好的蒼朮小心地包起來。

「小姐，您真的打算去賣這些疙瘩呀？」打聽好了時間後，小翠反而不確定了。如果她們要在烏縣住一晚的話，就需要花去將近一百文的錢，有點太貴了。

「當然！」素年很肯定地點點頭。不然她幹麼弄這些蒼朮？

小翠將這個月的月例全部帶上，心想還好之前買的糧食還有剩餘，就當小姐這次是純粹去遊玩好了，最壞的打算，就算這些錢全部浪費掉，她們這個月應該也能挺得過去。反正在小翠的心裡，她就沒有想過這些疙瘩能賣錢，但既然小姐想要嘗試一下，那就試試唄！

素年讓小翠打聽到兩天後牛家村裡就會有一批村民去烏縣，她們嘗試著問了一下能不能也跟著牛車一起去。村民聽說了以後，誠惶誠恐的態度讓小翠都不知道如何是好。

「當然可以！就怕這些粗陋的牛車驚擾到小姐！」淳樸的大叔一口答應下來，並且拒絕收任何的搭車錢。

牛家村的人都知道了這個大小姐曾經救過大山的命，雖然大山不是他們的家人，但街坊鄰里的都對素年感恩戴德。

小翠將消息告訴素年以後，素年雙手合十。幸好佟家將她們送來的這個牛家村民風淳樸，否則，可能她還要花更多的精力才能達到自己的目的。

兩天以後，素年和小翠一身輕裝，只帶了一個裝錢的樸素荷包和那一包蒼朮就上了路。這輛牛車上坐了不少人，但大家都下意識地給素年和小翠讓出更大的位子，想讓她們坐得舒服些，素年對每一位村民都報以感激的微笑。

經過這段日子伙食和生活方式的改變，素年和小翠都恢復了原先的水靈，特別是素年，果真就如同大家小姐一般，雖然年歲尚小，可全身透出來的氣質是尋常人不能比的。瑩潤的皮膚彷彿一掐就能掐出水來，瓜子臉、小巧的下巴、秀氣的眉毛，眼珠子如同兩顆黑水晶，巧笑倩兮，顧盼生輝。素年有時候自己都能看呆掉，更別說這些質樸的村民了。面對素年的友好，村民有些不知所措，一路上彷彿有些不自在，都沒有大聲聊天。

顛簸的牛車讓素年和小翠的屁股都生疼，這還是坐在棉墊子上的，要是光坐在車板上，進了烏縣便可以直接將她們二人拖到醫館裡去了。

從牛家山到烏縣需要大半天的時間，素年覺得自個兒身體都要麻木的時候，終於，遠遠地看到了一個小縣城的影子。城門口像模像樣地站著衛兵，手持長槍，無比的威風。

這只是一個小縣城，所以進去並不需要仔細的檢查，牛車上的村民都從車上跳了下來，或拎著、或扛著他們想要賣的東西找地方去了。

「小姐，那我們呢？」小翠揹著裝滿蒼朮的包袱，看著人來人往的街道，有些茫然。

「走，先去找幾家藥鋪。」素年豪情萬丈，她的第一桶金可就要開收了！

雖然只是個小縣城，烏縣卻比素年想像中要熱鬧得多，路邊有不少酒樓、客棧之類的，看上去都還算能接受。

素年和小翠先將晚上要住的地方找好，她們問了兩家客棧，果然價格都在一百文左右，於是素年選了一家較乾淨一些的客棧住下，開好了房間，然後才帶著小翠繼續在烏縣裡轉悠。

烏縣並不大，藥鋪加醫館一共才三家，而讓素年充滿了信心的蒼朮，居然便宜到這麼一包才值四十文錢的地步！

四十文啊，還不夠她們今天一晚的住宿，這還沒算吃食呢！要不要這麼便宜啊？

「小姑娘，蒼朮就是這個價了，我們家還算開價比較高的，不然妳去城東的那家仁術堂看看，他們都不一定肯收。」醫館的夥計看素年一副嫌棄價低的表情，用毛巾撣了撣小腿，晃晃悠悠地回到了櫃檯的後面。

是自己想得太簡單了。素年無比的懊悔，她就應該一門心思找什麼靈芝、人參的，可也要牛家山有呢！沒想到這些中藥材如此的廉價。其實也能理解，有的醫館都有專門的採藥師傅，那採來的肯定要比自己的專業，人家肯收應該都要偷笑了。

瞧著素年垂頭喪氣的樣子，小翠很不忍心地安慰著。「小姐，好歹還有四十文錢呢，小翠本以為都賣不出去的，小姐已經很能幹了。」

素年抬頭看了一眼小翠，更加的鬱悶了。敢情小翠從一開始就不看好，只是為了哄自己玩才會陪著來這裡的？素年有些不甘心，還想要去那家仁術堂再試試，可現在天色已晚，小翠覺得她們兩個小姑娘這個時候在外面行走會不安全，死活拖著素年回到了客棧，打算明日一早再說。

既然這些蒼朮賺不了什麼錢，素年打算在縣城裡奢侈一下的念頭也沒了，兩個小姑娘啃著從家裡帶過來的煎餅，抹上自製的醬，吃得倒也香甜。

夜裡，素年翻來覆去怎麼也睡不著，想著既然這條路也走不通，她還得想想別的招啊！她將自己會的全部在腦子裡過了一遍，胡思亂想的，到了下半夜才迷迷糊糊地睡著。

等第二日素年醒來的時候，時間已經不早了，小翠看素年實在是睏乏，所以並沒有一早就將她喊起來。

回牛家村的牛車中午就出發了，收拾了一通之後，她們並沒有太多的時間。

「小姐，要不就賣給回春堂吧，好歹還有四十文呢！要是仁術堂不收的話，我們可就沒有時間再回來了。」小翠給素年出主意。少雖然少了點，但怎麼說也是錢呀！

素年想了一會兒，心裡還是不甘心。「去仁術堂試試吧，萬一價格要更高一些呢？如果真的不行，那就便宜一點賣給他們。」

既然小姐都這麼說話了，小翠也不再說什麼，跟著小姐往城東那裡走。

仁術堂要比回春堂更大一些，裡面的格局也清爽得多，這會兒已經有一些病人在裡面問診。

素年跟裡面的管事說明了來意後，管事並沒有出現倨傲的態度，而是將布袋解開仔細察看了一下。

「處理得還算不錯，小姑娘也不容易，這樣吧，五十文，怎麼樣？」

這個管事看她們兩個小姑娘穿著雖然極為普通，但周身的氣質卻有些不俗，能放下面子來醫館兜售藥材，對兩個才十歲出頭的小姑娘來說很不容易。

小翠的眼睛一下子亮了起來，小姐果然厲害，真的能賣出更高的價！

素年點點頭，讓小翠將蒼朮全部遞過去，然後對方數了五十文錢遞還過來。

拿著手裡並不多的錢，素年有些沮喪，她的賺錢計劃直接夭折了，虧她和小翠之前辛辛苦苦地挖，心心念念地曬。

「走吧，回去了。時間還很寬裕，我們可以慢慢走。」素年淡淡地笑著招呼小翠。這次就當買一個教訓，下一次一定要弄清楚了行情再說。

「小姐，您看！」才走了不遠，小翠忽然驚呼起來。在她們的前面，一位老人家不知是何原因，忽然癱倒在地上，且面色有些不好。

小翠趕緊幾步上去將老人家扶住，慢慢地讓他靠著牆坐下來。只是老人家全身一絲力氣都沒有，整個人都是癱軟的，小翠急得眼淚都出來了，看著素年，不知道怎麼辦才好。

還是古代單純啊，要在上一世，路上看到有老人倒下去，誰敢這麼輕易地衝上去？素年一邊不著調地想著，一邊走過去察看老人家的情況。

「哎喲、哎喲……」老人家發出痛苦的呻吟，臉上很快布滿了汗水，身體無力，一動就呻吟得更加大聲。

「大爺，您是不是扭到腰了？」素年有些不確定地問。

老人家的頭微不可見地點了點，他的動作幅度稍微大一些，鑽心的疼痛就讓他呼吸不暢。

不行，必須趕緊止痛，否則很容易引起疼痛性休克，那就糟了！素年心念一轉，疾步走回仁術堂，向他們說明了情況，請他們趕緊去給老人家止痛。

「腰部扭傷？那需要按摩效果才好，再加上兩副藥，連續按摩個幾次才見效。」仁術堂裡的坐堂大夫一副不在意的樣子。

「可對方是老人家，這種疼痛要是不趕緊止痛，會很危險的！」素年有些著急，又不是小夥子，能耐得住，剛剛她看老人家已經快要暈厥的模樣了。

大夫擺擺手。「扭傷腰都是這麼治的，哪就那麼金貴？人呢，讓他進來給我瞧一瞧。」

素年深吸了一口氣，這種態度太不負責任了！怪不得都說古代的人壽命短，敢情是不珍惜生命造成的？她也顧不得別的，看見這個大夫手邊有一個針灸包，牙一咬，心一橫，拿了就跑！

這個大夫手裡正診著脈，等注意到的時候，素年的身影已經消失在仁術堂的門外了，於是脈也不診了，招呼了人就追了出去。

來到老人家面前，只見他的面色已經蒼白，鬢角掛了豆大的汗珠，整個身體都因為疼痛而微微顫抖，接近痙攣。素年不敢浪費時間，將針灸包解開，選出三寸毫針，也不掀開老人家的衣服，於他身後找準了經外奇穴閃電穴，直刺一至兩寸深行針，強烈提插撚轉。

小翠張著嘴，一點聲音都發不出來，卻還不忘盡責地扶著老人家，讓他穩住身形。

素年的針才扎下去沒多久，起針後小翠就覺得手裡老人家的胳膊有勁了，不再是直往下滑了。再看他的臉色，也已經從慘白漸漸好轉，眼睛也微微能睜開了。

素年鬆了一口氣，將老人家扶著站好，讓他稍微活動腰部，慢慢地活動開來。

老人家滿臉驚奇，果真是疼痛緩解了許多，他手扶腰部來回地轉，簡直不敢相信。

「臭丫頭，光天化日下竟敢搶奪，看我不讓縣衙抓了妳去！」身後一陣喧譁，原來是仁術堂的人追上來了。

他們來得有些慢，但人數多，看樣子召集人手花了不少時間。素年有些無語，自己一個小姑娘，至於找這麼多人嗎？

為首的那個坐堂大夫在看到自己的針灸包被隨意擺放在地上時，更加的惱火，恨不得上來就將素年扭送到縣衙。

「請姑娘解釋一下。」一旁，剛剛收了素年蒼朮的管事將大夫攔下來，面容嚴肅地看著素年。

素年首先對管事行了一個禮，動作優雅得完全跟強盜搭不上邊，這才口齒清楚地將事情解釋了一遍。「……小女子也只是一時心急，心想不能讓這位老人家受太多的苦，相信仁心仁術的大夫也應該能夠理解的。但這行為確是小女子考慮不周，還請見諒。」

清脆的聲音三言兩語地將來龍去脈說明白，而且也給仁術堂的大夫們戴了高帽子，如果他們還追究，那便是不通情達理了。

站在一旁的老人家也連聲為素年作證，這麼一看，反倒是這些追出來的仁術堂的人不講情理了。

管事微微點頭，不著痕跡地掃了一眼掛在老人家腰部、被遮擋了一半的玉珮，這才笑著對素年說：「都是誤會，請姑娘千萬不要介意。」

可那個被搶了針灸包的大夫不樂意了，雖然素年說會給他還回去的，可她竟然就將針灸包放在地上，這怎能就這麼算了呢？無視管事在一旁使眼色，大夫就是抓著素年不放！

第七章 可以賣嗎

「那要不這樣吧，小女子願將您的這個針灸包買下來如何？不過話說在前面，小女子身上並沒有太多的錢，請先生見諒。」素年的態度跟大夫的咄咄逼人截然相反，引得圍觀的人一陣讚嘆。

坐堂大夫一聽，瞪著眼睛就想要開價，卻被不耐煩的管事讓人給架到了後面。

「姑娘說笑了，不過是一個針灸包，姑娘也是為了救人，怎麼能讓姑娘破費呢？這樣吧，姑娘跟我們仁術堂也算有緣，這個針灸包就送給姑娘當作一個念想吧。」管事笑得溫和，說完以後也不等素年的反應，對她們作了個揖後，便帶著仁術堂的人轉身離開。

素年看著仍然放在地上的針灸包，眨巴眨巴著眼睛，動作迅速地將它包好撿起來。這個念想甚得她的心意！

「小姐，要回去了，時間不夠了，今日會來不及到家的！」小翠見事情完結，趕緊提醒素年，她們要是錯過牛車，可就回不去了。

「老太爺！老太爺，我可算找到您了！」從人群裡忽然衝出一個小廝，對著老人家就是一頓猛嚎。

小廝撲到老人家的腳下，抱著他的腿，欲哭無淚。「您走到哪裡去了？也不跟小的說一聲，讓小的好找呀！」

「老爺子，小女子還有事，先走了。您要注意，這段時間不要固定姿勢長時間站立或坐著，不然還是會疼的。」素年笑著跟老人家囑咐，然後帶著小翠就打算離開。

老人家動了動腿，讓小廝站起來。「哭什麼哭，我死了嗎？還不擦乾淨，醜死了！」小廝用袖子胡亂地將臉擦乾淨之後，老太爺才指著素年跟他說：「這次要不是有這個丫頭，老頭子我能疼死在街上，還不快謝謝人家？」

於是小廝撲過來，打算抱著素年的腿繼續嚎，被小翠一下子擋住了。然後老人家從後面踹了他一腳。「你有沒有腦子呀?!」

小廝被踹得莫名其妙，但他腦子也動得快，略一思索就從袖子裡掏出一個繡著雅緻圖案的素錦荷包塞到小翠的手裡。「感謝二位姑娘對我們老太爺的救命之恩，小的感激不盡！小小回禮，不成敬意。」

小翠如同手裡有燙手山芋一般，急忙往小廝手裡推。「使不得、使不得，我們也沒有做什麼呀！」

「怎麼沒有做什麼？」老人家一聽小翠的話就吹鬍子瞪眼睛的，不樂意了。「要不是妳們兩個小丫頭，老頭子我可就遭難嘍！還是說，我老頭子的命連這點都不值？」

小翠搖搖頭，她當然不是這個意思，可又不知說什麼才好，只得回頭求助於小姐。

素年看著老人家，笑了笑，這分明是一個老頑童嘛！天色也確實不早了，日頭都快要升到頭頂，她們沒有多餘的時間磨唧。

「既然老爺子如此，小女子便不推辭了。老人家的身子定然不要長時間保持一個姿勢坐或者站，不然腰還是會疼的。」素年示意小翠將荷包收好，再次叮囑了老人家一番，這才帶著小翠匆匆離去。

「嗯，是個爽快的丫頭。」老人家在素年身後點了點頭。現在的年輕人，就缺少這種俐落颯爽的風格！

萬幸的是，素年和小翠堪堪趕上了牛車，這還是人家大叔好心等了她們一會兒。素年連聲道謝，並紅著臉說都是因為自己貪玩，耽誤了大家的時間。

牛車上的眾人都擺了擺手，沈家娘子如此謙遜，讓他們都不知道說什麼才好。

路上，素年並沒有問小翠那個荷包的事，而是不時地將針灸包拿出來放在手心摩挲，一根根銀針細細地拿在手裡，順滑流暢，如同自己多年的朋友一樣，友好地跟她打招呼。

有一旁的村民看見，湊過來說了句。「沈娘子，這是妳買的嗎？」

素年點點頭，雖然不是買的，但能買一個針灸包也在自己的計劃中，姑且就算是吧。

「對了，大嬸，這裡看病經常會用到針灸嗎？」素年忽然問道。

其實剛剛她就有種感覺，那種腰部扭傷明明用針灸就能很快地緩解疼痛，怎麼坐堂大夫卻無動於衷呢？

大嬸搖了搖頭。「那玩意兒也就是唬人的，要是真生病了呀，吃藥才是正經！」

素年一愣，這針灸怎麼會是不正經的東西呢？針灸從古代就開始盛行，只不過也需要一代人、一代人的經驗累積，透過穴位的試探，將針灸的秘法流傳下來。

既然這裡有針灸包，就說明針灸還是很有市場的，但為什麼大嬸覺得沒用呢？

素年在前世學習的針灸，那是集結了中國五千年精華的精髓所在，都是前人寶貴的經驗，所以她學到的都是經過驗證以後的知識。

在素年看來，針灸才應該是中醫的醫骨，若再輔以正確的藥方，她毫不懷疑，就沒有中醫治不好的病，就連自己的命，都是在中醫的手裡搶下來的。

只是她的時間不夠，身體已經壞到一定的程度了。可素年不後悔，那個時候，每當有人託關係找到自己，希望自己給他們針灸治病的時候，素年都是無比樂意的。

大嬸絮絮叨叨地說自己的哪個哪個親戚妯娌，因為什麼病被大夫針灸了以後，不僅沒有緩解，反而狠疼了幾天，最後還是吃藥管用。

「所以啊，吃藥才是正經的，沈娘子，這也就是玩玩而已。」大嬸見素年聽得認真，她也說得帶勁，原來這個沈娘子還是很好相處的嘛！

素年友好地笑了笑，對大嬸的關心表示感謝。「那，就沒有針灸治好病的情況嗎？」

牛車上的村民見素年對這個感興趣，紛紛七嘴八舌，牛車上一時間熱鬧起來。

「要說針灸，我還真聽說過一件奇事。」另一個大嬸神秘兮兮地壓低了聲音。

「前段時間，在我們村子隔壁，有一戶人家死了個姑娘，人都沒氣了，那家人呀，哭得要死要活的，結果，有一個鈴醫（注）從他們村子經過，正好給碰上了，也不知怎的，那個鈴醫拿出銀針，戳了至少有十來針，針針入肉寸把長，還就將那個姑娘給救活了！」

牛車上瞬間爆發出驚嘆聲，這個可不得了，能將死人救活，那可不就是神仙嘛！

素年微微垂頭，這裡也還是有高人的。假死一般是因為腦缺氧引起的，呼吸、心跳等生命特徵十分衰微，從表面看幾乎完全和死人一樣，而人中、風池、風府等穴位，都是直接增加及改善腦部血流量的，這種事情並不是不會發生。素年決定重拾上一世的針灸，將那一世的遺憾在這一世來彌補。

牛車到達牛家村的時候，已經是晚上了。有好心的大嬸將素年和小翠兩個小姑娘送回她們的小院子，小翠千恩萬謝。雖然牛家村民風淳樸，幾乎達到夜不閉戶、路不拾遺的地步，但小心一些總還是好的。

小翠將院子的門鎖好，懷揣著那個素錦荷包跑回素年的房間，緊張兮兮地將門也拴上，才將荷包拿出來，交遞到素年的手裡。

素年被小翠緊張的神情逗得直笑，正經來算，這也能算成是自己的診金，又不是偷摸拐騙來的，幹麼這麼小心？素年一邊笑著，一邊將荷包解開，將裡面的東西倒出來，銀光閃閃，一時間讓她花了眼。來到這裡以後，素年見到最多的錢就是銅板，而這銀子還是第一次見，真是大方啊，她想讓小翠來看一下這裡有多少錢。

小翠從裡面的銀子倒出來以後人就不會動了，是銀子啊，而且是這麼多銀子！「得、得

注：鈴醫，即走方郎中。古時行醫之時，郎中身負藥箱，手搖串鈴，往來奔走於村市街巷，為百姓治病，故稱之。

有十多兩……吧？」小翠的口舌開始不利索。

素年也能理解，她們兩人，身上最多的時候也只有兩、三百文的積蓄，冷不丁多出了十多兩銀子，小翠這麼激動也是正常的。但跟小翠一比，素年就淡定得不正常了。

她輕輕地拋了拋手裡的銀子，隨意地扔給小翠。十多兩，這個朝代的物價並不高，她們兩個小姑娘，十多兩估計都夠她們用個幾年的了。

小翠忙不迭地將銀子接住，手都在微微顫抖。也就兩、三年前，在沈府的時候，她並不是沒有看過銀子，但那時跟現在能比嗎？有了這些，小姐就可以過得更加寬裕一些了。小翠淚濕了眼眶，小心地將銀子收好，她們現在也算是有錢了。

素年看得心酸，不過十幾兩銀子而已，她知道，這都不夠真正的有錢人買件袍子的。有了錢以後，素年決定犒勞犒勞自己，讓小翠去買一些肉回來，還特別強調要有一些肥肉的才好。來這裡這麼久了，素年一次都沒有嚐過肉味，連肉星都沒有！她天天都安慰自己，就當自己是素食主義者了，這樣可以從小就保持身材。可每天看到自己身上一點多餘的肉都沒有，素年就想發飆，都這樣了還自欺欺人！

小翠抿著嘴笑，小姐的要求是理所當然的，只是小姐又給了小翠一些另外的錢，讓她買一些必需品回來。小翠拿著錢犯了愁，什麼是必需品呢？

素年以為小翠知道，她們家裡真的是什麼都沒有，她覺得需要買的東西多了去了，所以她才什麼都不說。可結果……素年對著小翠抱回來的一堆針線走了神，這什麼玩意兒？

小翠笑得含蓄。「針線呀。」

素年木然地將臉轉過去，她當然知道是針線，還有一些看起來不錯的料子啊！但問題是，為什麼小翠會買這些回來？

小翠一邊收拾著買回來的食材，一邊很興奮地邀功。「小姐，我明白的，這段時間小姐太辛苦了，所以做些針線活來放鬆一下最好不過了！」

「……」

「而且呀，小姐以前的手藝可好了，可不能荒廢了，要不就太可惜了呢！」小翠猶然不覺素年的茫然，樂滋滋地搖頭晃腦說著。今天晚上得做一頓好的！

「……」素年看著面前的針線筐。這玩意兒是用來放鬆的嗎？小翠妳確定嗎？

雖說針線難不倒自己，好歹有前世的十字繡什麼的打底，但為什麼素年覺得如此的悲哀呢？小翠心中的必需品竟然是這些？

「……能賣錢嗎？」素年終於開口說話了。

小翠一愣，當即眼眶就有泛紅的趨勢。「小姐，咱們現在不缺錢了……」

那只是暫時的。「能賣嗎？」

小翠憋屈地點點頭，她將頭垂下，用袖口狠狠地擦了擦眼睛。不行，自己得振作起來，怎麼能讓小姐為了生計處處費心呢？

這樣啊，既然能賣錢的話……素年再看向針線筐的眼神都不一樣了，親切了許多。一切能賺錢的東西，在她的眼裡都必須是可親的。

粗瓷大碗裡，赤醬濃香的蕨菜燒肉油汪汪的，看上去就讓人心情不錯；色澤金黃豔紅、酸甜可口的番茄炒蛋；還有一大碗清香爽口的黃瓜蛋湯。

素年發出滿足的嘆息，這才是過日子嘛！小翠雖然在針線上犯了傻，但她居然還捨得買了一小包糖回來，所以今天的菜異常的鮮美可口。

肚子吃得鼓鼓的，素年毫無形象地癱在椅子上。古代人的生活說實在的也真不錯，沒有那麼多需要費神的事情，只要容易知足就好，就是無聊了點。而且目前的狀況，別說是知足了，就連溫飽都達不到……

素年嘆了口氣，坐直了身子，將針線拿到了面前。做針線，素年還是比較有信心的，針這種東西，異曲同工，會拿針灸針，針線也就不在話下，更何況素年以前也是玩過針線的。將裝銀子的素錦荷包拿在手上觀察，荷包的底部邊緣繡著素雅的花紋，樣式也並不複雜，簡簡單單的拴著繩子，清雅細緻。素年反反覆覆地看了幾遍，才放到一邊，心中有了大概的構想。先將花樣描出來，素年伏在矮桌上，就著昏暗的光線才勾勒出一段花邊，就被小翠強行收了東西。

「小姐，這些白天再做，眼睛會壞的！」小翠將針線收好，一本正經地讓素年再想點別的事玩，然後走出房間，收拾院子去了。

素年還保持著剛剛那個姿勢，無比的茫然。別的事？還有什麼事可以做？她不是這裡的原住民，不知道一般是如何打發時間的啊……

天亮以後，小翠才將針線笸取出來。

小姐這段時間變得需求很少，幾乎都不會使喚她忙東忙西，所以小翠很快就將手裡的事情做完，打算跟素年一塊兒做些針線活。

「天哪，小姐您描的這個花樣真漂亮……！」小翠將昨天素年才來得及描了一段的花樣拿出來，立刻發出驚嘆的聲音。優雅的枝蔓，描繪得細緻精美，難得的是上面還點綴著米粒大小的花朵，層層花瓣妖嬈綻放，玲瓏秀美。

素年笑而不語，雖然她沒學過美術，可她見過，見過無數漂亮的圖案、各種設計出來的精美紋路。上一世對美麗事物的陶醉，無疑讓她的審美要高出許多，這還是簡單的了，她只是隨便先試試。低著頭，繼續將那段畫面細細描繪出來，素年覺得，古代的女子也挺不容易的，這樣很容易得頸椎病的呀！她描一會兒後，抬起頭來轉轉脖子，仰頭望望遠處湛藍的天空，讓眼睛舒緩一下，然後再繼續。

小翠瞧著新鮮，便跟著素年一起，她發現，如此一來，眼睛居然沒有出現以前的酸澀感，小姐果然厲害！

除了那些花邊紋路，素年又精心描繪了一隻蝴蝶，棲息在蘭草上，舒展了繁複華美的翅膀，栩栩如生。

小翠看到素年描好的花樣時，愣了好半天，然後將自己手裡打算做繡帕的布料藏了起來。

第八章 找上門來

刺繡是一件需要耐心的活兒，素年原本很有信心，她覺得正好可以打發時間啊！但真的開始繡起來，她就發現自己想得太簡單了。如果是要打發時間的話，素年更喜歡坐在那裡曬太陽，而不是低著頭、一針一針地戳在布料上！

這才勾勒出一個大概輪廓，素年就快要撐不住了！原本她豪情萬丈地打算做一個荷包，現在覺得還是算了吧，能做一方繡帕出來就不錯了。

小翠見素年已經開始有些懈怠，於是放下手裡的針線，去小廚房裡生了火。很快地，她端出一個小圓碟，上面羅列了兩層切成小小方塊的東西出來。

誘人的甜香慢慢地瀰漫在這個小小的院子裡，素年放下手裡的針線，深深地吸了一口氣，小翠太貼心了！

這是一種叫做甜饅頭的點心，是將隔夜的冷饅頭切成塊狀，雞蛋打散後放入糖攪拌均勻——其實如果能加入牛奶更好——然後讓饅頭吸足了蛋液，放在鍋中炸至金黃色起鍋。

小翠是個非常有潛力的姑娘，舉一反三的能力非常的強，素年才稍微提點一下，她就能做成美味可口的食物。素年深深地覺得，在她穿越來之前，這個身體還能撐這麼長時間，小翠絕對功不可沒！

就著苦澀的茶水，吃著香甜的點心，剛剛的焦躁統統被排出體外。

素年知道，自己是心急了。她覺得不應該將時間浪費在女紅這樣的事情上，得賺錢，多多賺錢，然後買一座大院子，養幾個婢女，舒舒服服地過日子才是正經的。

丟了一塊甜饅頭到嘴裡後，素年拍拍手，轉身進屋將針灸包拿出來。

不知道這條路能不能行得通？這裡行醫需要什麼條件嗎？她一個小姑娘合適嗎？會有人願意找她這種年紀那麼小、看上去就沒有資歷的人看病嗎？

素年無比糾結，為啥她就不會那些種植的知識？也不對，就算她會，她也沒那個力氣……

烏縣，青瓦白牆的大院內，老太爺抖著鬍子坐在前廳裡拍桌子。「這個王行之，越來越不像話了！這都什麼時辰了，還不到？」

一旁的婢女面不改色地盯著青石磚的地面，並適時地給老太爺手邊的茶杯裡添水，補充他的戰力。

屋外，一個小廝一路小跑到門口，見老太爺狠瞪了他一眼，他才討好地笑著走進來。

「老爺子，王老爺今兒來不了了。王大人派人來說，王老爺昨兒個不小心扭了腰，動都動不了，如今正在床上休養呢！」小廝挨到老太爺的身邊，將話傳到。

老太爺一聽，原本在臉上的怒火立刻消失，取而代之的是深深的幸災樂禍。「真的？扭到腰了？呵呵……啊不是，那個，這可如何是好？怎麼說也是相識一場，走走走，去王大人的府上瞧一瞧，把那支山參也帶上，呵呵呵……」

老爺子站起來，大步走出前廳。

身穿青色高腰長裙、橘色束腰的婢女，這才輕輕笑著，開始收拾茶盞。

王大人聽聞阮老爺子前來，立刻起身迎接，這才走到花廳，就聽到阮老爺子爽朗的笑聲。

「世姪，你父親扭傷腰了？」

王大人在心中無奈地笑，老爺子還是一如既往的直白啊！

「家父昨日……不慎傷到腰，今日才無法赴約，請阮老爺見諒。」王大人彎腰作揖，表示歉意。

阮老爺子毫不在意地擺擺手。「無礙無礙，我去瞧瞧，也不知道傷得重不重？」阮老爺一邊嘀咕，一邊熟門熟路地往後院走去。

清彥園裡飄著濃郁的藥味，有小丫鬟端著東西來回地走動，見到阮老爺都停下腳步，屈身行禮之後又繼續匆匆忙碌。

正屋裡傳來聲聲哀鳴，聽得阮老爺莫名的心情不錯。「行之啊，老夫來看你了！」說著，阮老爺伸手推開房門，藥草的味道撲面而來。

哀鳴聲戛然而止，隨後從巨大的屏風後面響起洪亮的聲音。「你來幹什麼？哎喲……」

「嘖嘖嘖，你這話說的，老朋友傷病在身，老夫豈有不來看看的道理？」

「別以為我不知道，你就是來看熱鬧的！」洪亮的嗓門稍稍有些收斂，剛剛似乎又拉到疼痛的地方了。
阮老爺微笑地摸著鬍子點點頭，看熱鬧是肯定的，不過……「這腰扭傷了可是大事，那種疼痛可不是人受的，我這不是想來分散你的注意力嗎？」
「放屁！哎喲……你懂什麼？你扭過？」
隨後跟來的王大人眼裡閃過一絲無奈，父親跟阮老爺說話的時候，總是怎麼粗糙怎麼來。
阮老爺隨意坐了下來，眼睛盯著屏風。「我前兩日也扭過，還是在大街上，差點疼暈過去，你說我懂不懂？」
「你吹吧，你就吹吧！你要是前兩天扭傷了腰，現在能杵在這兒看我的笑話，啊？」
「嘿，所以說我運氣好呢！遇到個小姑娘，拿幾根銀針『唰唰唰』地扎了幾下，好了！」阮老爺摸著鬍子說，這會兒想起來都覺得有意思。
忽然，從內室裡傳出另一個聲音。「確實扎幾針就好了？」
阮老爺一驚，裡面除了王老爺還有別人？
這時，從巨大的屏風後面慢慢地走出一個老人，看上去比阮、王兩位老太爺還要上年紀，背已經微微佝僂，眼神倒還挺銳利的。
「這位是……」阮老爺扭頭問一旁的王大人。
王大人還沒說話，一旁的小廝就開了口。「這位是回春堂的盧大夫，為老太爺的腰傷特意請來的。」

盧大夫見阮老爺沒有回答，不禁又問了一遍。「果然是光靠針灸就止了疼痛？」

阮老爺知道他問的是自己那天的事情，雖然詢問的態度有些讓人不快，但他還是點了點頭。

誰知盧大夫臉上卻劃過一絲不屑。「那必然是輕微扭傷而已，王老太爺可是已經傷及筋骨，如何比得了？」

阮老爺的臉色立刻沈了下來。輕微扭傷？他這會兒回想起之前的疼痛都恨不得在地上打兩個滾才好呢！「不會就說不會，何必要找理由？」阮老爺抖著鬍子說。他最恨別人不相信他了，而且還是因為自己技術不到家而不相信他！

「好好好！」這個盧大夫因為一手治療扭傷的好醫術，在回春堂裡向來都備受尊敬，還沒有誰敢這麼跟他說話的！不就是知府嗎？他就不信，他們以後不找大夫了！盧大夫繃著一張臉，拿了他的東西就走，連診金都沒收，可見是氣急了。

「你個老匹夫！」屏風後面的王老爺見狀，發出一聲慘叫。他阮林是過了嘴癮了，可自己怎麼辦？那盧大夫可是他們烏縣裡治療跌打扭傷最好的大夫了啊！

王大人立刻想要派人去追，卻被阮老爺一把拉住。「追什麼呀？這種庸醫，剛剛是在給你按摩吧？怎麼樣？這會兒還疼不？」

「……」王老爺很想大聲罵人，卻因為疼痛，只能發出一陣抽泣聲，顯然是疼極了。

「看吧，果然是庸醫。世姪啊，這樣可不行，你趕緊的，什麼回春堂，去仁術堂！找他們的管事，問問知不知道那天那個小姑娘的下落，要是找到了，那可就是你父親的福氣了！」

王大人哪敢怠慢，立刻就差了人前去詢問。

仁術堂的管事見是知府的人，也不敢隱瞞，實話實說。因為時間並不長，再加上印象深刻，管事立刻就知道他們打聽的小姑娘是誰。「很可惜，那個小姑娘只是來我們這裡出售藥材的，並未交代家住何處。不過，我似乎聽見她們說什麼要回去了、時間不夠了，從烏縣出發，需要半日以上路程的村落也就那麼幾個。」管事努力地回想，心裡卻有些疑惑，知府的人為什麼要找這個小姑娘呢？

王大人得到回報以後，見父親趴在榻上，僵直著身子，動也疼，不動也疼，連聲哀叫得嗓子都啞了。在盧大夫之後，王大人趕緊又找了一個大夫來瞧，可人家手法確實不如盧大夫，這哪是推拿啊，簡直是折磨！

王老爺揮著手讓這個大夫別糟蹋他了，他一把老骨頭禁不住的。

於是王大人立刻派人，找，趕緊找！不就那麼幾個村落嗎？一個不錯過，挨家挨戶地尋找，務必要以最快的速度將阮老爺口中神奇的小姑娘找出來！

「小姐，您這個……就不繡了？」小翠發現，從素年將針線放下以後，她就沒有再次拿起來過，這麼漂亮的圖樣，到現在仍舊還是一個輪廓。

素年瞥了一眼小翠手裡的東西，一陣膩味。她還是不要去嘗試做大家閨秀了，自己比較適合拿銀針，這個就算了。「不繡了。」素年斬釘截鐵地回答。

小翠愣了半晌，硬是將花樣送到素年的眼前，讓她好好地看看。「這麼漂亮的花樣就不繡了？」

素年眨巴眨巴著眼睛，看著小翠不可思議的眼神，忽然靈機一動。「要不，妳接著繡？」素年的話剛出口，就覺得自己怎麼會想出這麼一個絕妙的主意呢？她坐直了身子。

小翠繡工不錯，只是素年發現，她在花樣和顏色搭配上有些欠缺，所以細密的針腳往往被粗糙的圖案和抽象的顏色所遮掩，那自己就給她畫好、配好啊！素年對描花樣還是挺感興趣的，至於將花樣繡出來……還是放過她吧。

小翠聽到素年的話，想了幾秒才反應過來，小巧的嘴巴微微張開。「這合適嗎？這麼漂亮的花樣？」

「有什麼不合適的！」素年覺得這孩子的想法真是特殊。「既然妳覺得花樣好看，那肯定要繡出來才會對得起它啊！不然其他人誰會看見？誰會買呢？」

「小姐您要賣掉啊？」小翠不捨地看著手裡還未成形的繡品，她可捨不得呢！

「那是肯定的，不然我們繡它幹麼？」素年又靠在椅子上，手裡的銀針一閃，扎在膝眼下三寸，脛骨外大筋內的足三里穴上。

小翠看得眼睛一跳，彷彿扎在她自己身上一樣。「小姐……好好的為什麼要扎自己？很疼的。如果小姐想扎的話，就、就扎小翠好了！」

看著小翠英勇就義一般地閉著眼睛，將細細的胳膊伸到自己的面前，素年樂得直顫。

「妳不懂，來來來，正好，我也給妳扎一針！這叫足三里，全身性強壯要穴，可健脾、助消化、益氣增力、提高人體免疫機能和抗病機能。妳不是要變成牛蛋那樣厲害的人嗎？多扎扎就會有效果的。」

小翠壓根兒聽不懂素年口裡一串一串奇怪的辭彙，她只聽懂了後面，就是這針厲害著呢，自己成為能幹的丫鬟指日可待了！素年將小翠的裙子撩起來，反正她們兩個小丫頭也沒什麼可在意的。

只是小翠看到小姐手持銀針就要扎到自己的時候，眼睛還是下意識地閉了起來，不敢看。一陣脹脹的痠痛感後，小翠睜開眼睛，就看到自己的小腿上戳著一根明晃晃的銀針，隨著她的動作搖搖擺擺，令她一陣眩暈。可是，這根針是什麼時候扎上去的呢？怎麼她都沒有感覺到？

素年已經靠在椅子上繼續發呆了，三分鐘左右，素年將銀針起出。

小翠好奇地動了動腿，發現並沒有什麼異常的變化，似乎，這針灸也沒有那麼恐怖嘛！

「小翠，妳就不問問我如何會針灸之術？」素年將銀針擦乾淨，收回針灸包，慢悠悠地開口。

這個問題她一早就想問了，雖然自己之前用「書上看的」這種空洞又沒有誠意的藉口忽悠過去了，但素年不相信小翠對自己就一點懷疑都沒有，看什麼書就會用針灸治病呀？這不扯淡嗎？那天下會看書的人，都可以做大夫了。

小翠聞言抬起了頭，臉上的表情比素年還要茫然。「小姐不記得自己如何會的了嗎？」

素年差點一個趔趄，不禁皺著眉想，這丫頭是真傻還是假傻？她難道就沒有想過，自己是個冒牌的？

小翠當然沒有想過，她跟小姐整天在這個小院子裡朝夕相處，院子就這麼一點大，還在這樣一個偏僻的角落，整天就她們兩個人，抬頭不見低頭見，怎麼可能會有假冒的？真是說笑了。並且，小翠的年紀在這兒，注定沒有什麼閱歷可言，生活環境更是單純，也沒怎麼聽說過稀奇古怪、不科學的言論。

所以小翠從一開始就死心塌地地相信，小姐是真的厲害，之前頹廢的日子，那只不過是沒有緩過來，但現在不一樣了，小姐想明白了，因此有多神奇她都覺得是正常的。

素年對此無話可說，她總不可能腦抽了指著鼻子自己承認自己是冒牌的吧？沒想到她連藉口都用不著想，就成功地在小翠的心目中成為了正主，這真是……

既然素年說讓她接著繡，小翠便非常開心地捧著素年的半成品開始埋頭苦繡，素年將需要用的絲線都給她準備好了，哪種顏色的繡哪裡，搭配得好好的。

看著小翠認真的神情，素年自嘆不如，單純也有單純的好處。希望小翠的情報無誤，這些繡品也能賣錢，不然，她才過上兩天好日子，總不能坐吃山空，越過越回頭吧？

小翠說了，繡品在縣城裡很好賣的，那些大家小姐，有喜歡從有名的鋪子裡訂做的，也有喜歡採買一些特別的，應該不難賣。素年在心裡鬆了一口氣，如果真是這樣的話，那她必然會努力畫，能有一點收入她就已經很滿意了。

正當素年對未來的日子在腦海裡規劃得很開心的時候，她們小院子的門被拍響了，「砰砰砰」的，十分粗魯。

素年和小翠對看一眼，眼中有些疑惑。她們這裡除了每月佟府來送月例，還沒有來過什麼人呢，這會是誰呢？

拍門聲仍在繼續，小翠將手裡的繡品放下，提心吊膽地走過去。「誰呀？」

聽到裡面有了回應，拍門聲停止了，門外傳來一男子恭敬的聲音。「小娘子，我們是烏縣知府王大人派來的，聽聞小娘子會針灸止痛，特來問診。」

素年聽了半天都沒有回過神，這什麼意思？有人來找她看病嗎？

小翠一聽是來求小姐的，也不管三七二十一，上前就將門打開了，素年想出聲攔住都沒來得及。

傻丫頭啊，萬一是騙子，她們兩個區區弱女子，還不慘遭毒手？

第九章 豐厚診金

萬幸的是，門外真的是烏縣知府的人。

這些人在來到牛家村以後，就四處詢問村子裡有沒有一個十一、二歲左右、會醫術的小姑娘。其實他們自己也覺得不可思議，十一、二歲的年紀就會醫術，還要如同阮老爺口中的神乎其技，那簡直就是不可能啊！所以他們在詢問的時候，也帶著不確定的語氣。

但牛家村的村民態度就比他們要堅定得多了。「有，那可是個小神醫！」

然後，他們就在熱心村民們的指引下，找到位於牛家村角落裡的這個小院落。

等門打開以後，他們發現，可不就是個小姑娘嘛！但再往裡面看，院子裡的椅子上，還坐著一個小姑娘。

知府的家丁小心地走進院裡，非常有禮貌地彎腰行禮。「小娘子有禮了。」家丁將大概的情況跟素年說明了一下，並且解釋時間緊迫，刻不容緩，希望她能立刻跟他們啟程前往烏縣。

素年只覺得神奇，這算是好顧客介紹的生意嗎？這也太有效率了點吧？以後得多加注意了，看見路上有人不妥就得及時出手，看看，這就是成效啊！

想著那個阮老爺出手豐厚，這個知府王大人的診金肯定也不俗，素年便動作迅速地將她的針灸小包包拿上，滿臉焦急地跟著知府的家丁就出了門。「那便上路吧，可不能讓患者久等了！」

躺在床上的王行之這會兒覺得，這疼痛一定是上次跟阮林打賭時自己耍賴造的孽！不然這個老匹夫怎麼能如此的幸災樂禍，臉上還帶著讓人氣憤的笑容？這都要一天一夜了，自己的腰在大夫的按摩之下並沒有任何緩解的跡象，反而更加嚴重。

王大人因為阮老爺的話，直接請大夫給他父親施針，卻扎了幾針都沒有效果。

「……」王行之連呻吟都沒有了力氣，身後這個大夫的按摩推拿讓他疼得冷汗一層一層地冒，在心底咬牙切齒地認定，這個阮林絕對是來報仇了，不然他幹麼將盧大夫氣走？

「要不然，還是去請盧大夫吧？跟他賠個罪？家父的樣子，實在有些不妙啊……」王大人對著坐在內堂喝茶的阮老爺輕聲詢問。

王大人之前就打算如此，卻被阮老爺一把攔住。「世姪啊，那個盧大夫為何如此的囂張？就是被你們這些人慣的啊！我說他是庸醫他就是庸醫！再說了，哪有大夫因為患者說兩句話就撂挑子的？他這會兒，就等著我們去求他呢！」

王大人何嘗不知？可父親這個樣子，他要如何是好？

就在這時，有小廝匆匆地走進房間，在王大人耳邊說了兩句話，只見王大人緊鎖的眉頭豁然鬆開，連聲喊了兩句「快請、快請」。

阮老爺將手裡的茶杯放下。「找到了？」

王大人點點頭。「應該是，還要麻煩您等會兒確認一下。」

很快地，素年的身影出現在屋子的門口，身後還跟了一個小丫鬟，得到王大人允許了以後，才緩緩地走了進來。

屋子裡充滿了刺鼻的藥油味道，素年不自覺地皺了皺眉。

「丫頭，咱們又見面了！」阮林一副很開心的樣子，摸著鬍鬚笑咪咪地看著素年。

素年屈身給阮林行禮，於情於理自己都得謝謝他，不然，她可不會這麼快又開張。

小翠也跟著行禮，站起來以後眼珠子在阮林身上來回掃視，這個老爺子的身體已經恢復了？看起來很精神的樣子。

王大人等素年站直了身體，便急忙讓她去裡面看看父親的情況，這麼長時間的疼痛忍下來，已經很疲憊了。

素年依言繞過屏風，一眼就看到趴在那裡一動都不動的王老爺。

大夫退到後面，從王老爺身邊離開，臉上滿是驚嘆和疑惑，這知府大人請來這麼一個小娃娃有什麼用？再看到對方將手裡的針灸包展開，心中更是駭然，莫非這小娃娃打算給王老爺針灸止痛？

小翠從後面拉了拉素年的袖子，往前走了一步，聲音弱不可聞。「小姐……小姐，大老爺穿著中衣……」

素年一愣，隨即點了點頭，衝著守在床邊的小廝一揚下巴。「將老爺子的衣服脫掉。」

小翠當場就崩潰了，她不是這個意思啊！她是覺得中衣不夠嚴實啊！

麗朝的民風開放不錯，沒有那麼嚴實的男女大防，而且王老爺的年紀也足夠做小姐的爺爺了，但他怎麼說也是男的啊！男的！小姐這是要看別人的身體嗎？

瞧見小翠驚悚到僵直的表情，素年將她拉到一邊。「小翠啊，我現在不是小姐了。」

小翠一驚，就聽到素年繼續說：「我現在是大夫，在大夫面前，沒有男女之分，沒有性別之異，妳看到的是王老爺的身體，可在我的眼裡，那就是一團肉！」

素年說得斬釘截鐵，讓小翠的顧忌慢慢地解除，眼睛裡充滿亮晶晶的光芒。小姐真厲害，原來那就是一團肉啊！

王老爺憋屈地趴在那裡，背部已經光裸在空氣中。到他這個年紀仍然耳聰目明的不多了，但他在聽到自己只是一團肉的時候，不禁用牙齒洩憤地咬了兩口枕頭，他怎麼就是一團肉了！

素年讓王老爺放鬆身體，小手在他的腰部按壓，找準壓痛點阿是穴。因為拖的時間有些長了，氣血淤塞情況嚴重，經絡阻滯不通，素年雖按壓得小心，卻也帶起了王老爺的呼痛聲。

從針灸包裡取出銀針，小小的手穩穩地將針九十度直刺入穴位，得氣後逆時針大角度地撚轉，用力重、頻率快。在另一個壓痛點，則先深後淺，輕插重提，幅度大、頻率高，以達到快速調和氣血，疏通筋脈的功效。

大夫看素年下手迅速，眼花撩亂，並且不僅在腰部，在四肢肘膝關節也下了幾針。他覺得小娃娃完全不懂醫術，王老爺是腰部扭傷，妳在別的地方下針是什麼意思？難道不會增加王老爺的痛楚嗎？

可神奇的是，當素年下完針之後，王老爺因為疼痛發出的「呼哧呼哧」聲就消失了。待到素年將針起出，示意王老爺在小廝的幫助下起身，微微扭動腰部，做輕微的活動時，大夫的眼睛差點瞪凸出來。

這怎麼可能？前一會兒還半死不活地趴在床上，自己稍微碰一下都疼得要死，這會兒就能夠扭動了？開玩笑吧？之前是在逗自己玩的吧？

王大人臉上也是極度驚嘆，果然神乎其技，父親彷彿全身舒爽的表情，讓他終於鬆了一口氣。折騰了這麼久，終於可以擺脫鑽心的疼痛了。

素年將銀針清理乾淨，收拾好以後，走出內室，建議王大人讓大夫開一些活血化瘀的藥吃著，並且同樣不能用同一個姿勢太長時間坐或者站。

「小娘子給開藥方吧！」王大人對素年的態度不自覺地恭敬起來。

素年搖搖頭，術業有專攻，這方面自己有些欠缺，而且有些藥不知道這裡有沒有。「還是請大夫開吧，小女子資歷尚淺，怕耽誤了老爺子。」

王大人覺得她這就是在謙虛了，資歷尚淺還迅速就拯救了父親，那要是資歷深起來，可怎麼得了？不過，既然父親已經不再疼痛難忍，王大人也就不強求，讓在一旁候著的大夫開藥方。這個大夫沒有盧大夫的傲氣，所以也並沒有覺得被怠慢，而是斟酌了一下後，細細地開出了一副藥方。

素年這時打算離開了，一旁的小丫鬟卻給她和小翠都奉上了茶水。

小翠那叫一個惶恐，自己也是個丫鬟，如何承受得了？

「來來來，喝茶！丫頭啊，妳可真是給我長臉了，哈哈哈哈！」阮老爺摸著鬍鬚，笑得很大聲，一旁挪出來的王行之臉色黑沈，自己就是那張「臉」……

不過，摸了摸自己的老腰，王行之不得不承認，這個跟自己孫女一般大小的小姑娘，竟然如此的厲害，阮林這次確實沒有坑他！

素年笑得謙虛，腰傷而已，擔不得如此的讚美。她看著手裡金黃透亮的茶湯，清香縈繞，入嘴微苦回甘，茶香四溢，確實是好茶。在她們的小院子裡，就連最下乘的茶葉都沒有，更別說這種一看就很有檔次的了。關鍵是沒錢啊！

素年笑得越發甜美可人，自己還沒拿到診金呢！

「老大人，如果沒事的話，可否請人將我們送回去？我們兩個小姑娘，這個時間不大好在外行走。」素年看了看已晚的天色，有些不好意思。

「這是自然！不過，既然天色已晚，不如請小神醫就留在舍下住一晚，待明日，老夫一定派人將妳們安安全全地送回家。」王行之壓根兒就不是在問她們的意見，直接招來人去收拾廂房了。

素年也不推辭，就當出外診了。而且，這種高門大院，那住宿條件跟她們的小院子相比，猶如五星級酒店，這種富貴權勢人家的老太爺，往往都是說一不二的，自己何必要讓人不開心呢？

阮老爺摸摸鬍子，果然沒看錯，這小丫頭還真不是那種矯情的姑娘，也不知道她是如何會的一手針灸本領，如果能好好培養，那必然能成一代大師！

知府府裡的飯菜，都是找有名的廚娘特別做的，但烹飪方式有些單調，即便美味，吃多了也會有些膩。可這些飯菜對素年和小翠來說，是非常的可口。菜裡捨得放油，滋味濃郁，且大魚大肉一點都不吝嗇，再搭配時令蔬菜，她們倆姿態優美地吃了許多。

阮老爺這才意識到，仁術堂說素年主僕二人當初去他們醫館出售藥材並不是胡說，看來她們家的家境果真不大妙。

晚上，軟榻高枕，讓小翠興奮了好一陣，有穿著襦裙、束著青色腰封的婢女侍候她們洗漱，奉上乾淨的衣服。

大戶人家的婢女就是不一樣，一整套流暢的動作行雲流水，讓小翠看得目瞪口呆，並且慌忙地搖頭，表示自己並不需要侍候。

待婢女們都退出去以後，小翠才躡手躡腳地自己整理完畢。「小姐，我以後也會——」

「不需要。」小翠那兒還沒有說完呢，素年就知道她想說什麼了，趕緊打斷。

一次、兩次是享受，多來幾次那就是折磨了，她還是喜歡她們兩個在小院子裡無拘無束的日子，沒有任何繁瑣的規矩，想怎麼做都可以。

小翠後半句話又嚥了下去，她是一個聽話的好丫鬟，小姐既然說不需要，那她就找別的方面努力吧！

第二日一早，她們用完了早膳，便有人過來請她們去前院。

王老爺果然沒有食言，當真派了車送她們回去，並且送上這次的診金，一個小小的盒子。小翠將盒子接過來，沈沈的重量讓她的眼睛瞪得老大，非常不安地看了一眼素年。

素年接收到她的信號，笑得淡然。王老爺如果覺得自己值那麼多錢，那她就收著。再說了，出外診本來就應該要加錢的，多一些也正常。

拜別了王老爺後，素年和小翠坐上了返程的馬車。

之前接她們來的時候也同樣是馬車，那比牛車要舒服得多，可這輛馬車比接她們的那輛更加的高級，雖然外觀都一樣，但裡面鋪了厚厚的墊子，避震效果一流，沒什麼顛簸的感覺。

小翠忐忑地將那個盒子抱著也不是、放著也不是，團團轉得好似小螞蟻，不知道該如何是好。

素年嘆了口氣，乾脆讓她將盒子打開，等看到了具體的數額以後再糾結。

小盒子的蓋子一打開，小翠立刻抽了一大口氣，然後自己緊張無比地用手捂住嘴，眼睛迅速往兩旁看。

這一個小盒子裡，竟然裝滿了銀錠，饒是素年，也倒吸了口冷氣，這有些太多了。

小翠抖著手，一錠一錠地數清楚以後，才悄悄地用手比了一個數字，然後撲到一邊大口地喘氣。太刺激了，剛剛她的手裡竟然捧著這麼多銀子，她簡直太沈著冷靜了！小翠在心底給自己鼓掌。

足足一百兩……素年舒了一口氣。二十五錠一層，一共四層，碼得整整齊齊的，果然很多，這趟沒有白來，值了！有了這筆錢，她們應該就可以徹底脫離佟府了。

每個月兩百文錢？說笑話呢？她們現在可是有錢人了！隨便去哪裡賃一個小院子，做做針線賣賣錢，再稍微省著點兒，一百兩加之前的十多兩銀子，她們手裡就有一百一十多兩的積蓄了，這對兩個小姑娘來說，可是一筆鉅款呢！

素年讓小翠將小盒子收好，這是她們現在的所有身家，可不能弄丟了。

小翠不用素年吩咐，便死死地抱在懷裡，一副人在銀子在的氣勢，看得素年想笑。

穿越過來到現在，素年的想法都沒有改變過，她要好好地活著。這個「好好地」不僅包括不餓死、不凍死，還要確實地提高生活品質。

素年想過了，雖然她現在年紀小、身子弱，沒有任何的魅力可言，但她會長大的，那個時候，是不是就能讓人更容易認可她的醫術呢？

到時候，開一間小小的醫館，坐堂問診，買一間不用太大卻打理得舒舒服服的院落，院子裡養幾棵樹、種一些花，再養一些丫鬟、護院，春天踏青，夏天賞花，秋天遊湖，冬天玩雪，將日子過得有滋有味，她才能夠對得起穿越這一場，對得起自己現在這個健康的身體啊！

第十章　離開村子

牛家村還從來沒有這麼高檔的馬車出現過，不過這兩天，他們就看到了兩次。

馬車停在小院子的門口，素年和小翠從車上下來，家丁很客氣地看著她們進入了院子，關了門，才調轉車頭離開。

一路上，不少村民議論紛紛。當初將這位小姐送來他們村子休養的時候，彷彿也只是一輛很低調的小馬車而已。村民忽然有了一種感覺，這位小姐，也許要離開牛家村了……

素年確實是有這個打算，牛家村雖然民風淳樸，可是生活也有些不便，有的東西根本買不到，而且，如果她們暫時要靠繡品賣錢的話，還是得去縣城才可以。

這處小院落，只是佟家借給她暫住的，雖然不收租金，但條件也真心不好，既然她們這會兒有錢了，又何必委屈自己呢？素年回到院子裡，就將自己的打算說給小翠聽。

小翠張大了嘴巴，然後慢慢地閉上。小姐說過，遇到事不要忙著驚慌、不知所措，先想想，等自己實在消化不了，然後再驚慌也不遲。小翠認真地想了，小姐想要離開這裡也很正常，佟府的那些人每次根本就不是來給她們送月例，而是來看她們笑話的，看她們有多麼落魄，需要依附著佟府，每個月靠著那麼可憐的兩百文錢維持生命！小翠並不是沒有脾氣，她也想生氣，也想憤怒，可她不能。因為，她們確實就是得靠著那麼可憐的兩百文活著。那個時候的她們，別說賺錢了，連存錢都做不到。為了不讓小姐挨餓，小翠每月都有那麼幾天得靠喝冷水撐過來。

但現在不一樣了，小姐想明白了，變得那麼的好、那麼的厲害，小翠一下子對未來充滿了希望。離開這裡也好，將之前所有消極的生活都忘掉，這些銀子，就算她們坐吃山空，省著點的話，也可以撐個幾十年的。如果還有收入就更沒問題了！

當即，小翠就拚命點頭。「好，小姐，咱們去烏縣吧！」

素年眨巴了兩下眼睛，覺得太難得了，小翠竟然這麼容易就接受了自己的提議，果然是很有塑造性！不過，素年搖了搖頭。「不去烏縣。」

「這是為何？」小翠有些疑惑，烏縣不是很好嗎？而且，她們才剛剛認識了那裡的知府，就算以後沒有任何交集，她心裡也安心不少呀！

素年笑了笑，手指輕點小翠的額頭。「妳傻呀！小姐我會的是什麼？針灸。烏縣總共才兩家醫館，兩家我們還都得罪了，沒有發展前景。」

「發展……前進？」小翠聽得不是很明白，但是她覺得，小姐說的很有道理，反正小姐去哪兒她就跟到哪兒，不是烏縣也沒關係！

素年既然決定離開，便立刻準備起來，她在這個小院子裡轉了兩圈，愣是沒有找到任何可以帶走的東西，於是只能讓小翠將她們倆為數不多的衣服收拾收拾，然後出去打聽有沒有願意跑縣城的車子。

春耕已經結束了，村民們家裡的牛都得了空閒，小翠很容易便聯絡到一戶願意送她們進城的牛車，價格也並不貴，約定了第二日一早出發。

這是她們在這個小院子裡的最後一個晚上。

院子外面有細細的蟲鳴聲，空氣中飄浮著不知名的小花開出的香氣，素年頭枕著雙手，盯著黑烏烏的屋頂看，這是她創造出美好生活的第一步而已。

牛家村在素年和小翠的視線中越離越遠，小翠眼中竟然有一些不捨，而素年則完全沒有任何感覺，畢竟她到這裡的日子本身就不長，而且……真沒有什麼好留戀的，因為什麼都沒有。

這次她們要去的縣城是一個叫做林縣的地方，那裡比烏縣要遠很多，途經一個小鎮子，她們需要在那裡歇一個晚上。聽小翠說，他們沈家從前在林縣待過，所以素年第一個選擇就是那裡，也不知道為什麼。

小翠眼眶泛紅，小姐還是對原先的事情放不下，不過林縣也好，那裡非常的大，比烏縣大上許多，小姐應該會喜歡的。

兩天一夜的趕路，兩人終於到達了林縣，雖然跟素年心中的縣城還是有一定的差距，但確實比烏縣明顯要熱鬧許多。

將車錢付清，小翠抱著一個大包袱跟在素年的身後。

首先得解決住的地方，素年覺得一時半會兒想要找到合適的住所沒那麼容易，就先帶著小翠找了一家客棧暫住，房子慢慢找也可以。

小翠那個心疼啊，客棧一晚上就要一百文錢，比賃屋子要貴多了！

第二日一早，她們兩人就開始在林縣裡轉悠，待出售和租賃的屋子，都會貼出告示，素年跟小翠逛了一整天，相中了兩個小院子。

一個在槐樹胡同，兩進的小院子，比她們在牛家村的要大許多，前後院用樸素的月亮門分隔，後面東、西廂房並不大，但朝向很好，乾燥溫暖，前院裡還有一口井，後院的小廚房設施齊全。但租金略高，每月要八百文。

小翠當場就倒抽一口氣，她們之前的月例只有兩百文，這太高了些。

而另一個，在月光胡同，大小差不多，只不過沒有井，後院一間廂房的採光也不是很理想，不過素年很喜歡前院裡種著的一棵桂花樹，她能夠想像得到，等桂花開放時，整個院子裡定然飄滿了沁人心扉的香氣。更關鍵的是，月光胡同的小院子每月只要六百五十文的租金。

能節省一百五十文，也不少了呢！小翠在心底盤算著。

素年掙扎了半天，決定還是將槐樹胡同裡的院子租下來，貴就貴點兒，但勝在便捷舒適，桂花什麼的，以後她們可以自己挖來種。

小翠知道小姐是心疼自己，自己家院子裡就有井的話，她會省很多事。小翠眼眶紅紅的，如同一隻小兔子。「小姐，奴婢會努力賺錢的……」

素年哭笑不得，她真沒想過要奴役丫鬟來養家餬口的。

簽了契約，交了押金和三個月的租金後，素年和小翠站在這個暫時屬於她們的小院子裡，從心底漫出喜悅的泡泡。

人果然還是要有家才踏實！素年在心底暗暗握拳。一定要努力賺錢，確實地買下一座院子才算完滿，這會兒只是租賃的，她仍舊不滿足。

小翠一點怨言都沒有，這座院子裡還有簡單的家具，加上她們帶來的一些行李，直接就可以住進來了，剩下的東西需要慢慢添置，也不急在一時。

素年跟著小翠出去採購東西，兩個人用的餐具、鋪蓋、各種調料、柴火，無一不需要添置，而且素年的眼光並不差，她也不想委屈了自己。

小翠看著流水一般花出去的銀子，心中微微不捨。

「人總是要生活的，那麼辛辛苦苦地賺銀子是為了什麼？還不是為了生活得更好，那幹麼不用？」素年一邊逛，一邊給小翠洗腦。

小翠哪裡是素年的對手？幾句話腦子就暈乎乎的了，也不再糾結錢花得多了。反正小姐說了，以後還能夠再賺回來呢！

素年和小翠的小日子就這麼過了起來，雖然只有她們兩個，不過每天的時間還是安排得滿滿的。

早上起床，小翠會準備好兩人的早膳，簡單的清粥，加上煸炒過滴入兩滴香油的小菜，素年吃得有滋有味。

休息片刻之後，素年會強制性地要求小翠跟自己一塊兒做一會兒操，美其名曰鍛練身體。

之後小翠會收拾院子，準備中午的飯食，素年就開始描一會兒花樣。

吃過飯後，素年會午睡一會兒，要求小翠也要睡，說是這樣精神會好。

小翠一開始不習慣，大白天的睡覺多浪費時間？後來拗不過素年，倒是慢慢適應了，也真的覺得下午整個人都精神了許多。

然後，兩個人回來前院裡的石桌上，就著午後的陽光，悠閒地做做女紅、聊聊天、喝喝茶……當然不是什麼好茶。

這種日子，讓素年覺得無比的愜意，如果能夠有些收入來維持這樣的生活，她會非常樂意過這種一成不變的日子。

小翠用素年描出的花樣，做了好幾條繡帕，嫩嫩的水紅、素淨的月牙白，每一塊上面的圖案都讓小翠非常用心地繡出來，栩栩如生，奪人目光。

另外還有兩只小荷包，一個上面繡了轉枝番蓮紋，加上盛開的蓮花一朵；一個繡了紫藤花卉紋，另有一隻口銜花朵的小鳥，身上的翅翼根根分明，活靈活現。

「小姐，要不奴婢先去賣賣看？」小翠看著這些繡品，有些捨不得，多好看啊！

素年點了點頭。「明兒我跟妳一起去。」

「奴婢一個人就可以了！」小翠連連擺手。

素年也不反駁，反正到時候她也出門，小翠是攔不住的。這丫頭，看上去就好騙得很，要是被人忽悠了，是絕對發現不了的。

小翠見素年不說話，以為她放棄了跟自己去的想法，便笑了起來，跟素年商量這些要定個什麼價位。

「一兩銀子吧。」素年扭了扭脖子，隨口說道。

小翠手裡的針一下子扎到了手，血珠子立刻冒了出來。

素年趕緊將手裡的東西放下。「妳這孩子，怎麼這麼毛手毛腳呢？」她讓小翠趕快去清理傷口。

小翠下意識地將手指放進嘴裡，心裡還在納悶，怎麼小姐說她是個孩子呢？

一個小小的針眼，壓根兒算不得是傷口，很快地就已經不流血了，小翠這才想起來她是因為什麼被扎到。

「小姐⋯⋯一兩銀子⋯⋯是很多錢呢！」小翠試探性地說道。

素年點點頭，她知道啊，她又不傻，一兩銀子是多少她能不知道嗎？一貫錢，一千文錢，是她們過去五個月的月例，能夠付清一個月的租金還有剩餘。每個月賣一件繡品就夠了，素年嘴角邊流露出傻笑的痕跡。

小翠傻了眼。小姐知道啊？知道怎麼還能說出一兩銀子的話？一條繡帕、一個荷包而已，怎麼也不可能賣到那個價格的啊！

但素年覺得差不多，普通的繡帕可能賣不到，但也有例外的。前一世，區區一件T恤都能上千，為什麼？品牌效應啊！讓她來想想，要如何經營這個品牌的問題……

牛家村，佟府的吳嬤嬤再次帶著嫌棄的神情，坐車來到了這裡。她就不明白了，從幽州到牛家村，每一次每一次都需要花費足足三天的時間，就為了送兩百文錢過來，車馬費、夜宿費都遠遠不止這錢，老爺和夫人圖的什麼？

吳嬤嬤從小馬車上下來，覺得一把老骨頭都要顛散了。不行，回去以後一定要將這個差事卸下來，不管移交給誰，她反正是不想再來了！

砰砰砰！吳嬤嬤砸門的態度非常的不愉快，想著趕緊將這兩個叫花子打發掉，自己好回去覆命，因此手底下更用勁地拍門。砰砰砰……吳嬤嬤拍了半天，發現裡面一點動靜都沒有，心裡「咯噔」一下，莫不是死在裡面沒有人知曉？也對，兩個才十歲出頭的小丫頭，每個月兩百文，活不下去也是正常的。可之前不一直是好好的嗎？

吳嬤嬤心裡覺得不對勁，趕緊讓車夫下來砸門。小院子的門已經老舊不堪，五大三粗的車夫三兩下就將院門給踹開。吳嬤嬤小心翼翼地走進去，生怕看見兩具躺在哪裡的軀體。還好還好，裡面一個人都沒有，並沒有出現她想像中的可怕場景。拍著胸口走出來，吳嬤嬤才緩了一口氣，就冷不丁地發現院子門口伸著一顆頭正在往裡看！

「媽呀！」她一聲驚叫，一屁股坐在了地上。

院門外的人走了過來，是一個半高的少年。

牛蛋是看到小院子這裡有動靜才過來瞧瞧的，沒想到他還沒出聲呢，這位嬤嬤倒是自己嚇得坐在了地上。牛蛋伸手摸了摸自己的臉，也沒那麼恐怖吧？

吳嬤嬤看清楚了來人，這才狼狽地從地上爬起來，都怪自己那些可怕的想像！她臊著臉，可很快便鎮靜下來。「你是誰？」

「我是住在這附近的，我還以為是她們回來了。」牛蛋咕噥了一句，就打算離開。

「等等！」吳嬤嬤趕緊追上去。「住在這裡的兩個小姑娘，你知道她們去哪裡了嗎？」

牛蛋轉過身，搖了搖頭。「不知道，她們離開了。」

「離開……了？」吳嬤嬤有些不明所以。什麼叫離開了？怎麼離開的？兩個小丫頭離開了這裡要怎麼生活？吃什麼？住哪裡？

牛蛋見吳嬤嬤發起了呆，搖了搖頭就往自己家走。他還想說要幫她們撿柴來著，沒想到她們不聲不響就走了。

吳嬤嬤的臉上忽然泛起了笑容，離開了也好，這麼說，以後就不用再千里迢迢地到這裡來送倒楣的月例了？很好、很好，倒是輕省了許多！至於沈素年她們要如何活下去，跟她有什麼相干？吳嬤嬤心情輕鬆地坐上了回佟府的馬車。要趕緊跟太太回報，不知道太太聽了，會不會也開心一些？

「走了？」佟太太的聲音有些高，跪在地上給她的指甲染鳳仙花汁液的小丫鬟手一抖，塗歪了。

佟太太嫌棄地皺了眉頭，一腳將小丫鬟踹開。「沒用的東西！」

「娘，誰又惹您生氣了？」這時，從屋外走進來一個小姑娘，十一、二歲的光景，身穿一條鵝黃色紗衣，石榴粉的束腰，青春氣息洋溢，梳著一個垂鬟分髾髻，插著一對珊瑚綠松石蜜蠟珠花，靈動漂亮。

佟太太看到之後，眼睛都彎了起來。「蓓蓓來了？」

小丫鬟趕緊跪著退到一邊，隨小姑娘一起進來的周嬤嬤衝她使了個眼色，小丫鬟立即感恩戴德地退下去了。

「娘，幹麼發那麼大火？」小姑娘愛嬌地湊到佟太太身邊。「這不是吳嬤嬤嗎？怎麼了？是那位又給您找麻煩了？」

這是佟府的三小姐，佟太太的嫡女，佟蓓蓓。她是知道素年主僕二人的事情的，還一直當作消遣來聽著，這個沈素年，曾經跟自己一樣是大家小姐，這會兒居然落魄到每月靠著他們佟府施捨的一點點錢過活，可真有意思。而且只是這樣也就算了，偏生這個沈素年還不老實，隔三差五地出一些情況，總說是想要回到佟府裡。開玩笑，也不想想她是什麼身分？是他們佟府的什麼人？就是來這裡做個一等丫頭，她都不夠資格！

佟蓓蓓坐到佟太太的身邊，給她輕輕地捏了捏肩膀，惹得佟太太笑咪咪地將她拉到眼前。

「蓓蓓懂事了！哎，可不就是那些個破事。」

佟蓓蓓對素年的事情很感興趣，強烈的優越感讓她覺得如同故事一樣有趣，連忙纏著娘親問清楚。

「啊？走了？」佟蓓蓓也是滿臉的不敢置信。走了？去哪兒了？她們怎麼敢走的？每個月連自己使喚丫頭的月例都拿不到，她們怎麼會有錢離開？

「行了行了，這不是妳該管的事。」佟太太拍了拍佟蓓蓓的手背。「聽說，前段時間顧家小姐辦的賞花宴，妳又拔得了頭籌？」

佟蓓蓓抿嘴微微一笑，神態間充滿了自信。「那是當然。」

「妳呀！」佟太太憐愛地看著她。「顧家小姐已經快要及笄，那是為了博得才學名聲才開的宴，卻被妳給攪亂了！」佟太太雖是在責怪，眼睛裡卻透著自豪的光芒。

佟蓓蓓心思細巧，立刻知道母親在說什麼，可是這怎麼能怪她呢？那些賞花的詩詞，沒有一個人能夠跟自己在一個水準上的，她就是想放水，也是不成的。

「行了，娘，我下次會注意的。」

蓓蓓抱著佟太太的胳膊撒嬌，明媚的面龐嬌豔奪目，看得佟太太的眼睛都瞇了起來……

第十一章　遭遇劫匪

素年這邊，她想了一個晚上都沒有想出一個合適的方式，她不得不承認，自己也不是做生意這塊料，至少不適合白手起家。

「算了，也別搞什麼品牌效應了，就這麼賣吧，還是一兩的價格，能賣就賣，不能賣，咱們自己留著用。」素年撇撇嘴，跟著小翠就要出門。

小翠站在院子門口，就是不讓開。「小姐，上一次去兜售藥材，小翠就憨著一直沒有說，哪能讓小姐這麼拋頭露面的？小翠保證不讓人給騙走，小姐乖乖在家裡等著就好。」

許是小翠的態度太過於強硬，素年等到院子門關上以後才反應過來，半晌，她摸著下巴點了點頭，不錯，懂得反抗了。

既然小翠這麼說，那素年當然要相信她。不過素年也沒有閒著，小翠這麼辛苦在外面叫賣，自己得做好後勤工作才行。這麼想著，素年便哼著歌，打算做一頓豐盛的犒勞一下兩人。

小翠雖然跟素年保證了，但她心裡一點底都沒有，小姐定的一兩銀子的價格也太高了，她完全沒有能夠賣出去的信心。

來到東市，這裡有很多擺攤兜售小玩意兒的，小翠找了一個空著的地方，將幾件繡品擺了出來。從沒有叫賣過東西，小翠憋紅了臉，默默地坐在那裡，幾乎愁死。不過好在，她的繡品很扎眼，再加上這麼一個水靈的小姑娘坐在這裡，臉頰微紅，就算不吆喝，也吸引了不少人的注意力。

麗朝的民風開放，一般家裡的閨女也都能夠被允許出來逛一逛，有不少小姑娘看到小翠面前的繡品都停了下來，雖然種類少，但勝在別緻，而且都是一些沒有見過的花樣。

小姑娘在一起能比什麼？又不能比學業、比學堂，那就只能比家世、比漂亮了。家世是注定的，沒有什麼可比的意義，但漂亮不同，是可以後天修飾的。一塊漂亮的繡帕、一個精緻的荷包、一根耀眼的寶簪，都可以讓自身增色不少，所以在這方面，小姑娘們絕不手軟。

在小姐的示意下，丫鬟們來問價格，小翠異常不自信地報出一兩以後，便憋著氣等著反應。

結果……沒反應。小丫鬟扔下一個一兩的碎銀子，就將那個描荷的荷包給拿走了！

小翠看著手裡的銀子，半天沒有回神。這也太容易了吧？一兩呢！她們竟然這麼隨便地拿來買一個荷包？

小翠這孩子因為之前的苦日子，已經修改了自己的價值觀，現在的一兩銀子在她的心目中是非常有用的，即便小姐現在擁有一百多兩的積蓄，這觀念一時半會兒也改不過來。

一兩銀子，一個大戶人家的丫鬟，一個月的月例也差不多，一等丫鬟要多一些，粗使丫鬟要少一些，但在那些大戶人家的小姐看來，那都不算什麼。

第一天就能賣出去一個，小翠的信心全部回來了，也敢揚著細細的聲音叫賣了，結果在收攤前，又賣出去一塊水紅色的繡帕。

小翠笑咪咪地將剩下的東西收好，她想趕緊回去告訴小姐這個好消息，她們以後就是靠賣繡品也能掙錢了！嘿嘿，小姐簡直是太厲害了！

從東市回到槐樹胡同，在一個轉彎處，從小翠的身後忽然衝出一個人，狠狠地撞了她一下，然後小翠就感覺自己手裡一直死死拽著的荷包正在被人用力地撕扯著。

那人也沒有料到小翠竟然一直將荷包攥在手裡，可是這個節骨眼了，他只能加大了勁，想將荷包搶過來。

這還得了！小翠憤怒極了，在小翠的眼裡，荷包是一個比她個人更重要的東西，她絕對不允許荷包有一絲一毫的閃失！當即，小翠就和來人開始拔河。

這人要高出小翠半個頭，是一個少年，半遮著臉，見小翠並不像一般小姑娘一樣驚叫懼怕，而是跟他比起了力氣，少年急了，抬腿就想要踢小翠。

小翠這才想起來要呼救。「來人啊！搶錢了！快來人啊！」一邊叫邊死活不鬆手，即便小腿上挨了兩腳，她仍是卯足了勁將荷包往自己身邊拽。

小翠清亮的聲音讓少年心急了，趕忙鬆開手往前方逃走。

小翠這才滿頭大汗地將荷包抱在懷裡。太可怕了、太可怕了，光天化日之下竟然有人搶劫！幸好自己最近長了不少力氣，小姐說的沒錯，她果然還是厲害了，不枉三天兩頭往身上扎針！

小翠心有餘悸地朝著小賊逃走的方向看去，誰知道，卻看到那個剛剛還跟自己比力氣的小賊，正歪在巷子的一邊，不停地抽搐。這是……什麼情況？小翠站在原地不敢動。

小姐說了，自己的性格很容易上當受騙，遇事一定要看清楚，三思而後行。這個小賊莫不是看搶錢沒希望了，所以改換成訛詐了？抑或是想趁自己去察看的時候，再次實行一次搶錢的行為？

小翠緊緊地抱著荷包，忐忑地、慢慢地走過去，貼著另一邊的牆，離小賊遠遠的。可是，當小翠看到小賊正面的時候，不禁驚呆了。訛詐應該不用口吐白沫吧？這也太逼真了……

新鮮的榛蘑，天然飼料餵出來的小雞，燉得湯汁入味、肉質細嫩；韭黃炒雞蛋，補腎益肝，健胃潤腸的佳品；再來一盅清爽鮮亮的田七木耳湯，清熱解毒，養肝清脂。濃郁的香味在院子的上空飄蕩，素年估摸著小翠這會兒也該回來了，便蓋上蓋子，免得熱氣散了，然後端上桌。

這時，院子門外有響聲，是小翠在叫門的聲音，素年在心裡舉了個大拇指，自己算的時間太準確了。將院門打開，素年呆住了，她算準了小翠回來的時間，卻沒算到小翠竟然還帶了一個人回來，而且，還是這種狀態的……

來不及多想，素年趕緊上去扶住少年的一邊，跟小翠一塊兒將他拖進院門。小翠滿臉潮紅，看來是使了吃奶的勁將人拖到門口的，這會兒素年看她的手都在發抖，應該是用力過度了。再去看這個少年，現在仍舊是暈厥的狀態。小翠白著臉，說剛剛他一邊抽搐一邊口吐白沫，特別的嚇人，想著就那樣走掉不管不大好，就給撿回家裡來了。而且，據說這人在倒地之前還跟她搶錢來著……

素年完全無語，都搶錢了還能撿回來？就小翠這份善心，她自問是做不到的，但是，不管怎麼樣都已經帶回來了，這一看就是癲癇的症狀。

素年將她的針灸包取來，在少年風池穴內一寸上一寸，斜方肌盡頭處取穴，將銀針刺入，以中等頻率撚轉，並在少商處淺刺放血。

很快地，這個少年便幽幽醒轉，眼神茫然了片刻後，忽然從榻上騰起，眼神中充滿了防備，尤其看到素年手邊那一根根寸長的銀針。

「醒得倒挺快，之前的事都記得嗎？」素年慢悠悠地將銀針清理乾淨收好，斜著眼睛用眼角的餘光去看這個比她們都要大一些的少年。

還是太危險了，她們兩個小姑娘，將這麼一個莫名其妙的人帶回來，就算沒有人說什麼，可要是此人心生歹念，她們說不定還不是對手。

小翠顯然也反應了過來，臉上帶著著急的神色。她怎麼就這麼沒考慮周到呢？要是害了小姐可怎麼辦？

少年戒備地從榻上下來，套上他那雙非常破舊的鞋子就往外走，一句話也沒說。

這倒是挺好的，素年和小翠跟在少年後面走出屋子，看著他一路走到院子門口，然後回過頭。

小翠還想著這人搶過她荷包，那一定不是好人，她斜跨一步站到素年的前面，惡狠狠地盯著少年看。

少年的嘴動了動，想要說什麼，但終究什麼也沒說，走出了院子離開了。

小翠趕緊去將院門拴好，這才將肩膀鬆下來，然後苦著臉看著素年。「小姐，小翠是不是做錯事了？」

「餓了吧？吃飯吧。」素年笑了笑。小翠今兒可都是體力活，先是跟小賊搶荷包，然後又以九牛二虎之力將比她體型大的小賊拖回來，消耗巨大，得先補補。

見素年並沒有責怪自己，還做好了飯等自己回來，小翠的罪惡感更加強烈了，當即癟著一張嘴，眼睛裡汪滿了淚水，瞬間就能掉下來的樣子，恨不得立刻跪下來請罪。

素年嘆了口氣。「行了，反正咱們又沒有什麼損失，對吧？吃飯吃飯，這個最重要！來，跟我說說今天的收穫。」

小翠立刻將淚水收起來，之前都顧著別的，這麼一個好消息都沒有來得及跟小姐彙報呢！小翠將荷包捧到素年的面前，喜笑顏開地等著素年檢查。

從荷包裡倒出兩塊一兩的碎銀子，素年點了點頭，她終於找到了一個比較可靠的收入方式，雖然賺得慢了一些。

針灸醫術之類的，雖然報酬多，但是機會少，尤其她年紀小，還是個女的，幾乎不可能攬得上生意，素年也無意挑戰這個朝代的制度，所以暫且可以當個副業，撈一筆是一筆。而針線，雖然回報小，但投入也不大，同樣屬於技術活，並且沒有什麼特別的要求，倒是很適合她們現在的需要。

素年鬆了口氣，現在的日子她覺得已經不錯了，靠著針線慢慢地積攢身家，買院子逍遙自在的生活指日可待呀！

素年當即就意氣風發地打算去廚房再加一道菜慶祝一下，卻被小翠死死攔住。

「小姐，我們倆又不是豬，這些都可能吃不完了，您還做呀？」

將她們比做豬……素年真是哭笑不得，也只得作罷。

晚上的時候，素年是堅決不同意小翠做針線的，在這裡弄壞眼睛可沒有什麼補救的方式，至少她還沒看見有人戴眼鏡這種東西，而且，這個月已經有二兩銀子的收入了，素年不貪心。

主僕二人坐在院子裡，吹著風聊天，素年不禁覺得，她們兩個人還是太單薄了，等以後再多買一些伺候的就好，閒來無事還能打打牌，消遣消遣，古代晚上的娛樂生活幾乎沒有，這讓她很惆悵。

「小姐，那個人是什麼病？我剛看到的時候好害怕。」聊著聊著，小翠就問到了這個問題。

素年想了想。「應該是叫羊角風吧。」

小翠驚呼一聲。「羊角風？那、那很可怕的吧？」小翠只聽說過羊角風，並沒有更深的認識，只覺得是很嚴重、很嚴重的病。而且，她正好看到少年發病的樣子，驚恐也是正常的。

「那個人的情況已經算好的了，妳拖回來時只是昏迷，並沒有持續抽搐。」素年看著漫天的星空，四周沒有明亮的霓虹燈，星星竟然如此的多，如此的絢爛。

小翠拍拍胸口，情況好的都讓她這麼揪心了，要是遇上個情況差的，那估計她就真的不敢碰了。

在槐樹胡同住了一段時間，素年和小翠很神奇地得到了左鄰右舍的好感，小翠原本的性格就很活潑開朗，自從素年穿越了以後，又潛移默化地讓她恢復了小女孩天真的本性，很招人喜愛。再加上素年看著是小姐的身分，卻為人和藹，從不倨傲，絲毫沒有任何不好相處的地方，因此兩個小姑娘，鄰里看著也都會多幫襯一些。這麼一來二去，她們就跟周圍的人家混熟了。

左邊一戶人家，有一個跟她們差不多年歲的小姑娘，名喚巧兒，來素年院子串門子的時候，剛好看到她們在做針線活，只看了一眼，眼睛就挪不開了。

針線是這個時代女子必須會的活計，不僅可以養家餬口，還可以陶冶性情，是一種基本的生活技能。巧兒這個年紀的小姑娘，理所當然在這方面有著好勝心。結果，巧兒看了一眼小翠拿在手裡的針線，立刻甘拜下風，然後三不五時地過來討教。

巧兒和小翠都是屬於愛說愛笑的類型，看著素年也不管，頭湊到一起就嘰嘰喳喳地說個不停，素年就躺在一把椅子上，愜意地捧著一本書，欣慰地聽著小女孩細細的聲音，曬著太陽，美得不行，就是像個老頭子……

可是有一天，巧兒忽然不再出現了，小翠有些擔心，就跟素年打了招呼，去問問巧兒的情況。

等小翠回來的時候，素年發現她的眼睛腫得如同兩個核桃，裡面都是通紅的血絲，顯然是狠哭了一場。

「怎麼了，這是？」素年皺著眉頭，莫非是巧兒出了什麼意外？

小翠「哇」地又哭了出來。「小姐，巧兒好可憐啊……」

等小翠抽抽噎噎地哭完，素年也差不多聽出了個大概。不是巧兒，是巧兒的娘出事了。可能是過度勞累，再加上年齡的原因，巧兒的母親不知道為什麼，在夜裡忽然昏倒，不省人事，等叫了大夫救醒以後，卻口角斜歪，半邊的身子都不能動。

素年心裡有數，應是中風之症。

「那個大夫給巧兒的娘開了藥，需要大量的人參，可、可他們家哪能負擔得起……」小翠癟著嘴。其實巧兒家也不算窮困，只是這人參的價格賽金，更何況，開出來的藥方裡，人參的量實在是太多了。

用人參？素年心念一轉，也就是說，巧兒娘的中風之症是腦栓塞所致，所以大夫才會開人參、附子這種溫熱作用的藥物回陽救逆。

「然後呢？」素年追問。如果光是這樣的話，小翠不至於哭得這麼慘吧？

然後，因為要治療巧兒娘的病，他們家就決定將巧兒嫁掉，換取聘禮。

這可真是……素年說不出話。為什麼她覺得這事聽著那麼沒有人權呢？換聘禮？那跟賣女兒又有什麼區別？

巧兒家裡還有兩個弟弟，這才是他們家的希望所在，而女兒，反正終究會成為別人家的人，如果現在能幫家裡出點力，又有什麼呢？

「那巧兒娘呢？她肯嗎？」素年只覺得心底有一團火氣。女兒怎麼了？女兒才是貼心的小棉襖呢！

小翠抹了抹眼淚。巧兒娘當然是不願意的，可是，她除了巧兒，還有兩個小兒子，為了這個家，她還不能夠倒下，她能有什麼選擇？

素年知道，中風之症不是那麼容易好的，大夫又不顧患者家裡的條件，開了這麼貴的藥方，巧兒家就算將巧兒賣了，應該也支撐不了多久。

「小姐，小姐您可以救巧兒娘嗎？巧兒真的好可憐，那個薛財主巧兒跟我說過，都快要五十了，且家裡經常鬧出人命，可他有錢啊！小姐，要是巧兒嫁過去做小妾，活不了多長時間的……」小翠想著跟自己在一塊兒埋頭做針線的小夥伴，泣不成聲。

不過很快地，小翠就反應過來了，她在做什麼？她怎麼能跟小姐提這種要求？麗朝的制度雖然開放，但女者行醫卻是不多，小姐之前是為了她們的生計不得不為之，現在她們並不缺錢了，怎麼能讓小姐繼續治病呢？

小翠立刻跪下來。「都是奴婢的錯！奴婢一時被沖昏了頭腦，請小姐責罰！」

素年轉身走進屋子，留小翠一個人跪在那裡。

完了，小姐生氣了！都是自己不好，提出這種要求，小姐會生氣也是應該的。

正這麼想著，小翠看到小姐又從屋子裡走了出來，手裡還拿著一個小小的包，小翠認得，那是小姐經常拿在手裡的針灸包。

出來後看到小翠還在那兒跪著，素年無比的驚訝。「不是說去看看嗎？妳怎麼還跪著呢？不過，若是人家不願意讓我瞧，我也沒辦法啊，妳看看能不能說得通。」

小翠兩邊腮上還掛著淚珠，小嘴微張，一臉的茫然，等她反應過來，眼睛越睜越大，忙不迭地從地上爬起來，癟著嘴又要哭了。「小、小姐……」

「好了，抓緊時間，遲一會兒，巧兒就多一分煎熬。但是，我也不保證能夠治好，先去看看吧！」

第十二章　中風之症

巧兒家對於小翠並不陌生，他們家也真的是沒辦法了，薛財主不知道從哪裡打聽到巧兒家的情況，當時就帶著滿滿一箱的銀子上門求親，但巧兒的父親拒絕了，他不願意將巧兒賣掉。可是，巧兒的娘得用那些昂貴的藥方才能維持住現在的狀況，作為女兒，巧兒首先妥協了。

小翠還是挺有本事的，將素年好一頓猛誇，還將之前知府大人的事情也搬出來，說得巧兒家又燃起了希望。

素年只是淡淡地笑著，倒是真有一種高人的風範。

其實，就算小翠不這麼努力地忽悠，只要有希望，他們都願意試。

巧兒家本想找別的大夫瞧瞧，看能不能開便宜一些的方子，可大夫知道了給巧兒娘開藥方的是同仁堂的謝大夫以後，都拒絕再開藥方，甚至都沒有人願意再上門。

素年來到了巧兒娘的房間，看到守在床邊、眼睛哭成桃子的巧兒，不得不說，這個薛財主還是很有眼光的。巧兒生得一張瓜子臉，頭頂美人尖，秀氣的眉毛配上靈動的眼睛，格外的勾人。再思及平常在自己那兒，小女孩天真嬌美的樣子，怪不得薛財主直接帶著銀子上門。素年讓小翠將巧兒帶到一旁，用水冷敷一下，這麼個哭法，眼睛非哭壞了不可。

「我可憐的女兒……」巧兒娘說話已經不利索了，但是看著女兒的眼神裡流露出痛心。

素年將針灸包打開。「嬸子，我是來給您治病的，只有您好了，巧兒才能夠好，您可千萬要有信心。」

巧兒娘早已聽清楚了素年的來意，口齒不清楚，卻努力斷斷續續地說：「謝……小姐……好了……磕頭……」

素年對著巧兒娘綻放一個大大的笑容，算是鼓勵。

巧兒娘沒有出現意識障礙，說明這是中經絡型腦中風，以醒神開腦、疏通經絡為主。素年將內室裡的人都趕出去，只留小翠和巧兒兩個在。

將巧兒娘的衣服除去後，手起針落，取穴曲池、內關、合谷、足三里、陽陵泉、三陰交，這是治療中經絡半身不遂的手足十二針方，又有人以手足十二針方增減完成十全大補方，每一個穴位用來替代一種中藥，效果非凡。

等起針之後，素年讓小翠和巧兒幫手，將巧兒娘抬起來轉一面，背朝上，取穴心俞、肝俞、脾俞、肺俞、腎俞、膈俞，以治療氣血虧虛的半身不遂。

等素年將房門打開時，她看到屋子外站著不少人，巧兒的爹，還有兩個半大的男孩子。兩個男孩首先衝了進去，口裡叫著娘和姊姊，小小年紀，臉上卻已有悲傷的神色。

「沈娘子，巧兒她娘……」巧兒的爹眼神裡帶著希冀的光芒，如果素年也說不行，那麼巧兒……

「情況不算太糟，我開個藥方，先抓著吃吧。」素年慢慢地走出去。巧兒這件事，並不像她剛聽到時想的那樣，家裡人也是走投無路、沒有辦法，才會有將巧兒嫁去做妾的想法，但凡能有辦法，誰也捨不得。

素年給巧兒娘開的，是補陽還五湯，黃芪生四兩、當歸尾二錢、赤芍一錢半、地龍一錢、川穹一錢、紅花一錢、桃仁一錢、防風一錢。煎水服，等四、五劑後將防風去除。

這比之前謝大夫開出來的藥要便宜得多，拿著藥方，聽素年唸了一遍，巧兒爹幾乎不敢相信，這樣就能夠擁有人參的效用了？

可是，在進去看到巧兒娘的情況後，容不得他不相信。之前靠著兩副藥強撐著精神的巧兒娘，這會兒臉色竟然好了許多，就剛剛這麼一會兒時間，巧兒爹幾乎要給素年跪下！

「先吃著吧，我隔兩天會來給嬸子針灸一次。好生將養著，少食多餐，進一些瘦肉和豆類……」素年叮囑了兩句，便帶著小翠回去了。

「爹……那、那我是不是……」巧兒仍舊有些不敢相信，腫著的眼睛裡不斷有淚珠滾落。她真的躲過一劫了？母親用這樣的藥方就能夠養好了？謝大夫說，這中風之症就算將養著，也不可能恢復完全的，她究竟還要不要換那一箱銀子？

巧兒爹一把將巧兒摟過來，充滿滄桑的臉上老淚縱橫。「不嫁，咱不嫁了！我們好好地照顧妳娘，沈娘子說了，可以養好的……」

這是他和妻子捧在手心裡長大的閨女，若不是真的拿不出錢來買人參，他怎麼可能捨得？就是妻子也是捨不得的！可巧兒那麼的貼心，為了她娘，自己開口答應了下來，做爹的心裡，比用火燎著都疼啊！

回到院子裡，小翠一句話都不敢說，平常嘰嘰喳喳的小嘴巴彷彿被針縫上一般，素年看著有趣，也不戳破，該做什麼做什麼，直到小翠自個兒撐不住，癟著嘴巴跪在素年的面前。

「小姐，嗚嗚……小翠是不是給您添麻煩了？」

在小姐大病以前，小翠只要做錯一丁點兒的事情，都還來不及請罪，小姐的喝罵懲罰就已經下來了，但等小姐病好之後，就再也沒有責罰過她。可小翠覺得，自己這次是闖禍了。巧兒確實可憐，可小姐是什麼身分？她又不是大夫，卻因為自己的話而得去給巧兒的娘瞧病。而且，小姐還說之後隔兩天就去給巧兒娘看診，若不是自己，小姐哪會多出這麼多繁瑣的事情？

「起來吧，我說過不要動不動下跪的。」素年開口讓小翠站起來，然後輕聲笑了笑。「別這樣子，妳見過小姐我做過什麼不願意的事情嗎？」

小翠猛地抬頭，瞧見素年的眼睛裡果真沒有任何的不樂意，笑盈盈地望著自己，小翠的眼眶立刻又紅了。

「別，可千萬別再哭了！」素年立刻揮手制止。「這麼哭對眼睛的傷害可是很大的，留著做針線也好。」

小翠聽了破涕而笑，伸手將已經滾落下來的眼淚擦乾淨，重重地點點頭。這樣的小姐可真好啊！她要加油，她現在已經可以靠針線賺錢了，雖然小姐的花樣占了重要的部分，但自己已經可以出力了！小翠想要小姐衣食無憂，自己就必須更加地努力。她用力地眨了眨眼睛，小姐說得對，與其把眼睛哭壞了，還不如留著做針線呢！

等到素年要去複診的那一日，一大清早，小翠才剛剛將院門打開，就看到巧兒的爹守在門口。

看到小翠，巧兒爹羞澀地搓了搓手。「那個……小翠姑娘，沈娘子可有時間？」

這是怕自己沒有將事情放在心上吧？素年明白患者家屬的心情，當年，她的父母不也是有一點點希望都不想放過地到處求人嗎？

用過了早飯後，素年便拿著針灸包，隨巧兒的爹去了他家。

巧兒娘的狀態確實有所好轉，胳膊竟然已經可以微微移動，巧兒見到素年，一下子就跪了下來。

素年無奈地讓小翠將人扶起來，這動不動就下跪可不好，自己很容易被驚嚇到的。

照樣只留下小翠和巧兒做幫手，素年一邊跟巧兒娘輕聲聊著，一邊給她施針，然後讓巧兒上前，將施針的穴位一一說給她聽。

「下肢的環跳、太溪、足三里、陽陵泉，妳先認識這幾個穴位。看，像我這樣，用側魚際和中指、環指、小指掌側背部附在上面，像這樣……」

巧兒看著素年耐心地指導自己，在娘親身上的穴位上滾、揉、按、推，持續不斷地、有節奏地前後來回邊按邊滾動，然後幫自己糾正動作，眼睛裡不可自抑地有熱淚湧現。

「怎麼又哭了呢？」素年嘆了口氣，她沒做什麼值得哭的事情啊！「來，眼淚擦乾了，看清楚。每日可這樣給妳娘按摩推拿片刻，等下次我再教妳認別的穴位。」
巧兒拚命睜大眼睛，透過濛濛的淚霧看清楚素年的每一個動作。
這個沈小姐她並不陌生，沒事的時候自己會去小翠那裡討教針線活兒，每次沈小姐看到自己的時候，都會溫柔地笑。
小翠不止一次自豪地說，她們家小姐是世界上最好的小姐，那個時候自己雖然笑著應承，可心裡卻不是這麼想的。哪家小姐是只帶著一個丫鬟出來住的？哪家小姐還要靠賣針線活過日子？雖然那些針線活真的很鮮亮奇特。可如今，巧兒真心想將素年供奉起來，每日香火供著，感謝她拯救了自己，拯救了這個家！
昨日薛財主家的人又來了，說是趕緊挑個日子，不然的話巧兒娘這麼拖著也不是個辦法，結果讓爹給打了出去，然後爹抱著自己哭了好久。
一直是家裡頂梁柱的爹從來沒有在自己眼前哭過，可這次的事情，讓巧兒看到了爹的難處，如果沒有沈小姐的話，巧兒真不敢往下想……
將銀針起出，素年又示範了一遍按摩的手法。「這樣妳娘會恢復得更快一些。上次的藥方繼續吃，別擔心，會好的。」
巧兒娘拉著素年的手，一遍一遍地流淚，讓素年很是無奈。「嬸子，別這樣，您要是不堅強起來，巧兒可怎麼辦？您也別謝我，我是覺得巧兒這丫頭很不錯，不捨得她去做妾。您好好將養，等身子好了，就是對我最大的肯定了。」
素年笑著走出去，又叮囑了一遍照料的重點。

這時，巧兒從屋子裡衝出來，一下子跪到了素年的面前。「沈娘子，巧兒感謝您對我娘的救助之恩！巧兒無以為報，願為牛為馬，侍候在您身邊！」

素年一下子懵了，這是演哪齣？趕緊讓小翠將人扶起來。「巧兒姑娘無須如此，我說了，只是舉手之勞，沒有妳說的那麼嚴重。」

「小姐的舉手之勞，對巧兒來說就是恩重如山，請小姐成全！」巧兒的額頭碰在地面上，一副素年不同意，她就不起來的架勢。

素年為難地看了一眼巧兒的爹，希望他能規勸一下自己的女兒，沒想到竟然讓素年看到一臉欣慰的表情，彷彿巧兒這麼做他一點意見都沒有，還很支持一樣！

「妳……妳先起來吧。」素年朝著小翠使了個眼色。

小翠心領神會，架著巧兒的胳膊就將她拉了起來，小翠的力量巧兒還是無法抗衡的。

素年笑了笑。「我想妳也知道，雖然小翠叫我小姐，可我們的處境妳也瞧見了，並不是所謂的大小姐──」

「我知道、我知道！」巧兒急急地打斷素年的話。「巧兒不怕吃苦，小姐如何，巧兒就如何，巧兒不會讓小姐餓到的！」

這都什麼跟什麼啊？素年忍不住笑出聲。她和小翠現在過得還算愜意，早就已經脫離挨餓受凍的時候了。

巧兒生怕素年不要她，眼瞅著又要跪下。

素年無奈，只得鬆口答應。不過，素年只是同意巧兒去她那兒，並不同意簽賣身契。素年是真不覺得巧兒要做到這個地步，她明白巧兒的心情，卻不贊同。好好人家的小姑娘，卻要賣身為奴，那她以後怎麼辦？所以，素年只同意讓她服侍自己而已，卻仍然讓巧兒是自由身，就跟上班工作一般，等巧兒到年歲了，自行出去婚配即可。

巧兒還想說什麼，被素年態度強硬地打斷。「就這麼定了，其餘的不用再提。」

巧兒的爹在素年離開以後，無比感嘆地說：「這是我們家的福氣，也是巧兒的福氣……」

因為巧兒娘的關係，巧兒現在暫時不能來素年的身邊侍候，素年也不需要，事實上，她的需求很小，有小翠一個就足夠，只是拗不過巧兒的堅持而已。而且，多一個人總會有意思一些，還能幫小翠分擔一些活計，小翠反正是死活都不肯讓素年親自動手，怎麼說都不行。

日子一天一天過去，巧兒娘也一天一天好轉，素年每隔兩天就會去給巧兒娘針灸一次，每次巧兒家都會感恩戴德，因為素年並沒有收他們診金，也根本沒有這個義務。

巧兒也非常乖巧地按照素年教她的方法給她娘按摩，再配上藥方，巧兒娘之前不能動作的半邊身子竟然恢復了基本行動，眼也不斜，口也不歪，說話也順暢了起來，讓巧兒感激得不知道如何是好。

等她的娘大好了以後，巧兒便揹著小包袱來到了素年的院子，恭恭敬敬地給素年磕了三個頭，正式成為素年的第二個小丫鬟。

第十三章 打砸醫館

可是，巧兒娘的好轉對某些人來說，就不是那麼美好的事情了，比如薛財主。他可是一早相準了巧兒這個水靈靈的小姑娘，正好又讓他知道了巧兒娘的事情，為此，薛財主特意派人到同仁堂裡詢問過，得知這個病很難治。這讓薛財主覺得自己的運氣不錯，壓根兒不用費多少功夫嘛，用錢就能解決的難題都不叫難題，誰讓他是財主呢？

事情也順利得很，巧兒為了她娘，都已經要答應了，卻在最後出了差錯。

薛財主的人被巧兒的爹打出去的時候，還以為他們在做最後的掙扎，結果人家就不搭理他們了。本以為他們是想多要些銀子，到後來不管他們抬多少銀子去，人家看都不看，這讓薛財主氣憤不已。

「都是一群飯桶！這麼簡單的事情都辦不好，要你們有什麼用！」薛財主年近五十，肥頭大耳的。他將離自己最近的一個家丁一腳踹開，氣哼哼地搧著手裡的扇子。

「老爺，這不能怪小的，小的今天在巧兒姑娘家的門外瞧見，她的娘已經可以下地走了！」家丁被踹得翻了一個跟斗，卻不敢去揉疼痛的地方，而是趕緊幾步爬到老爺腳邊，為自己叫屈。

薛財主一愣，隨即又踹了一腳。「好了？放你娘的屁！那謝大夫親口說的，她娘好不了！怎麼可能好？哎，我說你們這些飯桶，事情辦不好就算了，眼也是瞎的啊?!」

家丁又是一個跟斗，頭暈眼花身體疼，卻又跪著爬回來。「老爺，小的眼睛不瞎，小的敢保證，確實看到巧兒姑娘的娘好了，滿院子蹓躂呢，還能洗洗衣服什麼的！小的看了那麼久，總不可能看錯的！」

見手下說得這麼鄭重其事，薛財主有些不確定了。「果真好了？」

「果真好了！」

「……那就是這個謝老頭蒙我！走，找他算帳去！」薛財主一肚子的火，沒啥病說得那麼神神叨叨的，讓自己以為用銀子就能將小娘子搞到手，結果呢？被人一次一次地攆走不說，倒是落下個大笑話，他可嚥不下這口氣！

薛財主的人將同仁堂給砸了，這是林縣最近的談資。土財主氣勢洶洶，非說庸醫壞事，二話不說，那些家丁將同仁堂砸了個稀巴爛。

等縣衙的人聞訊趕來，土財主又化身為散財童子，將縣衙給打發了，可憐的同仁堂何其無辜？而且，謝大夫還被打了兩拳，眼眶都是黑的。

小翠出去賣繡品的時候，聽見周圍的人都在談論，便回來學給素年和巧兒聽。

素年躺在椅子上，臉上覆著一本書。「其實也不能夠怪謝大夫，他給妳娘開的藥方並沒有錯，而且是很實用的，只不過，代價太大。」

「巧兒知道，巧兒並沒有怪大夫的意思，只是這個薛財主……」巧兒低著頭，聲音輕微。

「怎麼？他後來又來騷擾妳了？」素年將書從臉上拿開，坐直了身子。

巧兒搖了搖頭，咬著嘴唇。「爹說，他後來又來家裡兩次，都被爹打出去了。」

「這樣就行，我還不信了，他還能怎麼樣，強搶民女嗎？還有沒有王法了？」素年蹺著腳，悠哉悠哉地晃動。

「小姐……」小翠不贊同地喊了一聲，素年才將蹺著的腳放下來。

這個小翠，膽子越來越大了，竟然說這種動作有傷風化，每次看到都會開口。

看到素年將腳放好，小翠才開心地將今天的收穫拿出來。三件繡品，三兩銀子入帳。

如今，小翠賣繡品越來越順利，竟然還有了回頭客，說是特意來這裡等她出攤的，讓小翠興奮不已。

巧兒也才知道，這些精巧的花樣竟然都是小姐一手畫出來的，還能個個不重複，奇特新穎。在素年這裡，巧兒甚至比在家裡還要清閒，沒有那麼多的活計，每天幫著小翠的忙，閒下來就跟著小翠一起做針線。並且，小姐說了，她繡出來的針線如果賣掉，可以拿走一半的錢補貼家裡，這讓巧兒震驚了很久，因為小翠去賣的繡品，都是一兩銀子起價的，一半就是五百文啊！這可是小姐畫出來的花樣、配好的絲線，她怎麼能……

「讓妳拿就拿。巧兒啊，妳也知道，我這裡的條件並不好，暫時沒有月例發放，所以，這叫績效獎金，做得好了，比月例都掙得多呢！」

巧兒聽不懂什麼叫「識笑獎金」，但她知道小姐說的每一句話都是真心誠意的，讓她拿著，就一定是要給她的。

自己是有多幸運，才能成為小姐的丫鬟？不僅日子過得舒暢，每日的飯餐也都異常的可口，比家裡要好得多，還能靠自己的手藝掙錢，是她從前想都不敢想的。

要是這種日子能一直這麼悠閒下去，那該多好？

這時，巧兒的弟弟大毛急匆匆地敲響了院子門，說是那個給他們娘親瞧病的大夫又來了，賴在院子裡不肯走！

巧兒大驚，這是怎麼說的？難不成這個謝大夫被薛財主給打了以後，來找他們出氣了？

「小姐……」巧兒慌了神，眼淚汪出來。丫鬟是不能隨便離開的，可是，他們家那裡……

「說多少遍了，遇事不要慌，還沒怎麼樣呢，先別哭。」素年讓巧兒將眼淚擦乾淨，滿意地看了看一旁鎮定的小翠，不錯不錯，小翠已經初具淡定的風範了。

「回去看看吧，別怕事，你們又不欠他什麼的。」素年揮揮手，給巧兒放了假。

巧兒動作迅速地跪下來磕個頭，又動作迅速地爬起來，跟著大毛跑掉了。

小翠看著來不及重申「不許下跪」的小姐，嘆了口氣，去廚房端出來一碟雞蛋卷。

如同花卷的造型一般，切成一個一個的小卷子，裡面有翠綠的蔥花、細碎的火腿肉，香氣撲鼻。再配上一杯熱氣騰騰的清茶，簡直享受到不行。

巧兒家院子裡，青著兩個眼眶的謝大夫圍著巧兒的娘，已經轉了無數圈了，他的視線從進來起就一直沒有離開過這個手裡拿著水桶的婦人。怎麼就好了呢？怎麼可能好了呢？

謝大夫滿臉想不通的表情，情不自禁地又轉了一圈。

「娘！」巧兒從門口一路大聲叫著衝進來，正好看到謝大夫歪著頭，瞇著眼睛，一副不懷好意的樣子。

巧兒想都沒想，一下子就將謝大夫撞倒在地，擋在她娘的面前。「你想要幹什麼？告訴你，小姐說了，我們雖然窮，但也不會怕你的！」

謝大夫倒在地上「哎喲哎喲」地叫著，顯然是撞到肩膀了。

巧兒娘趕緊將巧兒拉開，上前去扶謝大夫起身。

「妳這孩子！大夫是好心來給我複診的，快，趕緊賠個不是！」巧兒娘瞪了巧兒一眼。

巧兒懵了，不是說來找茬的嗎？不是因為被打了心裡不痛快，所以來搗亂的嗎？怎麼又變成複診了呢？

「哎呀，大嬸，妳果真好了？我看看、我看看，真的呀……」謝大夫擺擺手，表示自己沒關係，又繼續繞著巧兒娘，滿臉的驚嘆。

巧兒娘看著圍著自己轉的謝大夫，頭有些暈。「那個……大夫，是真好了，您坐。」

謝大夫就是坐下來以後，視線也都沒有離開過巧兒娘。怎麼就好了呢？

「大嬸，妳吃的是我開的藥方嗎？」謝大夫確認了巧兒娘的狀態後，仍覺得不可思議。

巧兒娘唯唯諾諾地低下頭，有些不好意思。「大夫，您開的藥方……太貴了……」

謝大夫一聽。「沒吃?!」那就更不可能了！沒吃藥方就能完全恢復？這怎麼可能？

「那妳是如何好的？」

巧兒娘剛要回答，巧兒就在一旁叫了一聲。「娘！」巧兒將她娘拉到一旁，小聲地將小翠聽到的事情說出來。「娘，謝大夫被薛財主打了一頓，同仁堂也被砸了，就是因為妳被治好了，要是他知道是小姐治療的，那……」

巧兒娘也反應了過來，是呢，沈小姐大發慈悲地為她治療，她可不能給小姐惹事。於是巧兒娘臉上掛上了歉然的笑容，卻沒有想要說出來的意思。

「大嬸，請妳一定要告訴我，老夫不是那種技不如人就心生怨念的人。老夫是想，什麼人能如此厲害，中風之症竟然幾乎都沒有留下病根，這太讓老夫為之震驚了，請大嬸一定要成全老夫。」謝大夫說著，彎腰對著巧兒娘深深地鞠躬。

這……這可如何是好？巧兒娘犯了難。謝大夫的態度太過真誠，讓她想懷疑都懷疑不起來，可巧兒說得也對，沈家小姐可是矜貴的人，萬一自己被這個老頭的表象騙了，可不就害慘了救命恩人？巧兒娘斟酌了一下，覺得還是沈小姐的安危比較重要，於是不管謝大夫如何詢問，愣是裝傻搪塞過去。

磨蹭了好久，謝大夫看真的打聽不出來，只得垂頭喪氣地離開。

「娘，我要回去了，小姐那邊我還要服侍呢。妳記得啊，千萬不能將小姐給妳治病的事情說出去。」巧兒叮囑了好幾遍。她現在有了當人家丫鬟的自覺，維護小姐的名聲可是頭等重要的，只不過小姐本身並不在意就是。

回到了素年的小院子後，巧兒將情況跟素年如實地彙報了一遍。

「這麼說，他只是想知道妳娘是怎麼治好的？」素年覺得這個大夫還不錯，很有求知精神，更重要的是敢於頂著兩個熊貓眼出現，說明承受能力很大啊！

「小姐放心，巧兒已經跟娘說過了，一定不會將小姐說出去的！」巧兒的眼神無比的堅定。

素年愣了一下，其實知道也沒關係的。

素年本以為這件事就這麼過去了，可是，她低估了古代大夫的執著勁。那個謝大夫，從那以後隔三差五就出現在巧兒家裡，厚著臉皮向巧兒家人打探，就想知道到底是誰、如何將她診治得如此完美？

巧兒一開始還很擔心，次數多了以後就麻木了，反正謝大夫也不會做什麼對他們家有傷害的事情，就只是死皮賴臉地問，不告訴他，他就繼續問。搞到最後，家裡有人有啥小毛病的，都給順手醫治了，然後也不收診金，繼續死纏爛打。

「這人可真有毅力。」素年將手裡的書放到一旁，揉了揉眼睛。這裡的書都晦澀難懂，看得她無比的吃力。

「誰說不是呢。」小翠貼心地剝了一盤桔子遞到素年的跟前。

巧兒在一旁將桔子皮鋪好，準備曬乾。

「小姐……那我娘的複診……」巧兒走過來，語氣艱難地說。小姐本說要給她娘做一次複診，順便再針灸一遍以鞏固效果，可謝大夫現在幾乎天天都來家裡，小姐還怎麼去？

將桔子瓣塞得滿嘴，素年滿不在乎地說：「走，擇日不如撞日，我做事可沒有看別人情況的習慣。」

小翠急忙去屋子裡取針灸包。巧兒則仍舊有些擔心，這樣可以嗎？

今天也是不巧，謝大夫不僅來了，還因為給二毛看了咳嗽的症狀，被巧兒娘不好意思地招待著，素年出現的時候，巧兒娘手裡的茶杯差點沒掉到地上。

「沈、沈小姐，您這是？」

「嬸子，我來給您複診。」素年淡淡地笑著，指了指屋子，示意她跟自己進去。

謝大夫一下子從凳子上跳起來。複診？複什麼診？莫非……是中風之症？「小娘子，這位大嬸的中風之症是妳給看好的？」雖然覺得不大可能，但謝大夫仍舊弱弱地開口問了。

素年轉過頭，這才正眼看這個頭髮有些白，但精神氣非常足的老大夫。謝大夫是個老頭，人很瘦，可是從細胳膊細腿裡能感受到旺盛的生命力，一雙眼睛亮得驚人。素年有些以貌取人，可她的直覺也異常的準，她一眼就能感受到這個老人家的正能量。

素年笑了笑，輕輕地點了點頭。「小女子不才，讓先生見笑了。」

「果真是妳？」見素年承認，謝大夫語氣裡的懷疑更重了。這怎麼可能呢？這個小姑娘頂多十來歲，身體都還沒有長開，怎麼可能懂得如何治病？還能將中風之症治療得這麼好？

人一旦上了歲數，就很容易得中風之症，輕則口齒不清、身體麻痺，重則全身癱瘓、意識喪失，是非常可怕的症狀。而只要確診了以後，那就是沒什麼可治療的，只能用藥物拖著時間。謝大夫當初給這位大嬸瞧病的時候，之所以開那麼多人參、附子，是希望能用大劑量的藥物讓她的症狀不要加重。他當然知道這種家庭要承擔藥方有多麼的艱難，可如果不這樣做，病情絕對會惡化，那就更糟糕了。

但沒想到啊沒想到，薛財主來同仁堂鬧事的時候，竟然口口聲聲說這位婦人痊癒了，是痊癒啊！竟然還能夠操持家務，這讓謝大夫即便頂著兩個熊貓眼，也等不及要來親眼看一下，果然，是真的好了！

「小娘子，妳是如何診治的？開的什麼藥方？做的什麼治療？」謝大夫忙不迭地開口，卻又停住了。是了，怎麼自己又犯傻了呢？先不說是不是眼前這個小娘子所為，即便是她，她又為什麼要告訴自己？大夫可都是靠秘不外宣的技術揚名的！

素年看著謝大夫剛剛打了雞血一般的眼神，然後又突然黯淡下去，覺得很有意思。她搖了搖手裡的針灸包，道：「針灸，輔以湯藥。先生若是有興趣，素年願詳細告知，只不過，請容素年先為這位孀子複診。」

屋子的門關上，謝大夫直愣愣地站在門外。她剛剛的意思……是願意告知？且還詳細告知？真的假的？他雖然一把年紀了，但耳朵還可以吧？沒有聽錯吧？沒有理解錯吧？

「吶，剛剛小娘子是說願意告知的吧？是這樣吧！吧？」謝大夫抓住一旁的大毛，求證一般地追問。

大毛早覺得這個老頭奇怪兮兮的，見天地往自己家跑，也不知道圖什麼，看見他現在激動的樣子更是無語，敷衍地點了點頭後，便將自己從謝大夫的手裡拯救出來。

第十四章 上門蹭飯

謝大夫從未覺得時間如此難熬，怎麼進去這麼久呢？她在裡面做什麼呢？怎麼還不出來呢？他在院子裡一圈一圈地轉著，感覺頭暈了就反過來繼續轉。

巧兒的爹本還能夠靜靜地看著，可漸漸地，他也有一種暈眩的感覺了，忙站起來走到旁邊喝口水壓一壓。

關閉的房門終於被打開了，謝大夫第一個衝了過去，卻被門口的小翠一把攔住。

屋內可都是女眷，這人怎麼這麼沒有禮數？

謝大夫確實沒有這種顧慮，他是大夫啊，在大夫眼裡是沒有男女之分的。

素年從裡面走出來，看到謝大夫明顯亮起來的眼睛時，心裡不禁感嘆，這算是她遇到的第一個對醫術這麼有誠意的大夫了。

素年不打算打擾巧兒家的作息，因此準備回自己的院子裡去，誰知巧兒娘從房間裡走出來後，不聲不響地在素年面前跪下，重重地磕了一個頭。

「嬸子，您這是做什麼？」素年嚇了一跳，趕忙連同小翠一塊兒將人扶起來。

「沈娘子，嬸子我無以為報，只能給您磕個頭感謝，感謝您的大恩大德！我還不能倒下去，巧兒還有她的兩個弟弟都……」巧兒娘泣不成聲。

素年明白，如果巧兒娘真的癱在床上無法動彈，不只幾個年幼的子女無法照顧，自身也將成為一個負擔。素年前世被病痛折磨成那樣時，也有這種想法，與其這麼痛苦地活著，不如乾脆……可父母的面容一直讓她不忍心，為了自己，他們四處求人拜佛，但凡能做的都做了，硬是將素年那些輕生的想法給打消了。她要努力地活著，不為了自己，為了她的家人。

「嬸子，您這不是好好的嗎？別說這些喪氣話了，為了巧兒，為了大毛、二毛，您得堅強。您的身體暫時不會有事情，但是，不能夠太勞累了。上次也說過了，照顧好自己，就是為您的家人造福了。」素年慢悠悠地笑著說完後，帶著小翠和巧兒離開了巧兒的家。

謝大夫這才反應過來，急匆匆地追出去。

剛剛小姑娘的眼睛裡有著莫名哀傷的情緒，倒讓他一時怔住，但那都不重要，重要的是——

「小娘子，妳等等老夫啊！剛剛說要詳細講解的，是真的嗎？」

小翠站在院子門那裡，將謝大夫擋在外面。她是真沒想到，這個老頭子竟然真的追到了她們家裡。

素年在巧兒的服侍下淨手，換上了衣服，這才悠然地走到院子裡。「小翠，讓先生進來。」

「不敢當、不敢當！」聽見素年喚他先生，謝大夫抓了抓頭，然後也不顧小翠的白眼，疾步來到了素年的面前。

「先生請坐。」素年指了指對面的石凳，然後將手邊的針灸包推了過去。「這個，便是素年為那位孀子醫治的工具。」

謝大夫本以為會看到什麼驚天動地的手段，這針灸包他是認識的，真是靠針灸就治好了中風之症？

「小娘子說笑了。」謝大夫以為素年是不願意將獨門秘方說出來，在敷衍自己。

「誰跟你說笑！」素年還沒有開口呢，小翠倒是聽不下去了。「你這人好沒道理，小姐可是一點都沒藏著掖著，你倒是不相信了！」

素年看了小翠一眼，小翠便乖乖地站到一邊。小姐剛剛的眼神，是誇獎她吧？

「先生，不管你信與不信，素年確實是用的針灸。藥方相信你在巧兒家應該已經看過了吧？」

謝大夫點點頭，滿屋子的藥味，他死纏爛打地將藥方拿到了手，雖然有些不大明白，但那些藥材大都是溫補效果，只是藥力不及自己開的人參、附子。

「這中風之症，為本虛標實之症，在本為陰陽偏勝，氣機逆亂；在標為風火相煽，瘀血內阻。」

這些謝大夫當然知道，凡中風，皆是真陽衰損的「陰盛陽虛」症候，導致陽氣上沖，聚於腦部，所以他才用大劑參附湯回陽救逆，這個思路沒錯呀！

「巧兒娘屬於缺血性中風之症，誘因可能是疲勞，勞則氣耗，行血無力，血流鬱滯，血脈不暢，而針灸則可以使血管阻力降低，腦血流量增加，促進梗死區的血液迴圈，達到醒腦開竅的目的。」

謝大夫聽得雲裡霧裡，似乎聽懂了，又似乎有些疑問。「針灸真的能做到這些？」

素年鄭重地點點頭。針灸是一門大學問，累積到現代的針灸之術可治百病，並且無副作用，針到病除，有時候，還能夠有起死回生的神奇功效。因為針的作用是直接的，藥物則還要有一段吸收的時間，所以素年當初對針灸這門博大精深的技術頗為心醉。

謝大夫再看向那個小針灸包的時候，眼睛裡有著奇異的神色。

他對針灸並沒有研究，事實上，大多數醫者對針灸的關注力都不如藥物，因為民眾們也相信藥物，哪有拿根針在身上扎幾下就能夠治癒的？所以在麗朝和麗朝以前，針灸都處於輔助的地位，僅配合藥物，讓病情康復得更加迅速罷了。

「老夫曾經聽說過，醫聖柳老掌握了一手精湛的針法，老夫本以為，這是世人誇大相傳所致，今天才知道，原來針灸真的可以如此的神奇！」

素年立刻對這個柳老很有興趣。本來嘛，她覺得這裡竟然不流行針灸是一件很奇怪的事情，中國古代的針灸之術已經很盛行了，並且還有許多古法針灸術已經失傳，這讓素年當年在學習的時候扼腕不已，那些都是寶貝啊，卻已經沒有人傳承了。所以素年穿越到這裡以後，她還想是不是能夠彌補一下當年的遺憾，誰知道，他們這裡的大夫卻是幾乎不用針灸的。素年感到無比的可惜，但現在，這位謝大夫說是有針灸高手存在的，還有「醫聖」這麼了不起的頭銜，那必然是很厲害的。

「敢問先生，這位柳老現如今……身處何處？」素年本想問是否還活著的。

謝大夫搖了搖頭。「柳老啊，沒有人知道他在哪裡，他行蹤不明，飄忽不定。」

那這個醫聖有什麼意思？素年聽著好笑。果然古代人還是有淡泊名利的，這個柳老可真有趣。

謝大夫知道了自己想要瞭解的事情後，便站起來抱拳。「多謝小娘子相告，老夫多有打擾，告辭。」

小翠將人送出門，然後折回來。「小姐，這位大夫雖然行事有些魯莽，但人還是不錯的。」

「嗯，有眼光。」

從那以後，謝大夫就沒有再去過巧兒家的院子了，他們的生活也恢復了平靜。

這日清晨，小翠盥洗完畢，剛將早飯做好，就聽見院子門被敲響的聲音。

小翠的手上暴起了一條青筋！又這麼準時，每次都這麼準時，挑她們吃飯的時候出現！這人簡直是……

巧兒一瞧小翠的表情就知道她要發火了，趕緊跑去素年的屋子服侍她起床，才走進房間，院門那裡果然就傳來小翠不小的聲音。

素年幽幽醒轉，呆坐在床上好一會兒，似乎才反應過來。「小翠又暴走了？」

巧兒輕輕一笑，小姐有時候會說一些她們聽不懂的詞語，但是這不要緊，她們還是能夠理解的。

「小翠姊姊也忍了許多天了。」

素年點點頭，可不是嗎？這個謝大夫是不去巧兒家了，卻轉到她們家來！在素年偶然留過一次飯以後，他回回都挑飯點前來，一點差錯都沒有。素年原來還奇怪，怎麼這人不用去坐堂問診嗎？後來才知道，別看謝大夫這種無賴樣，他在林縣可是很有聲望的，同仁堂的第一把手，只有疑難雜症才肯輕易出手，其餘的時間都用不著待在醫館裡。

「小翠姑娘，老夫忽然有一些疑問想要請教沈娘子，不知……」

謝大夫聽上去忠厚老實的聲音細微地傳來，素年嘆了一口氣，在巧兒的伺候下穿衣洗漱。

「先生早。」素年來到院門口，溫婉地跟謝大夫見禮。

小翠一看，也不好強攔著，這才氣呼呼地將謝大夫放了進來。

「沈娘子，我昨晚研究了一通針灸之術，覺得甚是神奇，只是有兩點不是很通透……」謝大夫眼眶底有些青色，看樣子確實苦心研究了很久。

「先生有什麼不明的地方，素年願意一同商討。不知先生可用過早飯了？沒有的話不如坐下來一起吃。」

桌上擺著金黃的煎蛋卷、加了香油炒過的小菜、熬煮得稠稠的肉糜粥、還有一碟切開的水晶肘子，溫馨的香氣瀰漫在空氣中。

謝大夫掙扎了一下，便道：「那就恭敬不如從命了。」

小翠又添了一雙碗筷放在謝大夫的面前。

謝大夫之前就發現了，素年的這兩個小丫鬟似乎非常的逾越，竟然每一次都跟素年在一個桌上吃飯，這是哪家的規矩？

他不知道，為了適應這個規矩，小翠和巧兒幾乎愁死，哪有丫鬟和小姐在一個桌上吃飯的？可小姐說了，一個人吃飯不香，沒有氣氛。天知道，吃個飯而已，還要什麼氣氛啊？

素年堅決要將她們的習慣改過來，前世纏綿病榻，沒有多少機會能和家人一起吃飯，現在有這條件了，她才不會屈服於封建的規矩呢！見兩個小丫頭死活不肯跟她同桌，素年便很不要臉地採用絕食的策略，然後她們就屈服了，也明白了一個道理——跟小姐鬥爭，是很不明智的，直接繳械投降就好了。

其實謝大夫還真不是特別厚臉皮的，他雖然不需要坐堂問診，但還是堅持幾乎每天都要去同仁堂，所以只能特別早或晚上的時間才能過來請教，而這種時間，怎麼也避不開吃飯這件事。素年也不是很講究的人，人家沒吃飯，那就一起吃唄，而且小翠做的食物那麼可口，能被人認同她也非常高興。

素年在解答完謝大夫的疑問之後，巧兒照常將針線活擺了出來，這是她們日常的消遣。謝大夫眉角一跳，心臟開始抽疼。你說擁有這麼一手針灸技術的小娘子，卻浪費在這些針線活上，真是暴殄天物啊！

可素年完全不覺得，別小看這些針線活，她們可靠著這玩意兒養家餬口呢！

心滿意足的謝大夫一搖三晃地往同仁堂走，到了他這個年紀，他也不追求什麼了，能夠繼續學習自己不拿手的針灸之術，他覺得相當滿足。

「謝大夫來了！」

「太好了！大夫，救命啊——」

同仁堂門口站了好些人，看到謝大夫的身影之後，都爆出呼天搶地的哭喊聲。

這是有病人？謝大夫三步併作兩步地走過去。「怎麼了？病人在哪兒？」

「小姐您看。」巧兒將手中完成的一幅團扇扇面展示給素年看，這可是她完成的第一幅複雜的繡品。以白絹為底，以紅、粉、橙、赭、綠、藍、紫、黑等色，並加入多種間色絲線，繡松樹下、牡丹花叢間，一隻孔雀昂首垂翼，徐行於坡上。扇面的顏色是小姐之前就配好的，用色大膽而濃重，效果強烈，極富視覺衝擊力，生機盎然。

扇面剛描好花樣的時候，巧兒就讚嘆不已，等小姐配好絲線之後，她更是覺得，讓自己來挑戰這幅扇面，是不是有些太早了？結果小姐很不以為然，說反正也不要求繡得多麼出神入化，她們的繡品，主要贏在新穎別緻上。哪想扇面繡出來以後，竟然如此的奪人目光，巧兒都想崇拜一下自己了，雖然基本上都要歸功於小姐。

「不錯不錯！」素年瞇著眼睛。「巧兒的手就是巧！這一幅扇面，怎麼說也要好幾兩銀子吧！」

「是啊，上次的那幅素面繡佛手花鳥團扇扇面就賣了十兩銀子，後來那家的丫鬟還特意來問有沒有新的樣式呢！」小翠將線頭剪斷，滿意地看了看手裡的繡帕。

「那就十兩，物以稀為貴嘛！」素年笑。

巧兒卻有些不敢相信，這真的能賣出十兩？雖然這幅扇面真的非常的漂亮。

三個小姑娘其樂融融地在小院子裡悠閒著，卻不知謝大夫那裡，已經焦頭爛額了。

之前去同仁堂裡求醫的，是林縣劉老爺家。劉老爺家出了個秀才，雖然只是中了秀才，但這位少爺的年紀卻還很小，這不，已經在準備鄉試了。在林縣，誰人不知曉劉老爺？他們家以後一定會飛黃騰達的，因為他們家的這位少爺才學穩重，非常有前途。劉老爺是將他當作眼珠子看顧，可眼下，劉府裡亂哄哄一團，正是因為這個秀才少爺病了！

謝大夫趕到的時候，驚奇地發現，劉府裡已經有好幾個大夫了。

「這是……」謝大夫轉頭去問將自己帶來的家丁。

「不瞞先生，梓少爺如今的狀況，這些大夫也都束手無策，這才派小人趕緊將您老給請來。」

這麼說很嚴重？謝大夫神色一凝，讓家丁立刻帶自己去病人那裡。

劉老爺其實並不老，不過三十多歲左右的年紀，平常看著還很玉樹臨風的一個人，現在卻滿臉焦急的愁容。

看到了謝大夫，劉老爺一把揪住他的衣服。「大夫啊，我兒就拜託你了！」

患者見到醫者通常都會將他們當作救命稻草，謝大夫很能理解，他輕聲安慰了兩句，就想要趕緊看一看病人。

劉炎梓，十五、六歲的光景，正是青春年少的大好時光，此刻正靜靜地躺在床上，彷彿周圍一切的喧囂都跟他無關。

謝大夫上前察看，一眼就看出了異樣，症狀在眼睛上。

梓少爺的雙眼，內眥處紅腫嚴重，腫起的地方已經開始發亮，裡面應該有膿液。兩隻眼睛的睫毛上都糊上了分泌物，並且結成了塊狀，看上去很是淒慘。

聽見有人靠近床邊，梓少爺的雙眼微微顫動，就這麼一點點的小動作，就引出了淚水，順著他瓷白的臉頰落入枕頭裡。

「少爺這個眼疾，是什麼時候開始的？」謝大夫只愣了一下，隨即進入診斷狀態。

「三天前。起初只是覺得眼裡有異物，可一直沒有得到緩解，然後就開始嚴重，腫脹疼痛，如今……連睜開都做不到。」劉老爺痛心地看著躺在那裡的劉炎梓，老淚縱橫。「大夫呀，老夫所有的希望都放在了他的身上，眼睛……眼睛可是很重要的啊！」

謝大夫連連點頭，表示他會盡力。梓少爺正在準備鄉試，如果眼睛出了問題，確實非常的棘手。但，梓少爺現在的情況，有點不妙啊……

第十五章　劉府有請

眼疾謝大夫見得多了，但三天就能嚴重到這個地步的卻極少。而且他小心地察看了一下，裡面確實也已經化了膿，在這種狀況下，外敷的藥物很難起到期望的效用，怪不得外面那些大夫均是一臉的凝重。想著先緩解一下痛楚，謝大夫提筆就想寫藥方，卻看到一旁有婢女捧著一塊一面塗了藥膏的細紗布走了進來。將紗布拿到鼻尖嗅了嗅後，謝大夫拿在手裡的筆又放了下去，這副藥跟自己要開的差不多。揮了揮手，他示意趕緊給梓少爺敷上。

「謝大夫，您看……」眼瞅著謝大夫連藥方都沒開，劉老爺的心狠狠地顫了一下。

「劉老爺，令公子的眼疾著實蹊蹺，想必你請了這麼幾位大夫，心裡也是有數的。」謝大夫指了指已經敷在劉炎梓眼睛上的細紗布。「這藥方有祛風鎮痛，收乾膿液的功效，已是很對症，是以老夫不需要重開。」

劉老爺何嘗不知？門外的那些大夫每一個講的都差不多，說是蹊蹺，並且說如果藥起不到效果，繼續化膿的話，炎梓的眼睛……可能就不保了……

看著劉老爺瞬間赤紅的眼睛，謝大夫無奈地嘆了口氣，轉回桌邊，認真地提筆。芽茶、白芷、附子各一錢，細辛、防風、羌活、荊芥、川芎各一錢，鹽少許，水煎服。

將藥方交到劉老爺的手裡，他就好像捏到了救命稻草一般，趕緊連聲吩咐下去煎藥。

謝大夫搖搖頭，轉身也走出了房間。

大夫們見他出來，趕忙上前詢問狀況，得到的卻是差不多的答案。

「唉，眼內有膿液，如果能用銀針放出來說不定會好些，可離得太近了，倘若沒有放乾淨，仍舊會成為隱患的。」一名大夫幽幽地嘆氣。

「可不是嗎？只能期盼外敷的藥物能起到效果了，否則……唉……」

謝大夫的耳朵在聽到了某個辭彙的時候一動。銀針？銀針！他認識的人裡面，還有誰能比她對針更熟練？而且，沈娘子很顯然對醫術也很精通，是不是可以嘗試一下呢？謝大夫在認真地考慮著，只是，劉老爺未必肯讓沈娘子下手，畢竟那只是一個十一、二歲的小丫頭，而這邊這位，可是劉老爺的寶貝命根子啊……最後，救人的意識還是占據了上風，至於願不願意冒這個風險，那就是劉老爺的事情了。謝大夫再次匆匆地走入了內室。

劉老爺早就著急上火了，看著炎梓的眼睛被白色的細紗布包著。自己的兒子自己知道，他現在心裡該有多恐慌，卻都強忍著，讓自己這個做父親的無比心痛。

聽謝大夫說還有一人也許可以救治兒子，劉老爺想都沒想，直接就要派人去請。

「只是這個沈娘子年紀太輕，不過，卻習得一手好醫術。」

「只要她能夠救得了炎梓，我什麼都願意的！」

素年主僕三人，這會兒正在搗鼓新的吃食。

素年上一世因為身體的原因，有很多東西都是要忌口的，她那時雖然表現得很無所謂，但那只是安慰家人而已，事實上，她是很垂涎的！這會兒她們嘗試的，就是前世非常受歡迎的脆皮雞排。其實做出來相當容易，嫩嫩的雞胸肉切片，加入作料拌勻，再打入雞蛋抓勻，裹上碾碎拌好鹽的玉米碎片，放入鍋中半煎半炸，等到雞肉熟透了就可以了。

焦香的味道瀰漫在院子裡，三個小姑娘都忍不住猛吸了好幾口氣。她們的伙食現在已經非常好了，可素年每次提出來的新方法，都能勾起她們的食慾。

小翠將脆皮雞排趁熱切好，插上小叉子後端到桌上。

「趕緊，趁熱吃！」素年先動手叉起一塊送進嘴裡，雞肉鮮嫩，肉汁四溢，一口咬下去有玉米本身的清甜味，非常的成功。看著小翠和巧兒也吃得滿臉笑容，素年滿足地嘆出一口氣。還是有錢好呀，看看這材料，要擱在牛家村，那是打死也不敢想的。為了她們以後奢侈的生活，加油！正這麼想著時，院子門忽然被敲響了。

小翠立刻將手裡的叉子放下，去院門口詢問來人。

「沈娘子，是我，謝林！」院門外響起了謝大夫的聲音。

小翠將門打開，卻發現並不是謝大夫一個人，他的身後還站著三個穿著灰色布衣的家丁。

「小翠姑娘，沈娘子在裡面嗎？」謝大夫並沒有直接進去，而是麻煩小翠代為通傳。得到素年允許了以後，謝大夫才帶著那三個家丁，很有禮貌地走進去。謝大夫會跟來，正是因為他知道沈娘子這裡只有三個小丫頭，如果自己不來，小翠說不定都不會開門。

三言兩語將情況描述了一遍後，謝大夫帶著期待的表情盯著素年看。

急性結膜炎？素年心底有了個大概的判斷。可真是巧了，前一分鐘還想著要努力賺錢呢，這機會不就送上門來了？雖然素年已經決定，暫時無法依靠自己的醫術賺錢，但只要有機會，她也是不想放過的。

小翠和巧兒很有眼色地進去給素年收拾好工具後，低眉順眼地站在素年的身後。謝大夫剛剛說了，這次的情況有些特別，是要給秀才公子治病的。這兩個小丫頭可不會單純到認為秀才公子家就都是講道理的，反而知道越是有些地位的人家，越是不講道理。她們要做好小姐的堅強後盾，小姐隔三差五地給她們針灸，可不是白針灸的！

巧兒還有一個潛藏的想法！這劉老爺家的少爺，那可是咱林縣的知名人物啊，平常是不可能有機緣見到的，聽說那是一個貌比潘安的貴公子，可真是賺到了！

謝大夫沒想到會如此的順利，立刻請她們坐上門口停靠的小馬車。

劉府並不遠，很快地馬車就到了劉府的門口。小翠和巧兒跳下馬車，巧兒抱著針灸包，小翠伸手將素年扶下來。

因為心中焦急，劉老爺已經來到了門口等待，結果看到從馬車上就下來這麼三個小娃娃……對他來說，可不就是小娃娃嘛！這謝大夫說了年紀輕，卻也不至於輕到這種地步吧？這是逗他玩吧？

謝大夫一看劉老爺的表情，就知道他開始不相信了。就算再擔心梓少爺的眼睛，可誰敢讓一個才十二歲的小姑娘動這個手？

「病人呢？」素年看大家都站在門口發愣，忍不住開口問。這治病就是跟病魔搶時間，容不得一點耽誤。

人是自己同意請的，也已經請到家門口了，劉老爺怎麼也說不出讓她「回家玩去吧」這種話，雖然他有這種想法。最終，素年還是被請了進去。

院子裡的大夫們還沒有離開，他們看到劉老爺出去接人的時候，以為又來了一個大夫，可誰知道，這一去竟領回來個粉雕玉琢的小娃娃。敢情這是覺得梓少爺沒救了，要沖喜的意思？

素年可沒時間照顧其他人的感受，她動作自如地走進屋子裡，一眼就看到了躺在床上的劉炎梓。在小馬車上，巧兒早已給素年和小翠說了遍這劉小公子的事，素年這才發覺，不管在什麼朝代、不管是不是未知的時空，這八卦的風氣都是存在的。雖然躺在床上的劉公子眼睛被白色的細紗布蒙住了，但絲毫不影響他的美貌，反而增添了幾分朦朧的美感。

在動手診治前，素年知道身旁這個劉老爺一直以質疑的眼神在掃視自己——太強烈了，無法忽略。素年乾脆就當沒看見，直接走過去，輕輕地將劉小公子眼睛上的細紗布給解了下來。眼瞼處腫脹異常，裡面的膿液已經將皮膚撐得透明發亮，睫毛上有異物凝結成的塊狀，能看到睫毛緊閉的地方，長時間浸著水光。素年知道，這種急性的結膜炎會讓眼睛極度的難受，刺癢疼痛，可躺在床上的這個少年，竟然硬生生地全部忍著，一點多餘的聲音都沒有。

劉炎梓感覺眼睛上的細紗布被拿走了，然後有微涼的指尖輕輕碰觸到自己的眼睛周圍，冰冰涼涼的，稍微緩解了他的痛楚。

「小翠，針灸包。巧兒，找個油燈來。」

細細涼涼的聲音在耳邊響起，劉炎梓的注意力被分散了些。現在說話的是誰？他很想睜開眼睛看看，但他發現自己的眼睛腫脹得連睜開一條縫都做不到，只勉強能看見一些光，卻也是模糊不堪。

「小娘子，妳這是？」

自己父親的聲音裡飽含了嚴重的緊張和懷疑。小娘子？劉炎梓心裡無比好奇，她這是打算給自己治病嗎？

素年手裡挑了一根細銀針，拿在手裡感受著，然後又湊近了劉小公子仔細地察看。一旁的謝大夫則負責給劉老爺答疑解惑。「應該是要將裡面的膿液放出來。」謝大夫看著素年的舉動，覺得自己猜得應該沒錯。誰知，素年先起手在靈骨穴、木穴以及耳背和耳尖放血！謝大夫嚇了一跳，難道自己理解錯了？

劉老爺一看，這跟謝大夫說的完全不是一回事嘛！趕緊緊張張地湊了過去。「小娘子，妳——」劉炎梓放出來的血刺激到了劉老爺的心靈。

還沒等他多問呢，巧兒已經舉著一盞油燈進來了。「小姐，油燈來了。」

素年將剛剛用過的針放到旁邊，然後轉過身面對劉老爺。「我現在打算將令公子眼睛腫脹處的膿血放出來，請您迴避一下。」

「迴避？為什麼？」

「因為有點血腥。」素年說得面不改色。

劉老爺的身形當即就晃了幾晃。

其實並沒有素年說的那樣嚴重，只是她擔心一會兒自己下手的時候，這劉老爺再驚呼一下，自己手抖了可怎麼辦？

可是素年這麼一說，劉老爺就更不放心了，執意要在屋子裡看著。「老夫什麼場面沒有見過！」

素年嘆了口氣。

不料倒是躺在床上的劉小公子這時開了口。「爹，您先出去吧。」自己的兒子忍著疼、顫顫巍巍的聲音響起，讓劉老爺一下子差點沒支持得住。再想這還沒動手呢，自己就這樣了，要真影響了診治可如何是好？

好說歹說，劉老爺總算是將地方讓了出來。小翠和巧兒也已經準備好了，素年重新抽出一根細銀針，先放在火上加熱。

謝大夫留在房間裡，他看著素年的舉動，張大了嘴巴，可他很有素質地沒有出聲，安靜地看著素年的動作。

「別怕啊，不疼的。」

劉炎梓的耳邊，那個帶著涼意的聲音溫言安撫了一下，然後眼睛處就是一陣刺痛。

素年在心底讚嘆，遇到這種配合的病人真是大夫的福音，太省心了！

用乾淨的帕子將火針排出的膿血清理乾淨，重新上藥包好，然後在腳底的花骨穴、手背的上白穴進針，並且在眼周的幾個穴位也淺刺放血。

整個過程時間並不長，但謝大夫卻是出了一手的汗。素年在給劉小公子眼睛處用火針放出膿血的時候，動作很輕盈，輕盈得都有些隨意了。她可知在她手下躺著的是什麼人？那可是劉老爺捧在手心裡長大的秀才公子啊！這在眼睛處動針，她怎麼就一點心理負擔都沒有？

讓小翠將東西收好後，素年就示意巧兒去將門開了。

門外的劉老爺一個箭步跨了進來，無視任何人地衝到床邊，連聲詢問怎麼樣了。

素年看著，一陣恍惚。曾幾何時，她的父母親也都是帶著這麼著急的表情來詢問自己，恨不得自己能遇上一個妙手回春的醫師，瞬間就治好了身上的病……

「沒事的，爹，我覺得好些了，清涼了許多。」

劉小公子的聲音竟然也很清冽，聽得素年不住地點頭。嗯，是個漢子，知道不讓家人擔憂。

「桑葉十六錢加麻黃一錢煎水。」素年順口開了個方子，然後就帶著她的兩個小丫鬟慢慢地走了出去。

「小姐，我們這就走了？」

「不走人家留我們吃飯嗎？」

「可是診金還沒有收呢！」

素年嘆了口氣，這還沒有卓越的成效呢，現在就收診金不合適，也不划算。

帶著兩個忠厚老實的小丫鬟，素年就一路自己逛著往槐樹胡同的小院子回去，路上還特意繞了一下，說是去勘察這些繡品的行情。

「小姐……這也算勘察嗎？」小翠抖著手，她手裡已經拎了大概四、五種的吃食，都是小姐看到就挪不動腳步，硬要買下來的。

「算的。妳看啊，這要是在外面吃東西，需要用繡帕擦拭的話，我們的那些繡帕就需要在周圍留出空白來。」

「……」這扯得也太沒有根據了！小翠和巧兒只得無奈地將嘴裡的東西吃完，優雅地擦拭一下嘴，跟在素年身後，繼續查探行情。

第十六章　進府複診

素年本以為劉府那裡應該等兩天才會有回應，但沒想到第二天一大早，她們院子的門就被拍響了。

小翠和巧兒秉持著安全第一的態度，愣是沒有開門。誰呀這是？不認識、不認識！

外面的人急了，不過也是，誰讓他們忘了自報家門，就光顧著使勁拍門了呢？「沈家娘子，我們是劉老爺府上的，來請您複診！」

素年茫茫然的，跟沒聽到一樣。

小翠一看，壞了，小姐這是還沒有清醒過來呢！

巧兒去院門口讓人等著，小翠趕緊打來水服侍素年洗漱。

穿越到這裡來以後，素年的作息時間不可謂不穩定，主要是沒有什麼消遣，每晚都睡得挺早的，但她就是能夠每天都要賴一會兒床，而且起床以後，需要一段時間才能完全清醒過來。

「劉府？」素年重複了一遍，眼睛裡的茫然漸漸地減退。這麼快就找來了？素年將臉轉向小翠，愣愣地看了半天，才幽幽地說：「餓了。」

門口，劉府的家丁們很鬱悶地站著。剛剛出來一個小丫鬟，說是她們小姐在用早飯呢。幾個人面面相覷，都齊唰唰地抬頭看天。這已經什麼時辰了？早飯還沒有吃完？要知道，他們可是劉府上的，去哪裡都會受到體面的對待，這倒好，直接晾著他們在門口，吃早飯去了。可他們又能怎麼樣呢？他們出府之前老爺就說了，要好生對待著，不可有一絲失禮，那……等就等著吧！

桌上是一碟金燦燦的土豆雞蛋餅，加了臘腸、捲心菜和胡蘿蔔，攤得薄薄的；每人一小盅橙香雞蛋羹，用素年提供的方法蒸出來的，口感細膩，飄著淡淡的橙香，甜而爽口；還有一小碗用小火熬出來的南瓜百合冰糖粥，清甜去火。

三個小女孩也吃不了多少東西，所以這些早飯的分量並不多，但勝在花樣精緻，味道出眾。之前謝大夫雖沒有刻意挑著飯點前來，但在素年邀請他一起吃一點的時候，都不是很掙扎地就坐下了。

劉府的家丁終於等到了沈娘子，一個跟之前將他們關在門外差不多年歲的小姑娘，長得清純可人，見到他們後甜甜地笑著，說了一句「久等了」，才在她的那兩個小丫鬟的攙扶下上了馬車。看著那張毫不做作的笑臉，似乎，大家之前的煩躁就這麼消失了。好吧，懂禮貌的小孩子在哪裡都是比較容易得到體諒的。

再一次來到劉府，素年一眼就看到了謝大夫。能見到熟人，她倒是心安了不少。

本來這種情況，自己大概會三天之後再來複診一次，將傷口做最後的清理，鞏固治療，但這才第二天啊！饒是素年心理素質再好，都免不了要嘀咕一下，莫不是病情有變數？

「哎呀，小神醫呀！」

劉老爺大著嗓門親自來迎接，將素年嚇了一跳。仔細地觀察了一下劉老爺的神情，沒有發現負面情緒的蛛絲馬跡，素年這才放心下來。

「小神醫，妳昨日施針以後，炎梓就說舒服多了，今天拆開一看，果然，太神奇了！妳看，要不……再給診治一下？」

素年汗顏。再診治一下？要不，再象徵性地戳幾針？她一邊笑著，一邊走進了屋子裡。裡面仍然瀰漫了藥味，讓人將窗子打開後，素年在劉老爺期待的眼神中走到了劉炎梓的旁邊。他的眼睛上仍然蒙著白色的細紗布，她伸手將其解開，果然比起昨天要好上不少，怪不得劉老爺都喜形於色了。輕輕地在仍然紅腫、但已經不很可怕的眼部周圍按了按，素年想著，過兩天還是需要再進行一次火針。昨天的已經結了痂，說明效果很不錯。

這時，一直閉著眼睛的劉炎梓忽然緩緩地將眼睛睜開，一瞬不瞬地盯著跟他靠得很近的素年。

素年這會兒親身體會了一把什麼叫做美男子，睫羽微顫，上面甚至還凝結著一些藥物呢，卻讓素年愣是聯想到蝴蝶的翅翼。眼睛裡因為炎症而泛著紅，瞳孔處卻是出人意料的深邃。是的，深邃。這種詞語竟然能夠用在這個十五、六歲的少年身上，素年自己也覺得不可思議。一旁的小翠和巧兒都發出了輕微的抽氣聲，素年暗笑，小丫頭果然抵擋不住這麼近距離的視覺衝擊，至於距離更近的自己，卻是展顏一笑。「如何，還疼嗎？」

不得不提一下，穿越大神給她安排的這具軀殼，除了一開始的處境自己不滿意之外，素年都覺得自己是走了狗屎運，特別是這副容貌，年歲尚小，卻已經散發出不容忽視的清麗雅致，再加上她沈穩的心境，那種獨特的出塵氣質，讓素年自己都很滿意，甚至對未來更加充滿了期待。

劉炎梓看多了小女孩在自己面前臉紅低頭、羞澀無措的姿態，她們跟眼前這個漂亮的小姑娘成了鮮明的對比，他忍不住一愣，難道說這眼疾對他外貌的殺傷力如此之大？不過，劉炎梓也不是那種膚淺的人，尤其知道這個看起來比自己還小許多的小姑娘竟然是給他治病的人，心裡更是驚訝，面上卻是帶上了溫和的笑容。「勞煩了，我覺得好了很多。」

「那是自然。」素年將一旁的細紗布拿在手裡，道：「這藥開得恰到好處，放乾了裡面的膿血之後，效果達到了，好的速度便出乎意料。」

劉炎梓不語，只是保持著微笑，聽著素年給他解釋，然後再一次道謝。

站起身，素年跟劉老爺交代了一下需要注意的幾個部分。「……照這樣處理就可以了。我過兩天會再來複診一次。」

「那今天呢？」

「今天？」素年微微挑眉，今天不需要呀！

「小神醫再給看看吧，開點藥方也是好的。」劉老爺有些焦急，這小醫娘怎麼看上去漫不經心的呢？

素年想都沒想，一點頭，道：「好。小翠，針灸包。」素年可不是頑固不化的人，她還挺明白劉老爺的心思的，既然人家這麼要求了，那她當然也不能掉鏈子對吧？於是素年當機立斷地折回床邊，暗自慶幸出門前將工具都帶齊了。

看到素年折回來，並且將一個小小的包鋪開，裡面是一根根排放整齊的銀針，針尖閃著冰冷的寒光，劉炎梓的心裡不禁抖了一下。他不怕疼，可不代表看到這麼多尖利的東西也沒反應。她這是要給自己針灸了？

劉炎梓想得沒錯，素年確實是這麼打算的。

患處要火針還不到時候，但放放血倒是可以的。素年笑得恬靜柔美，哄道：「劉公子不需要害怕，不疼的。」

劉炎梓明白，他是真不怕疼，但是，之前看不到人也就算了，任她怎麼擺弄都無所謂，現在看到這麼一個水嫩嫩的小姑娘捏著一根針柄，靠那麼近地在他的耳朵上按壓，他要是一點想法都沒有，也是不可能的。

偏偏素年一點自覺都沒有，為了能夠準確地找出耳尖的壓痛點，她必須離得很近，仔細觀察比周圍膚色略異的地方。

她溫熱的呼吸緩緩地吐在劉炎梓的皮膚上，他的耳朵開始充血……

素年在心裡納悶著，她只是在找壓痛點，還沒有揉捏充血呢，這耳朵怎麼就這麼紅？這不是礙事嘛！

離他們倆有一段距離的小翠和巧兒在心裡焦急不已。小姐這是在做什麼？調戲人家嗎？人家劉公子好歹也是林縣有名的美男子，竟然在小姐無意的舉動中臉都紅了，小姐可真厲害！

好不容易辨識出了壓痛點，素年的臉稍微離開了一段距離。

劉炎梓在心裡鬆了口氣。照理說，他這個年紀的男子，有的人家已經開始著手準備娶媳婦了，他們劉家卻是想要讓他多嘗試兩次科舉再說。當然這不代表劉炎梓什麼也不懂，雖然他自律性很高，身邊服侍的大都是小廝，但父親還是哼哼唧唧地給他塞了一個漂亮的大丫鬟，至於幹什麼的，大家心知肚明，只是這會兒劉炎梓的腦子裡除了做學問，並沒有別的想法，所以那個大丫鬟雖然長得娉婷婀娜，卻也沒有靠近過自己幾次。而現在不過治個病而已，他手心裡卻捏了一把的汗，之前疼成那樣也沒有這麼緊張過呀……

誰知道，劉炎梓好不容易鬆懈下來了，素年接下來的動作又讓他再次緊張起來。對了，他怎麼忘了，之前也是這麼個流程？素年微帶涼意的手指開始反覆地揉捏自己的耳尖！劉炎梓憋得要內傷了，這能看見和不能看見，區別有些大呀！

好在素年揉捏的時間不長，因為劉小公子的耳尖已經充血完畢了。她將耳尖前折，以三棱針挑破，並用拇指擠壓，出血四到五滴；然後太陽、攢竹點刺並擠出綠豆大的血珠；晴明淺刺約四到五分，留針。

劉老爺看著寶貝兒子臉上的細銀針，腿腳一陣虛軟。怪不得之前沈娘子讓自己出去，原來真的是為了自己好啊！不行了、不行了，他有些頭暈……劉老爺慢慢地走出屋子。就算知道這個小娘子確實醫術不錯，他也受不得這種刺激。

素年下完了針便起身，讓劉炎梓閉眼靜坐，一會兒再給他起針。

謝大夫饒有興趣地湊上來，不敢直接碰觸劉小公子的身體，只左右歪著頭去看素年下針的穴位和手法，然後湊到一旁跟素年開始小聲議論。

謝大夫的聲音中，混著素年偶爾的答話，傳到劉炎梓的耳朵裡。由於他閉著眼睛，聽覺就更加的敏銳，素年的聲音有著珠圓玉潤的微涼，聽起來很舒服，是一種很冷靜、很淡定的感受。

等到差不多十五分鐘的樣子，素年便將針起出，然後看著突然睜開眼睛的劉炎梓，微微愣了一下，笑著說：「看吧，不疼吧？」

劉炎梓繼續內傷，他怎麼覺得這是在哄小孩子的口氣呢？自己明明比她大好不好？可能因為自己坐在床上，身高的差距不明顯吧？嗯，他決定下次一定要坐在別處，方便站起來給她一個直觀的感受……

素年覺得也沒自己什麼事了，便向劉老爺告辭。

「那小娘子什麼時候來複診？老夫派車去接妳。」

「兩天以後吧。」

「好的、好的！這個診金……」

「不著急，等令公子痊癒了以後再說。」

「小娘子果然仁心仁術！」

「那個……複診的時候能稍微遲一點來接嗎？」

「……」劉老爺沒明白素年是什麼意思，在她走了以後立即捉了剛剛去接她的家丁來問，這才知道，素年起床的時辰……有些遲。這個……好吧。

劉炎梓在屋子裡聽見了，嘴邊的笑容一直沒有消下去。

等到複診的日子，劉府的馬車還真特意遲來了一會兒，素年和小翠、巧兒安安心心地吃完了早飯，收拾好了以後，時間剛剛好。

「訓練有素，不愧是大戶人家的家丁啊！」坐在車上，素年不斷地誇口。說讓遲點就遲點，還把握得那麼準確！

素年的計劃裡也是要找一些看家護院的，不然她們那個小院子也太沒安全感了，裡面就三個小姑娘，還一個比一個弱，要真碰到惡人，估計死得一個比一個快。但不是現在，一是沒錢，要靠著針線養活她們三個，活得有滋有味是沒問題，但護院這種大氣的存在，素年覺得以她們現在的財力還不可靠；第二，還是沒錢。她們那個小院子，實在也太小了。

一路到了劉府，素年仍然看到了謝大夫，她心想，搞不好謝大夫就是劉府的家庭醫生也不一定，不然怎麼每次來都能見到呢？

劉炎梓的狀況已經好得差不多了，用針挑掉痂子，素年仔細地察看了以後，再一次下了火針，然後太陽穴直刺一點五寸；風池穴向同側眼球方向直刺，輕輕地提插撚轉；合谷穴針尖向上輕刺；睛明穴深刺至兩寸。接著，讓他繼續閉眼靜坐。

劉老爺再一次受不了地躲出去了，兒子的腦袋這會兒跟刺蝟似的，那一根根的針，小娘子眼睛都不帶眨地輕鬆刺入，還都靠近眼睛，這刺激，太大了。

劉炎梓這次果真沒有坐在床上，換了一把四方扶手椅，背挺得筆直，周身散發著文人的儒雅和堅定，看得素年心裡直點頭。怪不得劉老爺這麼寶貝，確實是個好苗子啊！

約莫十五分鐘後出針，在太陽穴擠去幾滴血後，這次複診就算完成了。

劉炎梓的眼睛腫脹基本消退了，眼睛裡的紅色也開始不明顯，亮晶晶的，很有神采。素年很大方地來回欣賞了一下，才在劉炎梓驚愕的神情中端莊地走出去跟劉老爺彙報。

「好、好、好！」劉老爺聽聞炎梓沒事了，一顆心才算是落地了。這段時間焦急上火的，謝大夫已經給自己開了清熱解毒的藥方，幸好炎梓沒事啊！

素年微笑著站在那裡聽劉老爺變著花樣的誇讚，不驕不躁，讓劉老爺心生歡喜。當然，最重要的診金自然也不會讓素年失望。滿滿一小箱子的銀錠，素年含笑地讓小翠接過來。很好很好，她就喜歡這麼實在的大戶人家啊！

婉拒了劉老爺想要留她們用飯的提議，素年主僕三人坐上了回去的馬車。

小翠之前已經體驗過抱著一箱銀子的感受，雖然美好，但也挺沈的，因此她直接將小箱子給了一旁眼睛睜得老大的巧兒體會，自己則輕鬆地坐到素年的身邊。

「小姐，您說那劉小公子最後非要親自送您到門口是什麼意思？」

「感謝我唄！」

「那他還昂著個頭，眼睛都不低一下？」

「不好意思唄！」

「……」

雖然素年說得一本正經，但小翠怎麼覺得有點不像呢？劉炎梓少爺站得筆直，個子超出小姐一大截，就好像刻意要展露一下似的，這也叫做感謝的樣子？

素年輕輕地笑了笑，小孩子嘛，難免會有想跟人一較高下的想法，很正常。

小翠想不明白，乾脆就不想。她看了一眼正緊張兮兮地抱著小箱子的巧兒，壓低了聲音。「小姐，那個劉小公子確實長得很好看，但您也不能……呃……直盯著看啊！這個不大好……」

素年忍著的笑頓時就忍不住了，剛笑了兩聲，發現小翠的表情並不是在開玩笑，忙將笑容收了起來。「不是妳們說的，以後可就見不到了，能多看一眼是一眼的嗎？」

小翠的臉騰地就紅了！那是她偷偷跟巧兒說笑的話，怎麼就被小姐聽到了呢？怎麼就讓小姐給當真了呢？

「那、那個……」小翠手足無措地想要解釋。

素年卻在一旁用細嫩的小手摸著下巴，漂亮的小臉上竟然出現了猥瑣的表情。「別說，還真是挺好看的，值了！」

小翠頓時就傻了，這是她家小姐嗎？為什麼開始散發流氓氣息了？

從馬車裡傳出來的清脆笑聲讓劉府的家丁側目了一下，這個沈小娘子果然不一般啊……

第十七章 報答恩情

這次的診金豐厚得讓巧兒半天都說不出話來，之前那些繡品賣出的錢，已經讓她很驚訝了，她家裡並不富裕，每月自己能掙到一兩多銀子，都算是一大筆財富了，可這完全不能跟小姐的診金相提並論。前後才三、四天，這裡大概能有一百兩吧？這也太多了！

很好很好，素年滿意地點點頭，她知道這次的診金應該不少，但也沒想到會有這麼多，畢竟劉府並不是當官的。

但在劉老爺的心裡，能將他的寶貝兒子治好，比什麼都重要，這點銀子對他來說算得了什麼？

素年又收入了這麼一筆錢，她開始想，是不是要將這座小院子給買下來？總是租房子，也不是個事。但是吧，這院子現在只有她們三個是夠住的，如果再增加人呢？自己不是想要招一些護院？那可就不夠了

素年開始傷腦筋，小翠和巧兒也沒有閒著，依然每天很專注地繡一些荷包什麼的，然後每半個月，小翠就會將她們的成果拿到市集上賣。

每次小翠去市集的時候，都是巧兒期待的日子，因為這天小姐會變著花樣做一桌美味的東西出來，以犒勞小翠的辛苦。

傍晚的時候，院子的門被敲響，巧兒蹦蹦跳跳地跑過去開門，這個時間通常是小翠回來

的時候。門外也確實是小翠，只不過，她的手裡還緊緊地攥著一個人的袖子！

素年走出來看了半天，好像有印象……可不是有印象嘛！上一次出現在她面前的時候，這個少年是昏倒的狀態。

「又被搶了？」素年挑了挑眉毛，小翠這也太背了，被搶一次就算了，又來一次？

少年的臉色頓時難看了幾分，使勁去掰小翠的手指想轉身走掉，但小翠就是不放手。

「小姐，這次他幫了我的忙，您不是說要知恩圖報嗎？我就給拽回來了。」

素年風中凌亂了，這小翠的話為啥她不能理解呢？知恩圖報自己確實說過，但有她這麼知恩圖報的嗎？沒見人家滿臉的不願意……喔，不，少年臉上不亞於自己的驚訝說明了，他也沒有參透小翠的意圖。

嘆了口氣，素年讓巧兒上前幫助少年脫困，卻也沒有直接放他離開。

「你是幫了小翠嗎？那真是太感謝了。」素年看著巧兒將小翠拖到一邊去。

少年抿著嘴，臉繃得死死的，一句話也不說。他要說什麼呢？被小翠拽住的時候，他以為這個小女孩是因為之前的事情而對他耿耿於懷，所以才拖著他不放開，想要乘機報復一下，可剛剛她說了什麼？知恩圖報？開玩笑的吧？

一旁的小翠嘰嘰喳喳地將事情的經過說了一遍。

這個市集，遠沒有那麼和諧，有利益衝突的地方就有矛盾，並不是誰想賣什麼都可以拿過去賣的。小翠從開始到現在純粹是運氣好，繡品帶得也不多，賣完了就回去，時間不長，所以竟然一次也沒有碰到所謂的市集混混。但，也有例外的時候。這不，今天她剛去集市沒多久，就遇到了三個滿臉橫肉要收保護費的凶神惡煞。

素年腦補了一下，以小翠這種體格，那絕對是要吃虧的。「然後呢？」

「然後我就想跑啊，因為他們開口就要一兩銀子，這怎麼可能？也太多了！」

「……」

本來吧，如果收不到保護費，搗個亂讓生意做不下去也就可以了，但小翠就一個女孩子，感覺誰都能欺負一下，再加上早就聽說這裡有個高價出售繡品的小女孩，一件繡品能賣好幾兩銀子呢，他們當然不能放過。於是，混混直接升級成流氓了，語言輕佻，就是不放小翠離開，還滿嘴胡話，說是如果沒有錢，人也是可以湊合了。

「小姐說了，女孩子貴在自愛，再說我怎麼能算湊合呢？小姐還經常誇我可愛呢！」小翠滿臉憤憤不平。

素年都要給跪了，她完全不想試圖理解小翠的思考迴路，太讓人心碎了！

後來，這個少年就出現了。

「小姐您不知道，比我手腕粗兩倍的木棍，『哐』地一聲就敲到了混混的腦袋上，太厲害了！他左踢兩腳、右打兩拳，那三個混混就跑了！天哪天哪！」

小翠的意識顯然還停留在那個暴力血腥的場面，只是她眼睛裡充滿了大家不能理解的崇拜。只是普通的混混打架好吧，有什麼可崇拜的？這人之前還搶過妳的錢呢！素年在心裡吐槽，看到一旁巧兒略帶驚恐的表情，覺得這才是正常的，小翠……她就不評價了。少年的臉上因為小翠崇拜的眼神變得無比怪異，顯然他也屬於正常人的範疇，尷尬地站在那裡。

少年覺得自己是不是可以離開了？既然不是要報復他的，那就沒他什麼事了吧？

可是少年的腳才挪了一步，素年的眼光就跟過來了。

這什麼意思啊？走都不讓嗎？少年在心底怒吼。如果不是因為這個被自己搶過的粗神經的小丫頭救過自己，他管她死活呢！結果好了吧，這叫自作孽，不可活。

素年看見少年將腳收了回去，這才笑咪咪地看向小翠。「那，妳想好怎麼報恩了沒？」

小翠正直地點點頭。「想好了，所以才請他回來的。小姐，能不能請您給他複診一下？就是上次口吐白沫的病。」

妳這是請啊？妳這是拖好不好？在場的三個人都在心裡無奈了。

不過巧兒很是驚訝，小翠竟然想請小姐給這個莫名其妙的人複診，她膽子也太大了！

誰想素年一點不悅都沒有，依言走到了少年的面前。「你叫什麼？」

「……」

「哎呀，別這樣嘛，醫患之間要相互溝通、相互瞭解，這樣才有利於康復啊！」

「……」少年鐵了心不開口。什麼亂七八糟的，什麼複診，他才不需要。他想要乾脆俐落地扭頭就走，卻看到小翠閃亮著眼睛盯著自己的舉動，估計就等著他移動好繼續撲過來！

「……玄毅。」少年緊緊抿著的嘴巴鬆開了。他比較識時務，眼前這種情況，估計就算他死撐著不說，最後也是要繳械的。

「真是個好名字！」素年真心讚嘆。「不過你姓『玄』？這真是個奇特的姓氏。」

少年的臉黑了一邊。「我姓楚，楚玄毅。」

「早說不就結了？」素年笑容滿面地想將玄毅往屋子裡引。

這個舉動其實非常不符合規矩，她們三個小姑娘家，哪有將陌生男子請回屋裡的道理？但玄毅此刻心裡竟然充滿了警戒。她們想幹麼？這是打算幹麼？

「複診啊！」素年說得理所當然。這不難理解吧？還是說，他願意在光天化日下讓自己扎幾針？

玄毅往後面退了兩步。「都說不需要了。」

素年嘆氣，示意他看看旁邊的小翠，那丫頭一臉的正直，原本她將玄毅帶回來就是想讓自己看看的，算是報恩，這會兒都到了，怎麼可能就這麼放他離開？素年往前挪了點，聲音放輕道：「何必呢，反正又不疼，隨便戳兩針就可以離開了，你至於這麼緊張嗎？」

我能不緊張嗎?!玄毅覺得自己活了這麼多年，大起大落也經歷過，今天居然在這幾個小姑娘面前失了冷靜。莫名其妙就被拖過來，然後莫名其妙又要被扎針，他怎麼可能淡定？

玄毅的猶豫，看在小翠眼裡那就是怕疼的表現。「哎呀，你別擔心，小姐厲害著呢！再說了，人家劉府小公子都不怕疼，針灸的時候一聲都沒有哼過呢，你居然怕疼？」

玄毅內心無比煎熬。他怕疼？為了不讓人抓住，扭傷著腳他也曾拚命跑，以至於腳踝都腫成血亮的饅頭過，他什麼時候怕過疼？但現在情況能一樣嗎？憑什麼就要給這個女的扎針？她誰呀？

「放心放心，你上次昏倒時那就是我救回來的，要害你早害了，還能讓你活蹦亂跳地離開？」素年開始不耐煩了，臉上的笑容有些虛偽，動作倒是非常利索，也不避嫌，直接讓小翠和巧兒將人往裡拖。

玄毅聽她的口氣，心中更加警覺了。其實以他的能力，將她們甩開逃走易如反掌，但小翠在旁邊鄭重其事地不停安慰，說是不疼，甚至還提出了要不要給他吃甜的東西舒緩一下，玄毅的手……還真的下不了。

滿意地看著玄毅掙扎著被拖進去後，素年去將院門關好，這才慢悠悠地也往屋子裡走去。

院門外，不遠處一條小胡同的轉角處，一顆小小的頭探頭探腦的，在看到素年將門關上了以後，才小心翼翼地站出來，仔細瞧了半天，然後轉身快速地離開。

「脫衣服。」素年走進來，二話沒說開始擼袖子，並將針灸包展開挑選。

這下不僅玄毅崩潰了，連巧兒和小翠也愣住了！脫衣服？小姐這話好邪惡的感覺……

素年轉過身，發現三人正直愣愣地看著自己，不解地皺了皺眉。「看什麼？脫啊！」

小翠放開玄毅，三步併作兩步地走到素年的身邊，偷偷摸摸地低聲說：「小姐，為什麼要脫衣服？他、他可是男的！」

素年哭笑不得。「我當然知道他是男的，要針灸啊，不脫我要怎麼找穴位？」

小翠呆了呆，對喔。因為之前劉炎梓少爺針灸的穴位在臉上和四肢，所以小翠基本上已經忘了這事了。

「還有，以前烏縣知府老爺針灸的時候，不也是露著的嗎？」素年幫助小翠回憶。

小翠想起來了，那時小姐還說過，在她眼裡，病人就是一坨肉來著！「可……可知府老爺，那是老人家來著……」小翠覺得還是有些不一樣。

素年語重心長地說：「都一樣，不管什麼人，在小姐我的眼裡就都是一團肉。醫者父母心，這些病人可都是我的孩子呀！」

小翠懂了。小姐說得沒錯，醫者父母心，在父母的眼裡，孩子光身子多理所當然啊！想通了的小翠轉身就打算執行素年的指示，只不過玄毅如何肯？他沒有懂啊！被強行拖進來就算了，扎兩針他也是為了能趕緊離開姑且做的妥協，但脫衣服……這已經涉及到隱私了好嗎？

素年一邊取針，一邊漫不經心地開解。「還害羞呢，上次你昏迷時我差不多也都看過了……」

吼！玄毅的理智因為這句話而崩斷，血液急速地湧上了腦袋，他一把甩開小翠和巧兒的手就想趕緊離開，但由於沒控制好力氣，小翠和巧兒雙雙撞在一旁的牆上，輕聲呼痛。

素年漂亮的眼睛立刻就瞪了過來，玄毅也因為兩人的聲音暫時回了神。

「你什麼意思？」素年覺得可能自己之前太客氣了，這會兒聲音也低沈了下來。

玄毅又開始抿著嘴不說話了。他沒什麼意思，只是想離開而已！這三個小姑娘太不講究了，隨便就將陌生男子帶到院子裡，還要他脫衣服，現在還問他什麼意思？他也想知道，到底什麼意思啊！

「不就是脫衣服嗎？有那麼難嗎？又不是調戲你！治病而已，扭扭捏捏的跟個小姑娘一樣，你好意思嗎？」素年皺著眉頭，一臉的嫌棄。

玄毅的臉色也沈了下來，沒人願意被別人莫名其妙地這麼說！他正想開口，一旁的小翠又湊了過來。

「哎呀，快點，小姐要生氣了！小姐上次就說了，你的這種病是需要調理很長時間才會好的，不然會越來越嚴重，要是發病的時候沒有人看到就完了！」

小翠臉上全然是凝重的神色，看得出來她是真心誠意想要給玄毅複診，這也是素年問都不問就答應下來的原因。

玄毅忽然覺得自己醞釀好的那些諷刺的話，竟然說不出口了。不就是針灸嗎？不就是脫衣服嗎？不說別的，她們三個弱不禁風的小丫頭想要傷害自己，怎麼也是不可能的。這麼想著，玄毅便繃著臉，動作迅速地將外衣脫掉，剩下一件單薄的貼身衣服時，愣了半天，終於還是沒有下手，然後一臉悲壯的表情往榻上一趴，視死如歸。

素年忍不住就想笑，還是個孩子啊！

癲癇的起因可能是遺傳，或是某些系統性疾病所致，看這個少年平常正常的表現，素年懷疑他的父母或是其他親人也患有這種病。

大椎穴，位於第七頸椎棘突下凹陷中，玄毅身上的衣服並不影響素年取穴。

「一會兒有觸電……呃，就是驚顫瘈痛的時候說一聲。」素年銀針在手，交代了一下後，開始下針。上斜三十度角進針一點五寸左右後，素年開始等待玄毅的反應。結果左等右等，玄毅絲毫沒有發出任何聲音。她的穴位選取得一直很準確，不可能沒有任何感覺啊！素年覺得奇怪，忍不住開口問：「不瘈脹嗎？」

「有點。」

「那你怎麼不說？」

「我忍得住！」

「……」素年無語了，要強也不需要在這方面體現吧？她趕緊將銀針退出幾分，然後留針。

腰奇穴，位於骶部，尾骨端直上兩寸，骶角之間凹陷中。素年拿著針，只略遲疑了一秒，手就開始往下摸。

玄毅的反應極大，立刻就想起身。

素年的手用力往下一按，不悅道：「動什麼動？老實點！」

小翠和巧兒張大了嘴巴，她們也想驚呼來著，但她們倆對小姐說的話堅信不疑。醫者父母心，所以摸摸孩子的屁、屁股周圍，也是正常的吧……

玄毅悲憤地咬著手背。這是恥辱來著！

腰奇穴深刺一點二寸，留針，再選取百會、陶道、內關等處下針，並且隨即就出針。

大椎和腰奇需要留針十五分鐘左右，素年便在一旁語氣和緩地想要跟玄毅聊天，誰知玄毅一點都不配合，臉大半都埋在手背裡，露出的一小部分泛著明顯的紅。

素年嘆氣，不就是腰奇穴位置稍微敏感一些，至於如此嗎？她的話可不是說著玩的，這玄毅在她眼裡可不就是個小孩子？還矯情！撇撇嘴，素年走到一邊去，想要給他一點私人的空間好好緩和一下，結果小翠這個沒有眼色的傢伙立刻填補空缺，湊了上去。

「我就說了不疼吧？小姐可厲害了！對了，那你還要不要吃甜的東西？」

素年很善解人意地當作沒有看到玄毅求救的眼神，巧兒則抿嘴笑著站到素年的身後。

好不容易熬過了這十五分鐘，素年才剛剛將銀針起出，玄毅便動作迅速地一骨碌翻起，立刻將衣服穿好，腳步就往屋子外面邁。

「著什麼急啊？真是……」素年搖搖頭，莫非玄毅正處在叛逆期？

玄毅恨不得趕緊離開這個地方，並且在心裡下定了決心，下次要是再看到小翠，自己一定有多遠躲多遠！

就在這時，小院子的門忽然被猛烈拍響，並伴隨著陣陣叫囂的聲音，讓跟在玄毅身後出來的小翠一陣驚愕。

她們在這裡也住了一段時間了，槐樹胡同裡的民風還是相當不錯的，這也是當初素年考慮這裡的一個要素，但門外粗魯的拍門聲，顯然不是這裡的風格。怎麼回事？

素年走了出來，皺著眉盯著院門看，隱隱約約能聽到門外的叫罵聲，似乎……跟小翠有關？

小翠這時也聽了出來，不禁瞪大了眼睛。「小姐，是那幾個混混！他們找到咱們家來了?!」小翠說完，就開始在院子裡四處搜尋稱手的工具。

巧兒也將害怕收進心裡，英勇了起來，衝進廚房將她們切菜用的刀具拎在手上。

她們要保護好小姐！小翠和巧兒在心裡默默地下了決心。

第十八章　安家護院

單薄的院門終究沒能承受住瘋狂的撞擊，木質的插鎖被撞壞了，從門外一湧而進好幾個長相猥瑣的男子，臉上帶著得意的笑容。

「老大，就是這家，那個有錢的小娘子！」拐瓜裂棗的小混混跟混混老大彙報。

小翠的眼睛都紅了，果然是衝著她來的，確切的說，是衝著她賣出的那些錢來的！怎麼辦？如果連累了小姐，她可怎麼辦？

小混混裡的某個人眼力不錯，一眼認出了站在一邊的玄毅，指著他跟老大說：「就是他！壞了我們的好事！這傢伙平常就在我們的地盤生事，老大，這次也不能放過他！」

「閉嘴！」被這些傢伙稱為老大的人，竟然開口喝斥他的手下，等他們安靜了，才在猥瑣的臉上堆起了笑容。「這位小娘子不必驚慌，我們……不是壞人。」

素年忽然就想笑，真真是太可笑了，強硬地闖進她的家裡，還說不是壞人？

混混老大越瞧素年越覺得有意思，他還是第一次見到這麼漂亮的小姑娘，神奇的是，從他們闖進來開始到現在，她的臉上居然一點驚慌的表情都沒有。再看她旁邊的兩個小丫鬟，雖然手裡拿著木棒和菜刀，可她們的手卻不自覺地在顫抖，這才是正常應該出現的反應嘛！

素年不說話，靜靜地看著這幾個敗類。剛剛他們闖門的聲音並不小，說不定已經有人去報官了。

「小娘子，是這樣的，聽說妳的小丫鬟在我們管的那條街上賣東西，妳也知道，生意不是那麼好做的，不過妳放心，只要有我們在，保准沒有人能夠妨礙妳們。」

素年挑了挑眉，仍舊不作聲。

「不過嘛，我們弟兄幾個也是要吃飯的，所以妳看，為了大家以後能夠和睦相處，多少意思一下吧？」

這下子素年是真的繃不住了，嗤笑出來。沒想到這個混混頭頭還挺會扯的，說起來一套一套的。瞧瞧，古代混混要有素質得多，並沒有一通亂砸，然後強收保護費啊！

混混老大正說著，見對面的素年展顏一笑，頓時就不知道自己說的是什麼了。

雖然嘲笑的意味比較大，但素年嬌美的臉龐染上了笑意，顯得明媚生動，好似最燦爛的春日陽光，讓人幾乎不敢直視。

不知道能不能討價還價啊？素年在心裡亂想，抬眼看向混混頭頭。「那麼，需要意思多少？」

「小姐！」小翠顧不得害怕，皺著眉不贊同。小姐以前晚上無聊的時候會給她說故事，都是些自己從沒有聽過的精彩故事，那些故事裡面，不乏一些讓人恨得牙癢癢的壞人，小姐那時候就說了，對於這些壞人，一點都不能手下留情，一點都不能姑息，否則啊，這些人是不會懂得感恩圖報，反而會變本加厲的！小翠覺得，眼前的這幾個混混就是那些壞人，他們想要輕而易舉地將她們辛辛苦苦做繡品賺來的錢搶走！小姐怎麼能妥協呢？小翠在心底偷偷地崇拜了一下自己，她竟然會用這麼多富有深意的詞，簡直太棒了！

素年投給小翠一個稍安勿躁的眼神，仍舊笑咪咪地轉頭看向混混頭頭。

「一個月，怎麼說也要五兩銀子吧！妳看我們這麼多人，都不夠分的。」混混老大想了想，報出了一個數字。

「你怎麼不去搶！」小翠憤怒了。一個月五兩？她們辛辛苦苦的，有時候一個月都賺不到這麼多，他們倒好，開口就是五兩！

「呵呵呵，我倒是想呀！」混混們絲毫沒被小翠的憤怒影響，一個個嬉皮笑臉地調笑。

素年仍然波瀾不驚。「如果我們不給呢？」

混混們臉上的笑容驀地僵硬了。這個小娘子可真敢說啊，他們都已經找上門來了，她竟然還能說出不給的話？可素年還是笑著的，他們也不好立刻就翻臉。

「小娘子說笑了。」

「你覺得我是在跟你說笑嗎？」素年的笑容加深，好看的眼睛彎成兩道月亮，只是，她的笑意並沒有到達眼底。

混混老大的臉色徹底沈了下來，原先覺得這事不難，他們硬闖進來就能讓小丫頭害怕，反正官府那兒他們也暗中打點過了，這才使得他們肆無忌憚。但眼前這幾個年紀並不大的小丫頭，可是讓他開了眼界，就好像不知道什麼叫怕一樣。混混老大的眼睛挪到站在一旁、事不關己的玄毅身上，心中突然一動。

「喲，這不是那個在我們地盤撿剩的小乞丐嗎？小娘子，妳的眼光可不怎麼樣，這種貨色都能看上？」

「你閉嘴！」小翠和巧兒齊聲惡狠狠地喝斥。太過分了，這人簡直太過分了！這句話就好像說小姐跟玄毅有什麼一樣！

「難道不是嗎？不然他怎麼會出現在這裡？嘖嘖嘖，真沒看出來啊……」混混老大一邊說，一邊搖頭。

小翠張牙舞爪地提著棍子就想衝上去，讓巧兒死死地拽住。素年在心底點頭，有巧兒看著真好，小翠這丫頭，就是太容易受到撩撥了。

混混老大的意思，是想激得玄毅自個兒離開。這個小乞丐在他們的地盤上有一段時間了，他們想驅逐來著，無奈人家還真會點功夫，次次都是他們吃虧，好在玄毅根本看不上他們的舉動，混混們就姑且容下了他。但現在在這種敲詐的關鍵時刻，有這麼個人在一旁盯著，似乎有些不好啊！

玄毅的臉色又黑了，之前「悲憤」的回憶又被勾起來。誰要跟這幾個不知廉恥的丫頭扯上關係？他越想越不值得，雙腳便開始往外移動。

「那個小乞丐啊，你的病可不是一次、兩次的針灸就能治好的喲！」素年的聲音從玄毅的身後傳來。

玄毅的腳步微滯。

「這種病是有遺傳可能的，遺傳懂吧？你應該知道的，可是我能治。」素年的聲音冷靜確定。

從玄毅沒有一開始就離開，再加上之前會幫助小翠，素年便知道玄毅並不是個冷血的少年，只不過吧，這混混太會找切入點了，她們才剛逼人家脫衣服治病來著，他們勾起了人家的「傷心事」，想再請他出手幫助就沒那麼容易了。
所以素年給他搭了一個梯子，希望他不是那種死倔的孩子。
遺傳……玄毅的腳步停了下來。他知道自己的病，發病的時候他都沒什麼記憶，但從旁人驚恐的敘述中，玄毅也能瞭解大概。真的是遺傳嗎……
混混老大一看玄毅不走了，急了。現在可是關鍵時刻，等等如果小娘子堅持不給銀子的話，他們可是要砸一些東西顯擺一下的，這人什麼意思？他想要礙事嗎？
玄毅往回走了一步，他原本就看不慣這些混混的行為，現在更是無法無天了，光天化日之下就闖進民居，還是只有三個小女孩的民居，喪盡天良啊！
混混老大一看這個架勢，心裡沈了沈，但他們的狠話已經說出去了，要是就這樣撤退，那以後還怎麼收錢？
「你可別後悔！」老大左右看了一眼自己的手下後，一揮手。「上！」
所有的混混都第一時間朝著玄毅衝過去，只要將他拿下了，可就沒什麼其他阻礙了。
素年、小翠和巧兒也是第一次見到這種混戰的場面，紛紛往後退了兩步，素年這才直接地感受到了小翠之前形容的場面。
這些混混撲向玄毅，只見他的身體往下一縮，然後伸腿將最近的混混絆倒後，站起來一個猛踢，正中另一個混混的小腹，這一腳將混混踹得飛出兩米，混混抱著小腹疼得臉色都慘白了。接著，玄毅又架住揮向他的拳頭，反方向一扭，「喀嗟」一聲，院子裡，混混的慘叫頓時響徹雲霄。

小翠和巧兒一開始還害怕呢，結果看到玄毅如此的神勇，小翠立刻拖著木棍，巧兒將菜刀也換成一根棒子，兩人開始在旁邊尋找那種已經沒有戰鬥力的混混下黑手。一時間，小院子裡熱鬧非凡。

周圍鄰居也都拿了工具衝了出來，他們本想等衙門派人來處理的，但這都已經打起來了，衙門的人卻一個都沒有見到。深怕三個小姑娘吃虧，巧兒家的大毛、二毛扛著兩條長凳子，也叫嚷著衝了進來。這下好了，徹底成混戰了。素年有心叫停，卻擋不住熱心的鄰居們為民除害，混混們的慘叫聲傳出去好遠……

「都住手！」一聲洪亮的聲音驀地在院門那裡響起，所有人的動作立刻都停了下來。

素年抬眼望去，那裡站著一個彪形大漢，腰間挎著一柄長刀，只有官府的人才能做這樣的裝束，她鬆了口氣，可算是來了。

「都怎麼回事？」彪形大漢看著滿院子裡翻滾的混混，冷聲詢問。

素年的身形晃了晃，有些不穩地就要倒下。

小翠眼疾手快地將她扶住，聲音淒慘。「小姐！小姐您怎麼了？您可不要嚇小翠啊！」

巧兒的反應有些慢，但她也真被素年的樣子嚇到了，連忙丟下手裡的棍子，扶住素年的另一邊。

「大人，您可要為小女子作主啊！」素年神情哀婉，指著地上疼得遍地打滾的混混們。「他們！私闖民宅、敲詐勒索，小女子拿不出錢財便要打要殺的，鄉親們都是能為我們作證的！可憐我們孤苦伶仃的主僕三人，差點……就要遭到了毒手！嗚嗚……」

玄毅很低調地站到了人群的後面，雖然他剛剛很出風頭，地上一大半都是他撂倒的。這會兒官府的人出現，他還想著要怎麼不動聲色地溜走呢，結果就看到素年來了這麼一齣。自己栽在她手裡也是情有可原的，看她搖搖欲墜的姿態、淒婉的神情，玄毅覺得自己不虧。

素年可沒有任何心理負擔，她說的是事實啊！如果今天不是有玄毅在，那她們三人肯定是要吃虧的，所以現在能踩一腳是一腳，最好將這些混混統統抓起來！

地上的混混有苦說不出，這個女人，從頭到尾都沒有一絲示弱的表現，現在倒像朵小白花一樣，太可惡了！哎喲……疼的可都是他們的人啊！

「官差大人，沈娘子說的是實話，這些混混太可惡了！您看看，連人家的門都撞壞了！」

「就是！這些人平常就敲詐勒索，大人，請您一定要明鑑啊！」

「抓起來、抓起來！」玄毅躲在人群後面起鬨。

現場都是要將這些敗類繩之以法的呼聲。

官差掃了眼大概的情況，也能看出來今天主要吃虧的其實是混混，但他還是揮了揮手，讓身後的衙役將地上的人都捉住，統統帶走。

「大人英明。」素年帶著微笑行禮。

官差的目光在她的身上打了個轉，甩了袖子，轉身離開。

素年這才跟所有前來相助的鄰居們道謝，並將人群後的玄毅拉出來介紹。「感謝大家的關心，這是我們新請的護院，以後這種情況應該是不會再發生了，他可是很厲害的喔！」

然後，淳樸的鄰居都「喔」地紛紛以驚奇的眼神上下掃視玄毅，讓這個身手敏捷的少年僵硬在原地。

等眾人差不多都散了，玄毅的僵硬才慢慢緩解，他扭過頭，問：「什麼護院？」

素年已經恢復了原本淡定的神情。「護院你不明白？就是保護我們的人身和財物安全啊！當然，是有報酬的——」

「這個我知道！」玄毅發覺自己一和這個女的說話，他的情緒就會抑制不住地想要失控。「誰說我要做妳們的護院？」

素年一愣。「別這麼冷漠嘛！我都說了，你的病需要長期的治療，那些人不是說你是小乞丐來著？居無定所的有意思嗎？前院還有兩間屋子，隨你挑。」

玄毅一言不發，這女人隨隨便便就給他安排好了！居無定所怎麼了？他就喜歡居無定所！

瞧著玄毅的腳步又開始往外挪，素年嘆了口氣，遞給小翠一個眼神，意思是：交給妳了！這一天可真夠亂的，素年自個兒往屋子裡走。

小翠的任務艱巨，巧兒則開始收拾起亂成一團的院子。

坐在椅子上，素年托著香腮，聽著院子裡時不時傳來的不耐煩怒吼，心裡為玄毅默哀。年輕真是好啊，朝氣蓬勃。自己的靈魂在這個稚嫩的身體裡，怎麼樣都不協調的樣子。

等巧兒將院子還原成原來的樣子時，玄毅那裡也有了結果。

玄毅這孩子的臉又開始結冰了。

小翠邀功一樣地蹦到素年的身邊。「小姐，玄毅答應做我們的護院了！」

素年真心不敢看玄毅的表情，她怕自己一個不小心笑出來。有的時候自己都拿小翠沒轍了，更何況玄毅這個骨子裡帶著正直性子的孩子。但，素年覺得她雖然有些強人所難，總歸是為他好的，便讓巧兒帶玄毅去收拾房間，暫時不讓小翠去折磨他的神經了。

第十九章　耳穴明目

「今天晚上做頓好吃的，當作歡迎玄毅吧？」素年提議。

「小姐，我們哪頓都是好吃的呀！」

「……好吧，那就稍微豐盛一些。」

「嗯，多了一個人，我去多煮點飯！」小翠朝氣蓬勃地往小廚房裡蹦去。

滿滿一大瓷碗的紅燒肉，赤醬濃香，色澤紅亮誘人，肥而不膩，入口酥軟即化，慢火，少水，燉足了火候，肉香充滿了整個小院子。

玄毅跟著巧兒走進來的時候，喉嚨不自覺地動了一下。那些混混說得沒錯，他之前的生活可不就跟個小乞丐一樣？不然他為什麼會鋌而走險去搶小翠的荷包？只是為了生存下去罷了。日常的吃食，一個饅頭就能頂上一天，有的時候連饅頭都混不到，只能靠冷水果腹，日子是相當的淒慘。他這種年紀並不大且在林縣沒有任何根基的流浪小乞丐，就是想要正正經經地找一份養活自己的活都很難，但玄毅艱難地活著，他怎麼可以那麼簡單地放棄，他還有想要做的事情呢！

這家的三個小姑娘，膽子確實相當大，對自己一無所知就敢讓他住在院子裡，雖然是前院。她們就那麼相信自己不是個壞人？萬一自己一時貪財，將她們都殺掉，拿了東西走人，她們要怎麼辦？

桌上除了一大碗紅燒肉，還有一碟青翠欲滴的清炒時蔬，用鑲淺藍石榴花邊的白色碟子裝著，看著就很有食慾。另外一碟炒得赤紅的菜，上面點綴著一些綠色，聞起來香氣撲鼻，倒是不輸給那一瓷碗紅燒肉。

看到巧兒和玄毅，小翠招呼他們趕緊坐下，自己則轉進廚房，端出四碗新米蒸出來的白米飯。米粒顆顆晶瑩飽滿，玄毅那碗的分量格外的足，堆得尖尖的像小山一樣。

小翠和巧兒熟稔地坐下，玄毅站在旁邊坐也不是，站也不是，特別的拘謹。

「幹麼呢？趕緊吃吧！這紅燒肉啊，一定要趁熱吃，配著白飯，那是絕佳的美味！」素年以為玄毅還在鬧彆扭。「對了，這盤火爆鴨胗你要先嚐一下，看看能不能接受，別說我沒提醒你啊！」

玄毅仍然站著沒動。她們不是主僕關係嗎？怎麼能坐在一張桌子上吃飯呢？而且，怎麼桌上還有自己的碗筷呢？這家人到底是怎麼回事？

還是小翠看出了端倪，她力氣頗大地一把將玄毅拉坐下來。「小姐喜歡這樣，說是人多吃飯熱鬧。你不都十五歲了嗎，個頭怎麼也沒比我高多少？嗯，肯定是餓的！」

素年捧著碗，笑得手直抖，小翠可真是個活寶！但她說的也有道理，玄毅的年齡她們已經知道了，比她們幾個都年長，但這身高……跟劉府的小公子完全不能比。素年在給他針灸的時候就發現了，身上全是骨頭，就這種身材，一點看頭都沒有，有什麼可害羞的？

玄毅難得地窘迫著，反正已經坐下來了，便動作迅速地捧起碗，開始將裡面的飯往嘴裡扒。

「哎，吃菜啊！光吃白飯能長肉嗎？這紅燒肉可好吃了！」

「飯不夠裡面還有，你這是餓了幾頓了？」

「噎、噎住了！小姐，怎麼辦——」

劉府。劉炎梓的院子裡安安靜靜的，偶爾有婢女走動都刻意地放輕了聲音，要是有人敢驚擾到少爺，一律家法伺候。

一個身上穿著灰撲撲衣服的小廝，動作迅速地進了院子，一溜煙地鑽進了劉府的禁地——劉炎梓的書房。

劉炎梓這會兒正提筆疾書，外面都說他是個神童，小小年紀就已經考中秀才，可這其中的辛苦，只有他自己知道。

小廝候在一旁，呼吸輕微，等待少爺詢問。

「沒事了？」劉炎梓並不看他，口中自然而然地問。

「回少爺，已經沒事了。」小廝知道劉炎梓在問什麼，趕緊上前兩步，將事情稟報出來。

「那幾個混混已經被官府的人抓了回去，小的打過了招呼，一時半會兒，他們別想出來了。」

「喔？不是說他們有跟官府的做了打點，所以那些官差都當作沒看見，有這回事？」

「回少爺，確實是的。沈娘子的鄰居去報官，他們拖拖拉拉的，就是沒有人去察看，小的都已經自報身分了，他們還不當一回事！」小廝面上滿是不忿。「後來，還是魏捕頭知道了，親自帶了手下去抓的人。」

劉炎梓的頭抬了起來，他們劉府的面子都不給，想來這些衙役收到的「打點」應該數量不少。「前段時間，梁知縣給我下了帖子，你去幫我回掉吧。記得，不可怠慢，好好跟人家說。」

小廝面上一喜，清脆地應了一聲，準備要退出去的時候，忽然想起一事來。「少爺，那個在市集上幫了沈娘子丫鬟的傢伙留在了她們的院子裡，沈娘子說，那是她們的護院。」

劉炎梓揮揮手。

小廝恭敬地退下去，細心地將門掩好。

「護院……」劉炎梓嘴裡輕輕地唸了一遍，隨即搖了搖頭，繼續提起了面前的筆。

玄毅最近過得很恍惚，這種恍惚體現在各種方面。作為一個長期在外漂泊的人，他對這種有歸宿的想法已經很淡薄了。他原想破罐子破摔，讓她們知道自己壓根兒不是當護院的料，那她們肯定不會繼續收留自己，可結果，這罐子想摔都沒有地方給他摔！護院究竟是個什麼玩意兒？她們這種小家小院，有什麼必要找護院？壓根兒就沒有他的事情啊！

每天早上起來，會有一頓豐盛的早飯，鑑於他的任務艱巨——雖然暫時還沒有體現出來——小翠給他的量異常的多，香脆的炸小饅頭也成碟地堆在他的面前，連熬得濃稠的大米燕麥粥，玄毅的碗都生生比她們的大了不止一圈！

吃飽喝足以後，就是他茫然的開始，沒事做了呀！她們三個，或收拾院子，或開始描畫刺繡，或純粹捧著一杯清茶發發呆、看看書，悠閒自在，有滋有味。

以前，每一天玄毅都要為填飽肚子而絞盡腦汁，現在不需要了，他一下子就空虛了起來。終於，這一天，玄毅撐不下去了，他聰明也不聰明，雖然知道要找人來問，只是他竟然從最不可靠的小翠入手……

「小翠姑娘，妳說我能做什麼？」

小翠被玄毅叫出來，以為有什麼事呢，結果聽到他的問話，自己就先愣了。「我不知道呀！」小翠說得理所當然，她只是個丫鬟耶！

玄毅的臉黑了一半，想想確實是自己考慮不周，怎麼會想起來問她的！

小翠見玄毅不說話，又一路蹦跳著回了後院。

「小翠啊，玄毅找妳說什麼了？」

小翠滿臉的疑惑。「他問我，他能做什麼？我怎麼知道。」

是挺悲劇的，素年在心中感嘆。不過，玄毅這孩子還挺不錯的，要是旁人能夠整天無所事事卻有吃有喝，每月還有錢拿，還不開心死？他卻覺得彆扭，想要找點事做做，很有上進心嘛！素年正想著要不要提點他一下，玄毅倒是自己找過來了。

「劉府來人，請妳過府複診。」

劉府？他們的複診不是已經結束了嗎？劉炎梓公子的眼睛已經完全無礙了，還有什麼複診的必要？素年想著，仍是站起身。

小翠和巧兒早就放下了手裡的東西，進屋去給小姐取工具了。

劉府的馬車已經停在了門口，車上劉府的標記引得不少人偷偷圍觀。

素年踩著小杌凳上了馬車。

小翠鄭重其事地跟玄毅叮囑道：「院子就交給你了！」

站在院子門口，玄毅望著逐漸遠去的馬車，心裡想著剛剛素年笑著打趣的話：好好看家啊！

這是家嗎？他轉過頭。小小的院子並不大，雖分前院、後院，其實也一眼就能看個全面，這是家呀……

劉府，劉老爺緊張地等在門口。炎梓跟他提出想要複診的時候，他的心臟再一次受到了刺激，莫非又有什麼不舒服的地方？這怎麼得了，這怎麼得了啊！

「爹，不是不舒服，是我最近用眼用得太勤，讓沈娘子看一下，心裡會安定些。」劉炎梓笑著解釋。

劉老爺這才鬆了口氣，隨即覺得兒子很有未雨綢繆的觀念，很好很好，不愧是自己的兒子！

素年三人被引到了劉炎梓的院子裡，來到他的書房外。雕著花紋的窗戶此刻大開著，能看到窗邊劉炎梓伏案疾書的身影。

素年停下腳步，小翠和巧兒跟在後面，頭微微地垂下。

劉炎梓院子裡有一棵丁香樹，繁花似錦，芳香四溢，一串串紫色的花爭相噴吐出秀麗的形態，有風吹過，花瓣隨風飛落，素年微閉著眼睛，伸手將被風吹散的髮絲攏回來，花瓣在她的周圍來回打轉。

劉炎梓抬頭，看到的就是這樣一幅畫面。潔白的宣紙上，落下了一滴墨痕，劉炎梓這才反應過來，含笑跟素年點頭行禮，並請人進來。

素年還是很有專業的醫師素養，進屋打過招呼以後，就打算著手檢查。古人的眼睛是很珍貴的，尤其這會兒還沒有眼鏡這種可以輔助的東西，加上劉炎梓是打算走科考路線的孩子，眼睛確實需要好好保護。劉炎梓的配合程度，每次都讓素年讚嘆不已，素年提出檢查的時候，他便乖乖地端坐在椅子上，一副任她擺弄的態度，比玄毅要好搞定數倍。

素年站在劉炎梓的身前，伸出指尖輕輕地檢查了一下他的雙眼，檢查的時候，她需要湊近了仔細觀察，劉炎梓甚至能夠嗅到素年身上淡淡的香味，不是任何脂粉的味道，是更加清新、更加柔和的味道……劉炎梓只怔了一下，檢查就結束了。

素年端莊地向後退了兩步，小翠已經將她的針灸包鋪好。

「眼睛恢復得很好，沒有不適的感覺了吧？」素年一邊在針灸包裡選取銀針，一邊語氣鬆快地詢問。

「暫時沒有了，只是最近時常會覺得眼睛疲勞。」

「嗯，你太過於用功，每日用在唸書上的時間有些多，勞逸結合、適可而止才是最佳的方法。」素年說著，轉向候在一旁的劉府小廝。「勞煩小哥去藥鋪抓一些王不留行籽來，一點點就夠了。」

小廝被這聲「小哥」叫得一愣，原本的機靈勁兒這時消失得無影無蹤，直到劉炎梓的目光轉向他才反應過來，趕緊應了一聲，拔腿就跑。

素年無所謂地笑笑，取了一根毫針在手裡。「劉公子，一會兒有酸脹或想流淚便說一聲。」

承泣穴，素年用毫針以三十度角向睛明方向斜刺，刺入大概一寸左右時停下，等待劉炎梓的反應。劉炎梓果然相當能配合，素年便開始輕輕地用針小幅度地搗刺了幾下，然後留針。

球後穴、睛明穴，直刺一點五寸，素年下手輕緩，送針柔和，亦留針。

翳明、風池穴，刺入一寸不到，留針。

劉老爺這次聰明多了，壓根兒就沒有進屋，否則這會兒估計也是要扶牆出去的，他現在就在劉炎梓的院子裡瞎轉悠。這個小娘子，炎梓說她的醫術很好，可手法自己真的不能夠接受，要是能夠開藥方多好？

素年停手，等著起針的時機。劉炎梓這次彷彿活潑了不少，閉著眼睛卻不時地開口說話，完全就是閒聊。素年也很配合，畢竟緩解病人的緊張情緒也算是醫術的一部分，只是沒看出來，這個劉小少爺還挺會聊天的。

差不多十分鐘後，素年將插在劉炎梓腦袋上的銀針起出，收拾好以後卻並沒有離開，她的王不留行籽還沒有來呢！

劉炎梓睜開了眼睛，不知道是不是心理原因，他覺得目光所到之處清晰了不少，頓時大加讚嘆。

「劉少爺每日苦讀，可以在每半個時辰之後遠眺一下窗外，落花美景，晴空碧藍，放鬆一下心情也是不錯的。」素年慢悠悠地建議，至於眼保健操什麼的，她就不拿出來獻醜了，主要是劉炎梓長得這麼漂亮的一個古人，她實在不想用眼保健操將他的形象毀掉。

劉府的小廝動作挺快的，很快就拎著一個小布袋回來了。

素年看著鼓鼓的一整包，語氣有些不確定。「我剛剛……說的是一點點吧？」

小翠在旁邊很肯定地點頭。「嗯，小姐說了。」

小廝不好意思地低下頭。誰知道「一點點」是多少啊？多了還好，又不貴，要是少了，耽誤了少爺治病，老爺還不把他給撕了？

素年將小布袋接過來，只從中取了幾粒。「劉少爺，您最近需要出門嗎？」

劉炎梓搖了搖頭。原本知縣下了帖子，定的日子就是這兩天，但現在也不用去了。

那就好，素年放了心。位於耳甲腔食道穴和口穴之間，有一個近視穴，素年找準了穴位，將王不留行籽放在小方布上貼上去，稍作固定，並在耳穴上找出眼、肝的對應穴位，同樣貼上小方布，並在耳廓內外對貼。素年做好了以後，又欣賞了一下，對劉炎梓的美貌更加讚嘆。在這種狀況下，人都能是美的，簡直太難得了！

「劉少爺，這幾個地方，每日自行按壓幾次，每穴各按壓一小會兒。七天之後，我會來為您更換穴位。」素年往後退開幾步。其實眼睛近視這種事情，她並不能做到完美的防止，特別是劉炎梓現在在苦讀的狀態，幾乎每日跟書打交道的時間要超過跟床，可是，素年想要盡心點。劉府為什麼會再次派人將她接過來？複診只是個幌子罷了，她這種小女孩，一次、兩次地治癒病人，大概在人們心中也只能留下一個碰巧的印象。也許是因為他們聽說了之前混混的事情？也許是想真心誠意地再次感謝一下？不管是何原因，素年都挺感激的。

「多謝沈娘子。」劉炎梓帶著可笑的小方布站起身，恭敬地跟素年作揖。

素年趕忙還禮，從書房裡走出來。

劉老爺剛想上前，就看到自己兒子的腦袋上那幾塊礙眼的白色方布，布下面還各有一顆小小的突起，異常的明顯。

「沈娘子……這是？」劉老爺從未見過這種情況。

他們接觸針灸本就不多，更何況耳壓療法了。

「爹，讀書人有許多眼睛看物模糊的症狀，兒子也開始出現了一些端倪，沈娘子這麼治療，兒子頓覺清晰了不少。」劉炎梓清朗的聲音在素年開口之前響起，解釋道。

素年含蓄地微笑，心中卻有些忐忑。劉小公子，知道你想要突顯我的醫術，但問題是，這種耳壓療法可是需要長時間才能顯出效果的，哪就有那麼快清晰的啊？那不是醫術了，必須是奇跡才能做到啊……

劉老爺對自己兒子的話深信不疑，況且他也知道讀書人當中，眼睛有問題的確實很多，當即放下了心中疑惑，連聲讚嘆，也不管自己兒子是不是又被扎成刺蝟了。

這時，劉老爺身後一名小廝捧著一只小匣子上前，裡面大概是這次給素年的診金，素年正打算讓小翠接過來，劉老爺卻扭身一瞪。

「這點如何夠！」然後又轉過臉，滿臉笑容地道：「勞煩沈娘子稍等片刻。」說完踢了小廝一腳，兩人匆匆走出了院子。

這……不是要給她加錢吧？素年覺得很有可能，不禁有些為難地看向劉炎梓。「劉少爺，小女子所做的這些，其實並不難，在診金方面，稍作意思即可。」素年說得真心誠意。治療近視那純粹是附帶的，技術含量也有限，剛剛那小匣子看上去分量已挺有誠意的了。

「呵呵呵……」劉炎梓的笑容在白色小方塊下並沒有減色。「沈娘子說笑了，會別人所不會的，如果還不叫難，那麼什麼才能稱為難呢？況且，我剛剛並不是誇大，經由沈娘子針灸過後，眼前的景物確實清晰了不少。」

好吧，既然人家執意要重金答謝，素年自問也不是拘泥之人，便很大方地收下了明顯比之前要大上一號的匣子裝的診金。

「七天之後，劉府的馬車會準時到沈娘子的府上。」劉老爺鄭重其事地交代，並從心底認同了素年的醫術。

素年和小翠、巧兒坐在回程的馬車上，巧兒眨巴著眼睛問：「小姐，咱們家也能稱為『府上』嗎？我一直以為要高門大院才能這麼說的。」

「那是敬語而已，別說我們現在有院子住，就是沒有，住的是草棚，人家也是要這麼說的。」這點小翠想得很通透。

劉府的馬車在槐樹胡同的小院子門口停住，小翠和巧兒將馬車上遮擋的簾子掀開後，素年一眼就看到守在院子門前的玄毅，表情還是那副冷冰冰、愛理不理的樣子，但素年知道，她們的這個護院，是找對了。

第二十章 關節疼痛

林縣的梁知縣最近很煩躁，這種煩躁來自他的二兒子梁珞。

確切來說，梁珞並不是紈袴子弟，他還沒到那種地步。作為知縣梁府的二公子，梁珞也就是囂張、愛面子了些。梁珞跟那些個富家公子整天玩在一起，卻神奇地沒有做出什麼出格的事情，更神奇的是，這群人對知識分子有著異常的熱情和崇拜，而在林縣，這便集中體現在劉炎梓的身上，誰讓林縣出了這麼一位以這種年紀就有所作為的人呢？

梁珞在他玩耍的這群小夥伴中，身分地位是最高的，於是這些人便攛掇他宴請劉炎梓，讓他們也沾染一下書香。這不是小事一樁嗎？為了確保能請到劉炎梓，梁珞不僅自己給劉府下了帖子，還讓妹妹梁馨也給劉府的幾個小姐下了帖子，說在梁府裡宴請他們。

劉家小姐一早便應承了下來，結果，劉炎梓卻出乎意料地拒絕了！

「爹，光劉家小姐們來有什麼意思？我原先想請的就是劉公子！他為什麼會拒絕？」梁珞想不通，劉炎梓他以前也見過，並不是會嫌棄富家子弟的一個人啊！再說了，他也沒有真頑劣到什麼地步，怎麼就被嫌棄了呢？

兒子的怨念讓梁知縣那個愁啊！對啊，為什麼呢？他們知縣府裡下的帖子，放到一般人家，高興還來不及，怎麼可能拒絕？且找的理由還是「鄉試在即，需要苦讀」！再需要苦讀，一天時間總能夠抽出來吧？梁知縣覺得自己被下了面子，想要找點事拿捏一下劉府，卻不料又被自己的二兒子嫌棄了。

「爹，人家劉公子是讀書人，苦讀沒錯啊，您可別小肚雞腸的！」

我小肚雞腸是因為誰啊！梁知縣憤怒了，要不是這小兔崽子整天哀怨著一張臉，自己的夫人也天天因為寶貝兒子而愁眉苦臉，他至於這麼小心眼嗎？到頭來還是他的不是了?!

劉炎梓拒絕梁府的潛在理由，最終還是讓梁珞知道了。劉炎梓的兩個未出閣的妹妹劉婉和劉瑩，在出席梁馨設下的花宴時，被有技巧地套出了話——

「炎梓哥哥之前因為眼疾疼痛不堪，差點釀成大禍，是同仁堂的謝大夫推薦了一個小娘子給治好的。」

「這個小娘子年歲雖小，醫術卻相當高明。」

「對了，上一次衙役不是抓了幾名混混嗎？就是在小娘子那裡鬧事的！不過你們家衙役的動作好慢呢，我的丫鬟分明看到炎梓哥哥的小廝去報了官，後來呀，還是隔了好久才去抓人呢……」

都是一些才十幾歲的小姑娘，難得湊在一起，私密的空間裡，嘀嘀咕咕玩熟了，什麼話都是肯說的。

梁珞知道了以後，腦筋都用不著怎麼轉就明白了前因後果，鬧了半天，劉炎梓是在為他的小恩人鳴不平呢！梁珞當即就跟父親梁知縣又鬧開了。

「看你的手下是怎麼做事的？光天化日之下私闖民宅，人家都報官了，那些差役是幹什麼吃的？到底收了混混多少打點？」

梁知縣看著兒子冒火的眼睛，心裡納悶了。劉家小公子這是做什麼呢？區區一個小娘子而已，就算她會點不入流的醫術吧，至於為了這麼個人下他們梁家的面子嗎？問題是，他這個兒子還真就吃這套！這是故意的吧？但梁知縣心中的這份惱怒卻不能在梁珞面前顯現出來，反而當著他的面將魏捕頭叫了過來，讓他去狠狠地整頓一下那些差役，這才將梁珞給打發了。

謝大夫時刻關注著劉府小公子的情況，得知已經康復了以後，特意找了個時間去素年那裡繼續討教，結果在門口就被攔下了。謝大夫跟玄毅兩人大眼對小眼，他根本沒往護院上面去想，這才多大的一個院子，護什麼院啊？

「請問沈娘子是否在家？」

「在。你誰？」

謝大夫愣住了，他還沒被這麼不客氣地詢問過！這人誰啊？也是來找沈娘子瞧病的？謝大夫上上下下掃視玄毅幾遍，並沒看出身體有什麼不妥的地方。

「瞎看什麼？你有什麼事？」

「那個……老夫謝林，是來……呃，跟沈娘子請教的。」謝大夫被玄毅皺眉一瞪給唬住，趕緊實話實說。

「喔，等著。」玄毅說完，轉身走進了院子，將門給關上。

謝大夫詫異不已，甚至倒退了兩步打量了一下這個小院子。難道沈娘子搬家了？可不對啊，剛剛那人分明知道沈娘子呀！正當謝大夫困惑不已的時候，院子門又被拉開了。

玄毅冷著臉出現。「跟我來。」

素年正在指導小翠做一道新的甜品——雨花石湯圓核桃酪。特別適合她們這些發育生長中的孩子，健腦、養顏。

新磨出的芳香清新的糯米粉，加入甘冽的清水，一黑一白兩種糯米團混合揉捏成湯圓，將花生米研磨成細細的顆粒，包入湯圓中，煮熟。核桃仁去皮，先用油炸一下，瀝乾後研磨成茸，將酥酪、核桃茸和白糖一起混合後，煮沸即成核桃酪，與湯圓一同盛入薄胎瓷的小碗中。奶香撲鼻，如同雨花石一樣的湯圓層次分明，在濃稠的核桃酪中宛如真的雨花石一般。

小翠做好之後，興奮地先將小碗端到素年的面前，期待她的鑑定。

素年用勺子將小巧的湯圓舀進嘴裡，濃郁的乳香混著核桃和花生的香氣，瞬間漫溢開來。素年滿意地點點頭，小翠不愧是她封的料理界的天才啊！

「都是小姐的功勞！」小翠異常開心，並且一點都不邀功。

素年不禁汗顏，她只是動動嘴皮子而已，主要的功勞當然還是在小翠的身上。

這時，玄毅帶著謝大夫走了進來，滿院子飄散的香味，讓謝大夫的心情一下子放鬆了下來。

「謝大夫，您可真會挑時間，正巧小翠做了新的吃食呢，來嚐嚐！」素年熱情地招招手，謝大夫她可是熟得很。

謝大夫只猶豫了一秒，便順從地接過小翠遞過來的小碗。

「不錯不錯，小翠姑娘的手藝真是沒得說的！」

玄毅見他的職責盡到了，便打算回到前院繼續待著，剛走兩步，他的袖子便被小翠給拽住。回過頭，玄毅就看到小翠端著個小瓷碗站在那裡看著他傻笑。「我也有？」

「當然當然，還不止一碗！」小翠讓開身，在她身後的小桌上，整整齊齊地放著數碗同樣的小瓷碗，裡面都是剛做好的雨花石湯圓核桃酪。

玄毅臉上立刻浮現出「妳說笑吧？」的表情，無奈小翠的神情特別的真摯，明顯就不是在開玩笑。

素年和巧兒拿著小勺子憋笑。

素年一早就知道小翠的德行，但凡是稍微厲害點的、力氣大點的，那在小翠心中的地位「蹭蹭蹭」地就上去了，直接排到小姐之下，比如當初牛家村的牛蛋、比如現在的玄毅。

玄毅真心不想吃，雖然聞起來挺香，但這一看就是甜的，他其實不挑食，沒得吃的時候，誰還顧及味道啊？但……他現在不缺吃的啊！這種典型的小丫頭們吃的甜滋滋的東西，恕他不能接受。玄毅扯著袖子想要離開，連扯兩下卻發現紋絲不動，不禁扭過頭，只見小翠依舊在傻兮兮地笑著，手裡的小瓷碗還往上舉了兩下。玄毅倒抽一口冷氣，這是非要他吃的意思？為什麼呀？看她們吃得挺美的，就一起都吃了不就完了？

「我……不喜歡吃。」玄毅憋了半天，覺得還是開口解釋一下。

「你還沒吃呢！很好吃的喔，吃一口就會喜歡了！」小翠的語氣像是在對待小孩子。這麼好吃的東西，怎麼可能會有人不喜歡？

「……不用了。」

「試試嘛！小姐說了，這是補腦子的，雖然我覺得你有力氣就已經很厲害了，但腦子也是要補一下的。」

「噗！呃，咳咳……」素年被嘴裡的核桃酪嗆了一下，開始不停地咳嗽。

巧兒趕緊將手裡的碗放下來，幫素年拍著後背。

小翠威武啊……有這麼勸人的嗎？素年想，要她是玄毅的話，她必然堅持不吃，否則就跟承認自己只有力氣、沒有腦子一樣啊！雖然小翠其實一點這種意思都沒有……

小翠堅持的結局，是玄毅閉著眼睛，將碗裡的雨花石湯圓核桃酪一口氣倒進嘴裡，嚼都不嚼一下就吞了下去，眉目間的視死如歸狀，讓素年都不忍直視。

玄毅連喝了幾碗，面泛菜色，素年趕緊讓小翠停手，別再將那些小瓷碗往玄毅面前遞了。看著玄毅身形不穩地往前院走，再看小翠帶著可惜的表情，素年為玄毅默哀。

「謝大夫，您今天來是？」素年端正了態度，對著謝林微笑。

謝大夫將手裡的小瓷碗擱在桌上。「不瞞小娘子，老夫前些日子接診了一位病人，患的是濕寒之症。」

「症狀？」

「關節處腫脹，疼痛劇烈，不規律地發熱，通寒加重，屈伸不利，局部皮膚麻木無感，畏寒怕冷，舌淡，苔白膩，脈象沈緊。最近再診時，還出現了噁心嘔吐、皮疹和味覺失調的反應。」

素年聽著謝大夫的描述，心裡大概有了一個診斷，這應該是風濕性關節炎的症狀。但林縣這裡風和日暖，而能請得起同仁堂大夫的人家，理當不會受到風寒濕邪侵襲人體、凝滯關節才是。

「可用藥了？」

謝大夫點點頭。「開的是祛風除濕、散寒通絡的藥，但……不見好轉。」

麻黃、細辛、桂枝、獨活，由於患者關節劇烈疼痛，謝大夫還加了炙川烏、杭白芍，起先疼痛確實有所緩解，但過了幾日之後，不僅是關節，連同肌肉都開始出現疼痛症狀。

濕寒之症，也是這個時期很稀鬆平常的症狀，只是普通人家的症狀並沒有這麼嚴重，也就是寒濕的季節疼痛多發而已，遇熱則減，所以一般人也沒有當一回事。

但這個病人不同，關節的痛楚已經超過了正常的承受能力，謝大夫一般使用的藥方竟然也不起效果，這才前來跟素年商討。大夫之間，也經常會商討有關治病的話題，只是凡是涉及到藥方秘法的，大家都會心照不宣地避而不談，但素年不會。幾次接觸下來，謝大夫發現素年雖然年歲尚小，但在醫術方面的造詣驚人，並且根本沒有任何避諱，一些良方妙法直接就會說與自己知曉，導致現在在林縣，同仁堂謝大夫的名氣越來越響了。

「小娘子，妳看是不是能用妳的針灸之術試試？」謝大夫試探地詢問。

針灸啊……素年捧起剛剛巧兒新沖泡的一杯清茶，嗅著裊裊上升的茶煙思考。

謝大夫開的藥方很對症，只是沒想到患者的症狀竟然加重了，這說明體內風寒濕邪已鬱久化熱，形成了風濕熱痺。

「謝大夫，敢問可知雷公藤和螞蟻丸？」

「……」

「呃，或者叫作黃臘藤？黃藤？水莽草？」

「水莽草？這個我知道，日常作殺蟲之用。」

素年鬆了口氣，還不錯，至少還有這麼一種東西。「水莽草又名雷公藤，祛風除濕、通絡止痛的功效很好。」

「可是小娘子，水莽草有大毒，妳確定嗎？」

素年肯定地點點頭。她無比地確定，治療風濕性關節炎，雷公藤可是首選藥材。「有的話就好，雷公藤根，去皮以後的木質部分，三錢，加水五百毫升……呃，就是一斤……呃，就是約莫兩碗，不加蓋，文火煎煮一個時辰，濾出藥汁，再加水一碗半煎煮出藥汁，前後二汁混合，早晚兩次分服，連服七天之後停藥，三到四天之後繼續。」

「那螞蟻丸為何物？」

「就是將螞蟻烘乾研磨成粉，加人參、黃芪、當歸、雞血藤等藥材，碾碎過篩，以蜂蜜調和為丸。」

「老夫所知『玄駒丸』確是以螞蟻研粉，以蜜調丸，但裡面不曾加入其他的藥材。」

「那也成，看那玄駒丸多大，每次一錢，一日三次先吃著。」

素年並沒有提及用針灸治療的方法，即便針灸的效果要更加直接有效，但這患者是謝大夫的病人，這兩種藥方應該能夠起效的。

謝大夫詳細地記錄下來之後，急匆匆地跟素年道謝，然後又急匆匆地離開了小院子。

之後的幾天，謝大夫都沒有再上門過，小院子裡又恢復了悠閒懶散的氣氛。

這次從劉府得到的診金又是一百兩，素年有些咋舌，是她的價值觀太過於落伍了嗎？怎麼無官無商的劉府，出手就是一百兩往上走的？劉府在素年的心中已經上升為有文化的富豪形象，她們現在可是有好幾百兩的身家，那是隨便花花都沒有心理負擔的。

但小翠和巧兒兩個小丫頭卻沒有任何改變，一空閒下來，就拿著刺繡綳子開始做繡活。這兩個小姑娘跟素年不同，上進心非常強，已經不再滿足於光憑花樣奪人視線了，她們倆開始研究刺繡手法、針法，在這方面，素年是一點忙都幫不上，但她有錢啊！自己的小丫鬟如此好學，素年很是欣慰，為了提高她們的積極性，她特意讓巧兒去尋了一位針線師傅，每三日上門教授一次，讓兩個小姑娘樂得連聲感激不已。

素年樂呵呵地坐在那裡，一個好的上司，必須要能讓下屬感到溫暖、感到有歸屬感，這點常識她還是有的。

「劉府的馬車來了。」玄毅進了後院，很盡責地彙報，並且說完轉頭就跑。

素年哭笑不得，不就灌了幾碗甜食嘛，至於這麼苦大仇深嗎？

第二十一章　梁家公子

收拾好了東西，主僕三人便登上了馬車。

每次去劉府，小翠和巧兒都是很樂意的，因為有美人可以看。十五、六歲的少年，氣質溫文儒雅，說話不疾不徐，態度謙和有禮，再配上那明眸皓齒、乾淨白皙的面容，殺傷力不亞於偶像明星。加上素年壓根兒不約束她們，愛美之心人皆有之嘛，於是兩個小丫頭便看得肆無忌憚，在禮數範圍內讓眼睛過足了癮。

馬車停下，素年三人從車上下來，在她們馬車的前方，有一匹通體雪白，只在頸脖處有一圈純黑色毛髮的馬匹，端的是威風凜凜。

「沈娘子，這邊請。」一早已候在門口的小廝立刻上來為素年引路。

從劉府的大門到劉炎梓的院子，素年已經是熟門熟路了，這條小路上隱隱有丹桂的香氣縈繞在鼻尖，沁人心脾。

在院門口，小廝讓素年三人在門口稍等片刻，自己一溜煙地先閃了進去。

「莫非有客人？」素年猜測，前兩次她們都是被直接引進去的，還從來沒有等在院子門口的情況發生。

劉炎梓的院子周圍一向很安靜，這會兒，院子裡有聲音傳來，是少年的聲音，但聽聲音並不屬於劉炎梓。果然是有客人！想到自己給劉公子腦袋上貼的那些個小布塊，素年驀地一陣頭疼。雖然吧，這些布塊在她看來很平常，但在別人眼裡就有些傻了。自己之前還問過劉炎梓是否要出門，卻忘了問他要不要招待客人了？

少年的聲音慢慢地接近院落門口，一個穿著鵝黃色掐腰長裙的小丫鬟急匆匆地跑出來，神色匆忙，還來不及跟素年說上話，一個個頭比劉炎梓稍微高一些的少年也跟在她後面，大步地走了出來。

少年看到素年以後微一愣神，然後立刻反應過來。「妳就是給炎梓兄治療眼疾的沈娘子？」

「正是小女子。」素年得體大方地行了個禮，不卑不亢地站在那裡任他打量，自己也用餘光掃過這個少年。

少年穿著墨色的錦緞衣袍，銀色鏤空木槿花鑲邊，腰繫玉帶，手持玉白色象牙摺扇，杏狀的眼睛神采飛揚，下巴微微抬起，臉上帶著笑，頗有點風流少年的佻達，總之一句話——非常生動地闡述了紈袴富家子弟的形象。

這名少年，正是梁知縣的二公子，梁珞。這廝在劉炎梓委婉地拒絕了邀請之後仍不死心，以他父親的名義來探望劉炎梓的眼疾，理由太過充分，讓劉老爺都找不到藉口回絕。

也是巧，今天剛好是素年答應來複診的日子，劉老爺當然不會怠慢，別說是梁知縣的公子在這兒，就是天王老子在，也不能夠耽誤炎梓的身體！

劉炎梓的身影跟在梁珞的身後出現，腦袋上那幾個可笑的白布塊異常顯眼，偏劉炎梓一點都不在意，微笑著跟素年打招呼。「沈娘子妳來了，裡面請。」

素年也微笑回禮，帶著小翠和巧兒就往院子裡走。

梁珞抬腿就想跟在後面，卻被劉炎梓不著痕跡地擋住。「梁公子，有勞您特意來看望，劉某不勝感謝，請代我向令尊大人致謝。劉某現在需要複診，恕在下招待不周。竹溪，請梁公子去前廳。」

梁珞一聽，這就是要送客的架勢，臉頓時就垮了下來。他其實也沒比素年早到多久，見了面之後光被劉炎梓腦袋上的一個個小方塊震撼了，連杯茶都沒來得及喝，然後素年就到了。梁珞聽到小廝報出的名字，再聽說是來複診的，當即就想到了那個醫術了得的小醫娘，於是也不顧劉炎梓的勸阻，趕不及就要來一睹風采。果然是有些姿色，儘管年歲尚小，但比自家妹妹要出挑得多，而且打扮素淨，幾乎沒有任何裝飾都能這麼明媚若兮，可以想像等她長開了，再稍加裝扮，會是怎樣一副傾城之姿。梁珞當然想要進一步瞭解瞭解，不料劉炎梓卻直接開口送客了！這怎麼行？啥叫招待不周？這壓根兒就沒有招待呀！

「炎梓兄，按道理說，小弟確實不該繼續叨擾你，但，小弟也聽說了這位小娘子醫術不俗，是這麼個情況，我們縣衙裡有個捕頭，他最近身體不大好，請的是同仁堂的謝大夫來瞧的病，只是似乎沒有什麼效果，所以炎梓兄，小弟想著，是不是能請這位小娘子也去看看？」

劉炎梓嘴邊的笑容不變。「梁公子說笑了，沈娘子即便醫術不俗，謝大夫的醫術也是眾口稱讚的。這治病需要一個過程，不如你先回去看看，說不定已經有起色了呢？」

「此言差矣，小弟聽說，炎梓兄之前的眼疾起先請的也是謝大夫，後來不也換了沈娘子才治好的嗎？」梁珞搖頭晃腦，為自己從妹妹梁馨那裡打聽到的消息得意不已。

只是，這得意的笑容還沒有完全綻放，梁珞的眼光就不小心瞥到劉炎梓放下來的嘴角。完了完了，劉兄生氣了？梁珞趕緊將笑容收好。「炎梓兄，請你成全小弟體恤下人的這份心意吧！」說完，彎腰深深鞠了一躬。

劉炎梓的眼睛裡波瀾不驚，等梁珞直起身子之後，一言不發地轉身走回了院子。

那……這是同意了？梁珞不敢太囂張，意思意思地露出一個開心的表情，然後便收起來，默默地跟在劉炎梓的身後。

素年已經準備好了，劉老爺也早早讓小廝抓來了新的王不留行籽，仍舊是一小包，素年都無奈了，上一次的也不是不能用了。知道你們家有錢，至於這麼浪費嗎？

看到劉炎梓走了進來，素年剛想說話，卻又瞥到跟在他身後、明顯老實了點的梁珞。自己剛剛分明聽到劉公子送客的話，難道是自己聽錯了？

劉炎梓進來以後，並不介紹梁珞的身分，只是規矩地在椅子上坐下，示意素年可以開始了。

將之前的小布塊取下來，素年纖細微涼的手指輕輕地按在這幾個穴位上，不輕不重地按壓，劉炎梓的眼睛微閉，表情極其放鬆。

隨後，素年又剪出新的小布塊，這次選取的穴位則是近視穴、神門穴和對應心臟的穴位，同樣貼上放有王不留行籽的小布塊。然後取針，睛明、承泣、合谷三穴刺入，讓劉炎梓閉眼靜坐著。銀針扎入劉炎梓眼睛周圍的時候，素年聽到身旁一聲明顯的抽氣加驚叫聲，聲音之刺耳，讓她頭皮都發麻，努力穩住手腕，給了小翠一個眼神。
小翠心領神會，狀似不經意地將站在素年身邊的梁珞給擠走，然後掏出一塊帶著精緻玉蘭花繡紋的絲帕，小心翼翼地平舉著。
饒是素年也對小翠這種莫名其妙的舉動有些不解，她只是希望能將梁珞弄到旁邊，不要礙事而已，小翠這是在做什麼？
小翠的臉一本正經，讓素年都不好意思開口，反正也沒有阻擋她的動作，素年便專心將其餘幾個穴位都扎上了針。
等素年結束了針灸，小翠才長吁一口氣，將絲帕遞過去。「小姐，擦擦汗。」
哪有汗啊?!梁珞都無語了。他本以為這個小丫鬟動作粗魯地將他擠開，舉出一方絲帕擋住了他的視線是有什麼重要的作用呢！擦汗？擦哪門子的汗？梁珞覺得自己才是一頭的汗，那麼長的銀針扎到肉裡，不疼嗎？
素年只愣了一下，便從善如流地接過小翠手裡的絲帕，裝模作樣地在額頭上按了按，然後坐到一邊，欣賞起風景來了。
梁珞很憋屈，他才不相信他們之前治療的時候也這麼沈默，既然沒人想說話，那他就自己找話題。
梁珞慢慢地踱到桌邊，在素年的對面坐下。「沈娘子果然名不虛傳，今日一見，讓梁某大開眼界。」
素年微笑，不想答話。這個梁珞的說話方式帶著做作的老到，恕她欣賞不來。

「是這樣的，本縣的同仁堂裡，也有一位很厲害的大夫，姓謝，最近這位謝大夫正在為本縣衙裡的一名捕頭醫治，可已經有段日子了，仍舊不見起色，不知道這個捕頭有沒有福氣能請到沈娘子……」

「症狀？」

梁珞一愣，素年的聲音裡並沒有任何因為讚美而生出的得意之情，也沒有她這個年紀該有的稚嫩，清清涼涼，如同潺潺的流水一般沁人心脾。

「這個……好像是疼痛……」梁珞努力回憶他偶爾聽過的一絲半點情況。這個藉口是他臨時想到的，於是絞盡腦汁開始想，魏捕頭到底是哪裡不舒服來著？似乎是因為疼痛，堅持不住的樣子。

素年一看他的表情就知道這人也只是知道個大概，或許更少。但如果是疼痛，很可能是之前謝大夫提過的風濕性關節炎症，只不過要嚴重許多。謝大夫有幾天沒來了，不知道這個病人的情況怎麼樣了？但中藥的起效原本就慢，幾天其實也看不出什麼。

梁珞繼續憋屈，素年只問了一句「症狀」，然後就開始自顧自地發呆，還能不能愉快地聊天了？

一旁劉府的侍女體貼地為梁珞和素年斟上芳香撲鼻的清茶，然後靜靜地退到一邊。房間裡的氣氛過於壓抑，他們這些下人還是沒有存在感的好。

很快地，素年起身將劉炎梓的銀針起出。「覺得如何？」

「甚好，多虧了沈娘子，我覺得最近看物清晰了不少，並且，按照沈娘子的提點，每半個時辰眺望遠方，眼睛的痠澀感已經很少出現。」

素年點點頭。「請劉公子繼續保持這個習慣，遠眺或是閉目養神都可。眼睛對你們讀書人來說非常的寶貴，還請多加珍惜。」

「那是自然。」劉炎梓笑著感謝。

一切和樂融融，只除了梁珞兀自憋屈著。但死心從來不是梁珞的作風，他硬是湊了上去。「什麼習慣？我雖然成不了讀書人，但眼睛也是很重要的，沈娘子能否也教我一教？」

「其實並不是什麼訣竅，看書的時候每半個時辰便向遠處眺望，放鬆一下，梁公子不妨在看書的時候也照做試試，效果很是不錯。」素年很配合地回答。

於是梁珞又無語了。看書的時候？他怎麼會有看書的時候？這不是找不自在嘛！

劉炎梓嘴邊有一絲可疑的笑意，轉瞬即逝，隨即讓他的小廝竹溪取來一只小匣子。「勞煩沈娘子了。七天以後，還要再次拜託沈娘子。」

巧兒從竹溪手裡將匣子接過來，這次是正常的分量。她恭敬地跟在小姐的身後，慢慢地走出了院子。

「哎，沈娘子，那縣衙捕頭的事情……」梁珞追出去，他怎麼感覺這事好像不了了之了呢？

素年停下腳步，轉過頭道：「同仁堂謝大夫的名聲，饒是小女子也聽說過，醫術醫德都很受推崇，請公子放心，謝大夫必然會將患者治好的，告辭。」素年行了禮，帶著兩個小丫鬟翩翩然轉身離去。

這兩人串好說辭的吧？梁珞不甘心，正打算追上去再說兩句時，劉炎梓清朗的聲音從他身後傳了來。「梁公子，複診已經結束了。你之前不是問起中秋祭月活動嗎？我們來詳細說說吧……」

從劉府出來後，素年謝絕了劉府相送，打算帶著小翠和巧兒走一走。

這次的診金掂量著就不重，素年心裡微安，再那麼大金額地收下去，她的手會軟的。

「小姐，劉公子的小廝叫竹溪呢。」小翠忽然湊到素年身邊說。

「好像……是吧？」

素年摸不準小翠的想法，難道說，那個小廝有什麼特殊之處？

「竹溪……這名字好好聽啊……」小翠的語氣裡帶著淡淡的「惆悵」。

素年腳下一個踉蹌，對的對的，她都忘了，剛穿越過來的那段時間裡，素年其實在心中吐槽過小翠的名字，還不止一次，因為她曾看那些個小說裡，丫鬟的名字要嘛就「小翠」，要嘛就「阿紅」，要多俗有多俗！但後來她才發現她吐槽錯了，因為小翠的名字，是她取的！確切來說，是原來那個沈素年取的。那素年就沒有立場再說什麼啦，不過現在聽起來，似乎小翠也對這個名字有不小的怨念呢……

「小翠的名字也很好聽啊！翠，意指翡翠，名貴的珍寶。有詩云：莎草江汀漫晚潮，翠華香撲水光遙，玉樓春暖笙歌夜，妝點花鈿上舞翹。」

小翠聽得一愣一愣的，啥也沒聽明白，只知道剛剛小姐唸的那首詩裡，自己的名字在裡面！那就是說，「小翠」其實是一個很有來頭的名字？

「小姐真厲害……」巧兒低調地發出感慨。在她的認知裡，「小翠」比起「竹溪」，那根本就不在一個層次，可經由小姐這麼一說，小翠的名字彷彿立刻提升上來了！

素年滿意地看著小翠喜笑顏開的笑臉，在心裡擦了把汗，可算是忽悠過去了。

第二十二章　治療捕頭

三個小姑娘一路走，一路逛，不多時，素年看到一家鋪子裡有賣棉被，當即揮揮手，一口氣買了好幾床。

「小姐，這些現在用不著啊！」

「沒事，囤著。」素年是完全無法忍受天寒地凍、沒有棉被的苦，再說了，不是說反著季節買東西便宜嗎？

然後，素年的購物興致就被提上來了，先是逛了兩家成衣店，給小翠和巧兒一人買了兩身衣服，還有玄毅的也沒有忘。

小翠和巧兒一開始死都不願意，她們的繡活已經可以開始縫製衣服了，現在也不缺錢，兩個小丫頭早就商量著要給所有人親手繡製衣衫呢！

「那是當然要的，我可都等著呢！不過嘛，偶爾購置些衣衫也很必要，都挺漂亮的！」素年的眼睛來回轉，在櫃檯和掛著的成衣上掃視著。小姑娘嘛，就要打扮得漂漂亮亮的，她看著心裡也舒坦啊！素年一買起東西來就煞不住了，鑑於小翠和巧兒有這個心要做衣服，她又一口氣選了不少顏色或鮮亮、或素雅的布疋。

小翠和巧兒付完了錢，看著這麼一堆東西，幾乎愁死，趕緊去找來了木板車，付了些錢，這才算解決。

「小姐，真的夠了。」小翠苦著臉，身後木板車上的東西都要堆成了小山，一會兒回去可有得整理了。

「夠了嗎？」素年回頭看，她感覺還沒有買什麼的樣子啊！

「夠了夠了！」小翠和巧兒連連點頭。

「……那好吧。」

小翠和巧兒在素年身後長吁了一口氣。下一次，下一次絕對不要拒絕劉府的好意，必須讓他們派車將她們送回去！

一路逛回槐樹胡同，素年老遠就看到了她們的院子門口站著兩個人，一個是玄毅，一個是謝林。

「沈娘子，妳可回來了！」謝大夫看到素年，如釋重負。

而玄毅則是看著那一車的東西愣神，不是說去複診的嗎？這架勢怎麼看也不像啊！難道說劉府沒有錢付診金，用東西抵了？

素年跟謝大夫見了禮，請人進去，巧兒則招呼玄毅將車上的東西搬下來。

「謝大夫如此神色匆匆，是有什麼急事嗎？」素年請謝大夫坐下。

小翠動作迅速地煮水泡茶，端上去之後便安靜地退下，跑前院去幫忙收拾東西了。

「沈娘子，還是之前那名患者的事情。按照沈娘子的方法，老夫給他換了藥方，雖然暫時看不出好轉，但似乎確實控制住了，想來是沈娘子的藥方起了效用。」

「那不應該是好事嗎？」

「是的。不瞞沈娘子，這次的患者是縣衙裡的一名捕頭，而剛剛，縣衙知縣的二公子不知道為什麼找了過來，說是不再讓老夫診治魏捕頭，老夫本以為出了什麼事情，可二公子說，他找到了一名更加厲害的大夫，是個小醫娘，還治好了劉府公子的眼疾。老夫一想，那不就是沈娘子嗎？可那二公子看上去……恕老夫直言，似乎並不是誠心為魏捕頭擔心的樣子，所以老夫趕緊來告知沈娘子。」

知縣二公子？素年的腦海裡浮現出來的是在劉府沒話找話說的那位小少爺，是他嗎？如果是他的話，素年只要稍微一想就知道他是什麼意思了，不就是因為自己說謝大夫很厲害，她不打算搶人家患者嗎？這二公子，她瞧著確實夠二的！

「多謝謝大夫，素年心裡有數了，還勞煩您來跑這麼一趟，素年心裡真過意不去。」素年挺感激謝大夫的，這位年長的大夫讓她覺得很親切，更重要的是，謝林身上充滿了正能量。好學、有禮、熱心，素年來這裡也接觸過幾位大夫，只有這位符合她心中大夫的形象。

將情況轉達到後，謝大夫彷彿鬆了口氣，捧了茶杯在手裡。「沈娘子……」

「您就直接叫我素年吧。」

「那行。素年姑娘，妳跟知縣的二公子見過嗎？我看他信誓旦旦能將妳請去的樣子。」

素年輕笑，舉杯啜了一口清茶。「見過，剛剛才見過。不過，我的出診費可是很高的呢……」

正說著話，小翠跑了過來。「小姐，梁府有人求見。」她神秘兮兮地湊到素年的耳邊說：「他們說，他們是縣衙裡的人呢！」

「動作還挺快的，請吧。」素年笑容不變。

「素年姑娘……」

「謝大夫放心，不過是縣衙裡的人，總不會將我吃了吧？」

梁珞的身影很快出現了，素年的院子，前院後院也就那麼幾步路，好走得很。只不過，梁珞在看到謝大夫的時候腳步停了一停。這人怎麼會出現在這裡？小娘子和這個謝大夫之前就認識？「沈娘子有禮了，在下梁珞。」梁珞的禮數很到位。

素年側身還禮。「梁公子。說起來，我們在劉府上才剛剛見過呢，不知梁公子這次前來所為何事？」

梁珞先瞥了一眼謝林，腦子趕緊轉了起來。他本來準備好的理由，是同仁堂謝大夫醫術不精，他們縣衙的捕頭到現在都沒有治癒，所以特此前來請沈素年問診。但現在謝大夫就在眼前，梁珞就不好這麼說了。背後說人壞話可以，要是當面說，他們以後還要不要去同仁堂求醫了？要說謝大夫的醫術那還是很不錯的，這怎麼好得罪呢？

「呵呵，那個……就是在劉府跟沈娘子說過的事情，想請沈娘子去瞧一下那個患病的捕頭。」梁珞說得乾巴巴的。

「喔？這麼巧？我和謝大夫剛剛還在聊這名患者的事呢，不是已經控制住了嗎？」

「……喔，是嗎？」梁珞的眼光又溜到謝林的身上。這老傢伙是故意的吧？自己前腳才讓他停止治療，他後腳就跑到沈娘子這裡來聊天，聊的還正是魏捕頭的事！

場面立刻冷了下來，素年和謝大夫不約而同地捧起茶杯，動作一致得好似提前商量過一樣。

梁珞的臉都黑了，為什麼沒有人給他倒茶？他也好乘機緩一下啊……

「小翠。」素年還算厚道，畢竟梁珞是知縣公子，她也不能太怠慢。

小翠這才恍若剛反應過來一樣，小臉微紅，趕緊斟了一杯茶送過去。「梁公子請喝茶。」

梁珞在家可不是什麼茶都喝的，非好茶不碰，但現在，就是白水他也樂意！他趕緊接過來，裝模作樣地低頭品茗，院子裡一片寂靜。半晌，梁珞才依依不捨地放下茶碗。「沈娘子，在下也知道有些唐突，可魏捕頭身體不適，也是多年來為了縣衙所累下的，所以在下就算厚著臉皮，也希望小娘子能夠看在醫患病痛難忍，前去診治。」

這理由倒是找得不錯，腦筋動得還滿快的嘛！素年暗自讚嘆。可她想不明白，這個梁珞執意要她去看病，圖的是什麼？

「沈娘子，魏捕頭病情雖然已經被控制住，但每日仍舊疼痛難忍，靠著藥物已經無法抑制，若是沈娘子能夠加快魏捕頭病情好轉，還請沈娘子……」謝大夫終究是敵不過身為大夫的職責，即便梁珞蠻不講理地不讓他再診治，他還是希望魏捕頭的病能快點好。

這才叫仁心仁術啊！素年嘆氣，轉而看向梁珞。「能有謝大夫給魏捕頭治病，真是他三生有幸，你說呢，梁公子？」

「呃……那是、那是！」梁珞含糊不清地應著，想著回頭得趕緊再將謝大夫請回來。

素年最終還是答應了下來，小翠將才收拾乾淨的銀針又捧了出來，巧兒就先留在家裡，之前買的那些東西需要人收拾。

謝大夫則隨著素年一塊兒前往林縣的縣衙。

在縣衙裡任職的捕頭，有提供給他們住宿的地方，一排並不高檔的屋子。素年跟在謝大夫身後，走進了其中一間。屋子裡的設施很簡單，素年不禁想起了她們在牛家村的小院子，床、桌子、凳子、架子，沒了。可能男人對住宿條件的要求本就不講究，屋子的硬體方面還是不錯的，採光挺好，屋子也結實不漏風。

床上躺著一個人，應該就是魏捕頭了。濃重的藥香充斥著房間，素年往前走了走，發現這個緊鎖著劍眉的大漢，正是當初帶人來她們院子將混混們抓起來的那位。那個時候瞧著挺精神的呀，這才多長時間，怎麼就這樣了呢？回頭要給玄毅說說，病來如山倒，並不是說著玩的。那孩子，三天兩頭要針灸的時候就起毛，回回讓素年傷透了腦筋。

魏捕頭的牙關緊咬，顯然在忍受著疼痛。素年走到床邊，檢查了膝、踝、肩、肘、腕幾個大關節，病變局部已經紅腫，怪不得疼痛難忍。謝大夫說，魏捕頭並不止這幾個地方，全身關節都有疼痛，病情已經屬於嚴重的程度。素年沈吟了會兒，肢體和軀幹部位的疼痛，很可能會引起內臟和神經系統的病變，那就麻煩了。

魏捕頭在素年碰到他身體的時候就睜開了眼，即便在這種情況下，他的眼神仍舊銳利。

「我是大夫，現在來給你治病。」素年直直地看著魏捕頭的眼睛，從容淡定。

或許這個魏捕頭會對自己的身分不認可吧，畢竟她一個女娃娃，誰會相信她能夠治病？

所以素年先說清楚，如果魏捕頭執意不肯，那最好還是按照患者的意願來。

「……有勞小娘子了。」魏捕頭只說了一句話，眼睛再次閉上。

果然，真應該讓玄毅來看看，什麼才是成熟的大人啊！

素年接過小翠手裡的針灸包，並在她耳邊囑咐了兩句。

小翠點了點頭，轉身走了出去。

肩肘部，肩俞、肺俞、曲池；腕指部，外關、合谷、中渚；髖膝部，環跳、陽陵泉、膝眼、大腸俞；踝關節，懸鐘、昆侖、解溪。配阿是穴、膈俞、陽池、秩邊、商丘，用撚轉法進針，因魏捕頭病情嚴重，素年採用強刺激瀉法，留針。

一根根銀針扎在魏捕頭的身上，看在梁珞的眼裡不啻為巨大的刺激，他無端端地打了好幾個冷顫，不著痕跡地伸手摸了摸自己的手臂，這應該……很疼吧？

等待留針的時間裡，小翠回來了，手裡拿著剛從藥鋪裡買回的艾柱。

起針之後，素年摸清楚了魏捕頭的膝部，疼痛最為嚴重，便取血海穴、足三里處，加犢鼻穴、陽陵泉進針，得氣後用瀉法，再將艾柱弄成兩釐米左右的長短，插在針柄上，在其下方點燃。

「素年姑娘，這是灸法？」謝大夫開口問。

「溫針而已，其餘肩部、肘部、腕部、踝部，謝大夫可嘗試。」

「這如何使得？」

「如何使不得？謝大夫對人體的穴位早有清晰的認識，只是不曾熟練地使用而已。」

梁珞看著銀針上的艾柱，覺得頭有些疼。他為什麼非要讓沈素年來診治？因為他不相信這個小丫頭真有什麼醫術可言啊！雖然在劉府親眼看到了她為炎梓兄針灸，梁珞心裡早已震驚，可萬一是蒙的呢？劉炎梓為了這個小醫娘不給自己面子，不給他們梁家面子，梁珞想著，會不會是炎梓兄看上了素年？自己見過素年後更加確定了，小小年紀已經出落得嬌媚可人，更難得的是那份平靜自若，怪不得會得了炎梓兄的青眼。

可梁珞現在不肯定了，小娘子是真有醫術啊！那艾柱是燃著的，不燙嗎？但魏捕頭的眉頭卻神奇地有放鬆的跡象，這說明是真的有效。一個好好的小姑娘卻在醫術方面有真造詣，這本身就讓梁珞想不通。士農工商，醫者的地位要更加的低下，梁珞看素年的氣質，也不像是窮苦家的孩子，為什麼能這麼泰然地診治病人呢？她才多大？前途要不要？姻緣要不要？素年跟謝大夫在一旁輕聲說著什麼，可能在討論魏捕頭的病情吧，一個小小的女孩子，在年過半百的謝大夫面前竟絲毫不落下風，反而是謝大夫的表情很虛心，這讓梁珞看得恍惚。

艾柱燃盡，素年將銀針起出，魏捕頭睜開了眼睛。「多謝小娘子，我覺得好多了。」

「你的病情很嚴重，必然是長時間累積下來的，或久居濕寒之地，過度勞累；或受寒後過度飲酒，使皮膚和血管擴張，受風濕寒邪侵入……」

「小娘子真是奇了！魏捕頭原先並不是林縣人，他曾經跟我們說過雪原高山、烈酒入喉的暢快，跟小娘子說的一般無二！」一旁，先前進來的魏捕頭的同僚忍不住插嘴。

雖然「皮膚和血管擴張」這些話梁珞有些聽不懂，但不妨礙他驚嘆素年的專業。他在劉府時能夠迅速以魏捕頭的病情為切入點搭訕，還是得益於他對魏捕頭若有若無的關心，在縣衙裡，魏捕頭是一種很特殊的存在。平常不顯山不露水，甚至有些刻意地低調，但他只要往那裡一站，身上隱藏不住的肅殺氣息就會令人生畏。但凡魏捕頭出面，一般很少有辦不好的事情。梁珞曾暗自猜測魏捕頭的來歷，若非長時間在殺戮中浸淫，不可能有這種狠戾的氣質。可魏捕頭明顯不願對此多談，不管任何人旁敲側擊，魏捕頭一絲口風都沒有露過，只在偶爾喝過酒之後，惆悵著跟同僚描述一下遙遠地方的風景。

梁珞此時的耳朵豎得高高的，素年既然提起了，為了尋找病因，應該會繼續問的！

誰知素年只是點到為止，在聽到魏捕頭並不是林縣人以後，果斷地收了話頭，轉而開始擬藥方。「防風三錢；制附片、地龍、當歸各兩錢；秦艽四錢；蒼朮、紅花、防己、徐長卿各兩錢；甘草一錢。每日一劑，分兩次煎服。」

素年轉身看著梁珞。「梁公子，您對魏捕頭的關心讓小女子心生敬佩，您一而再、再而三地希望小女子前來診治，真是用心良苦。」

梁珞一時有些不適應，這個沈娘子對他不一直是一副懶得搭理的架勢嗎？怎麼忽然客氣起來了？只見周圍的人聽了素年的話後，無一不以閃亮的眼光崇拜地看著梁珞，梁珞有些不自然地笑笑，道：「這是應該的、應該的……」

「那麼，魏捕頭的病需要長時間的養治，他關節處紅腫的炎症沒有控制住之前，需要臥床休息，並要注意天氣變化，避免受風受潮，過度勞累。另外，宜進一些高蛋白、高熱量、易消化的食物，例如豆腐、雞蛋、肉類、酥酪等……」

梁珞聽得一愣一愣的，半天才反應過來，素年這是在跟他交代？交代如何照顧魏捕頭？

開玩笑的吧？他連自己都照顧不好了好嗎？再說了，他哪有那些時間啊？

「沈娘子——」梁珞剛想開口就被素年打斷。

「對了，還有不能夠吃辛辣刺激的東西，不能夠飲酒。這些，還請梁公子多加注意。有梁公子這麼體恤下屬的人照料著，想必魏捕頭的症狀很快就會好轉。」素年的臉上閃著期待的光輝。

梁珞頓時明白了，怪不得，這小娘子身邊的丫鬟一個個都擅長裝傻充愣、扮豬吃老虎，源頭原來在這裡呢！他能說不嗎？人家話都說明了，自己死皮賴臉地將她請過來，還是動之以情、曉之以理的，這會兒要是說了甩手不管，那就是在打自己的臉啊！梁珞別的無所謂，這面子卻是死也不願意扔掉的！「……小娘子放心，梁某一定、好好照顧魏捕頭！」梁珞覺得自己嘴裡的字都是咬牙迸出來的。

偏偏素年似乎完全沒有意識到，依舊笑靨如花。

第二十三章　討要酥糖

從縣衙裡回來後，素年將另外幾個大關節需要針灸的穴位都跟謝大夫討論了一遍，魏捕頭之後的針灸，就由謝大夫著手進行。

謝林跟著素年回到了她的院子後，當著眾人的面，給素年深深地鞠了一躬。

「謝大夫使不得！您這是幹麼？」素年趕緊將謝大夫扶起。

「素年姑娘，從今天起，您就是老夫的師父。」謝大夫的表情鄭重，執意要再給素年鞠兩個躬。

「謝大夫，您這是要折殺我呢！」素年招呼小翠和巧兒將謝大夫拉住。「什麼師父不師父的，在醫術上，我們要學的東西還有很多呢！」

「那也是我的師父。」謝大夫心意已決，雖然素年的年紀小，但她的這一手針灸之術及絲毫不私藏的醫德，都足夠做自己的師父。

古代的大夫之間並不像現代，現代時不時會開個研討大會，開個專項學術會議，更別說定時的學習、進修了，古代不這樣，有一點別人不知道的東西都要趕緊藏起來，即便是普通的藥方，也不會隨意告訴別的大夫知曉。但素年不一樣，不僅不私藏，只要是她會的，謝大夫無論問什麼她都會如實地回答，剛剛更是詳細地跟他講解了一番治療風濕之症的關鍵穴位和方法。

小翠和巧兒有些拉不住了，這不是力氣的原因，而是決心太強大。

素年無奈，只好讓兩個小姑娘鬆手，接受謝大夫剩餘的兩個鞠躬。

謝大夫走了以後，小翠和巧兒眼睛裡的崇拜無以復加，特別是巧兒。那是誰呀？那可是林縣有名的同仁堂裡有名的謝大夫啊！居然拜了小姐為師父，這真是……太刺激了！更神奇的是，小姐一點反應都沒有，完全沒有異常，還嚷著要讓玄毅將新衣服換來瞧瞧！果然，自己跟著小姐是跟對了，巧兒在心裡暗暗地慶幸。

「一個大男孩扭捏什麼？讓你穿就穿，快點，穿好了讓小翠看看需不需要改。」素年看到玄毅身上還是那套灰不拉嘰的衣服，忍不了了。

玄毅繃著臉，他又不需要新衣服，有什麼好試的？

「行吧，可能你自己不會穿。小翠，妳去幫玄毅穿好了，一定要認、認、真、真地幫他穿好，知道嗎？」素年撇撇嘴。

「是！」小翠答得正氣凜然，邁開腳步就打算跟玄毅去前院。

「我、我自己換！」玄毅往後退了兩步，繃著的嘴終於鬆口了。

平常逼著他脫衣服針灸也就罷了，現在居然還要幫自己換衣服?!她們主僕到底有沒有廉恥之心啊啊啊！

看著玄毅掉頭就跑，小翠茫然地轉頭問素年。「那小姐，我還要不要追出去啊？」

巧兒笑得渾身亂顫，半晌才停歇下來。「小姐，先吃飯吧。今天小翠姊姊不在，您嚐嚐我的手藝。」

從那天以後，謝大夫每日都會來素年這裡一趟，有時候根本沒啥事，素年有些不解，謝大夫卻義正辭嚴地說「這是徒弟的本分」。

素年無比的囧，可她也沒辦法改變謝大夫的觀念，只好自己找事情。

「除了溫針，冷灸治療這種風濕之症也很有效，雄黃、斑蝥各六錢，細細地研成粉，用蜂蜜拌成糊狀，再入麝香兩錢，拌勻，裝入小瓶子裡。每次在患者身上，選取局部穴和疼痛點，大概四到八處為宜，若是像魏捕頭這種嚴重到全身疼痛的，可酌情增加，但不宜超過二十處。取一寸見方的布，正中置米粒大小的藥糊，不可放多，不然會起泡過大。將布貼於穴點，一到兩個時辰後，患者會覺得有熱和刺痛感；四到六個時辰之後，會起泡。若起的泡過大，可用乾淨的銀針挑破放水，塗上消除炎症的藥膏。」

謝大夫聽得很認真，斑蝥有大毒，可用於發皰治病，但尋常幾乎不用，只有治療鼻痣的時候偶爾會使用。

素年和謝大夫相聊甚歡，巧兒輕手輕腳地為他們換上溫熱的茶水，並端上點心。

謝大夫走後，小翠走到素年的身後，輕輕在她的肩上捏了捏。謝大夫每天都會過來，小翠其實挺開心的。因為她發現，小姐的臉在說起她聽不懂的醫術時，是會發光的，熠熠生輝，特別好看。

「小姐您嚐嚐，這是我買回來的酥糖。」小翠熱心地推銷，她們現在日子好了，日日都會有點心酥酪輪著吃，有時候是素年心血來潮指導小翠做，有時候乾脆上街買。

「酥糖啊……」素年看著精緻的小碟子上的精緻點心，鼻尖彷彿又有丹桂冷香。

「小翠，妳知道在哪裡能採到桂花嗎？」

小翠點點頭。

「那讓玄毅跟妳一塊兒，去採些來吧。快中秋了，做點桂花酥糖來應應景。」

素年本打算做桂花月餅的，可無奈條件有限，沒有烤箱等高級的工具，就算小翠天賦驚人，那也沒有做出無米之炊的本事。

小翠脆聲應了下來，轉身就往前院跑。

素年忽又想起，玄毅有段日子沒在後院露面了，除了吃飯。這少年……是真的皮薄啊！那天，素年主僕三人只不過將裙子撩到膝蓋針灸而已，膝蓋啊，又不是露大腿或是穿比基尼！結果不巧讓玄毅進來的時候瞧見了，就那麼一眼，素年自己都沒有看清楚玄毅的表情呢，他就已經避開了，但從那天開始，這廝便堅決不踏入後院一步。就算是吃飯，那也會高聲在外面為自己傳報。

素年是覺得沒什麼，不就是小腿嘛，誰還沒露過小腿？巧兒和小翠卻是也立刻紅了臉，甚至不顧仍舊扎在足三里上的銀針就要將裙襬放下來，素年這才覺得不妥。入鄉隨俗，就算她的靈魂再覺得無所謂，那也不能表現出來。所以，對於玄毅這種彆扭的狀態，她也就不多加糾正了。

玄毅和小翠很快弄來了一籃子桂花，相當的不容易，其實做桂花酥糖應該最好提前採摘的，不過素年也只是臨時起的意，所以沒辦法。

將桂花用清水浸泡透後撈起榨乾，瀝出桂花中的苦味，這樣處理後的桂花做出來的酥糖，吃起來才會具有濃郁的香味。

選取上好的麵粉、上好的白糖、上好的黑芝麻和上好的飴糖。炒熟、碾細、熬糖、拉糖、壓糖，最後切成二指寬的條狀，用油紙包好。

「茶罷一塊糖，噙而即消爽，細嚼丹桂美，甜酥留麻香。」素年撚起一塊酥糖，慢悠悠地放進嘴裡，搖頭晃腦地細細品味著。

小翠雖不大能領會素年的感嘆，但她知道這是讚美的意思，當即笑彎了眼睛。

「小翠，多做些，用油紙包了，讓巧兒帶回她家裡一份，還有謝大夫那裡也不要忘了。」素年對小翠的手藝相當滿意。清甜馨爽，香氣馥郁，桂花和芝麻的香味交錯融合，回味悠長。

「梁府二公子求見。」院門外，玄毅的聲音傳來。

素年循聲望去，壓根兒沒瞅見玄毅的影子，行吧，素年理解他。「那就請進來吧。」

梁珞一邊走一邊嘀咕，求見？他什麼身分啊？見一個小醫娘竟被斷然拒絕在門外，非要等待通報！「喲，什麼味啊，這麼香？」梁珞鼻尖聞到了甜香。

「梁公子。」素年見禮。「我們剛試著做了桂花酥糖，不嫌棄的話，嚐一塊？」

梁珞立刻來了精神。「桂花酥糖？沒想到小娘子除了會扎針，也會別的事情啊！」

素年有翻白眼的衝動，會不會說話啊這人？看著長得人模人樣的，怎麼說話這麼不討人喜歡呢？當即，素年的態度就懶怠下來了。「承蒙公子誇獎，也是，梁公子的身分，什麼好東西吃不到啊？是小女子唐突了。」

梁珞一愣，他怎麼聽著這話有些不是味呢？

素年覺得跟梁珞無法溝通，就乾脆不說話了，捧著一杯清茶喝得愜意。

小翠本打算給梁珞上茶，但一聽小姐的話，立刻就改做別的事了，小院子裡悄無聲息。

「咳，沈娘子，梁某這次來，為的是魏捕頭的事情。」梁珞清了清嗓子開口。

「魏捕頭如何了？謝大夫說，魏捕頭的情況正在好轉。」

「是的，沈娘子醫術了得。」

「不敢當。後來每日去給魏捕頭診治的是謝大夫，說起來，謝大夫厥功甚偉。」素年跟梁珞打太極，不驕不躁，卻有些想不通梁珞的意圖。他不可能是刻意上門讚美她的吧？那也太閒了。

「魏捕頭的病雖然好轉，可沈娘子有所不知，他竟執意要離開縣衙，妳說，這事如此……」梁珞的表情忽然一轉，無限憂愁了起來。

「喔？是嗎？」素年淺啜了一口清茶，神情淡然。

「可不是嘛！沈娘子為了他好，讓他臥病在床，可魏捕頭不領情，非說自己如何能光拿月錢不做事？最後在大家的勸阻下，雖然答應了要好生休養，卻是不願再留在縣衙了。」

素年看著梁珞想要表現出遺憾，卻因為不夠老練而流露出來的破綻，帶著淡淡的窘迫，心裡估摸著，應該不是他說的這麼回事。

梁珞如何能不窘迫？他事前壓根兒不知道啊！都是他的父親，說是縣衙不養閒人，風濕之症稀鬆平常，怎麼到魏捕頭這裡就不能忍了？還臥床休養，這不是帶壞風氣嘛！做捕頭的多多少少會有些傷痛，這簡直太正常了，所以知縣大人覺得不能姑息，養病可以，縣衙也認了，總不能被人指著說風涼話吧？可是，既然身體如此不適，那麼捕頭一職想必也是不能勝任了。梁珞整日在外「流竄」，等他知道消息的時候，魏捕頭早搬出了縣衙！

他腦子立刻嗡嗡起來，傻了眼，他爹怎麼老是扯他後腿呢？才跟炎梓兄約好了中秋祭月的事情，這是打算讓自己再被爽約的意思啊！他跟父親一陣猛鬧，梁知縣頭疼不已，甚至派人要將魏捕頭再接回來，但魏捕頭可是一個很有骨氣的人，說不回來就不回來！這不，梁珞只好將主意打到素年的身上了。如果說成是魏捕頭自己要走的，應該能敷衍得過去吧？應該不會去炎梓兄那裡告狀吧？梁珞很忐忑，再一次痛恨起素年的小丫頭沒有眼色，怎麼不給自己上茶呢？他現在很需要啊！

茶盞跟桌面碰撞，發出清脆的聲音，素年輕輕地笑著。「是這樣啊？謝大夫沒有跟我說呢。這魏捕頭也真是的，梁公子既然是這麼深明大義的人，那麼梁知縣想來也必然是個體恤下屬的好知縣，如何會跟他計較呢？梁公子說是吧？」

梁珞頭皮一麻，這個小娘子是故意的還是無心的？怎麼好像瞬間就從他的話中判斷出緣由了？這怎麼可能？

「那是、那是自然……」梁珞牽強地笑起來。他心知多說無益，估計素年差不多已經全猜到了，他這趟算是白來了。「對了，沈娘子，幾日之後的中秋祭月妳參加嗎？」梁珞訕訕地轉移話題。

「那是什麼？」

「是林縣在中秋前夜舉辦的比賽，獲勝者可以獲得中秋夜祭拜月神娘娘的資格。我和炎梓兄已經約好了一同參加，沈娘子如果感興趣亦可前來。」

「多謝梁公子。」素年也不說去還是不去。

梁珞也無所謂，他只是這麼一說，中秋祭月本就是男女分開競賽，素年就是去了也跟他們碰不到一塊兒競爭。

素年覺得好笑，這梁珞似乎對劉炎梓有一種說不清、道不明的感覺，但也決然不是前世流行的賣腐風格，似乎就只是單純的崇拜。這種行為在知縣二公子身上，可真是難得。

梁珞離開的時候，素年還是讓小翠給他帶了一小包桂花酥糖走，不管他吃不吃，好歹自己送了。

等到謝大夫來的時候，素年直接將梁珞說的情況開口問了，果然跟自己猜的八九不離十。

「魏捕頭二話沒說就搬了，也是個暴烈的性子。」

「嗯，看得出來。」素年點點頭，眼睛裡若有所思。

謝大夫對於小翠做的桂花酥糖讚不絕口，說是比自己吃過的所有酥糖都要爽口，讓小翠心花怒放，還不忘強調一下關鍵是小姐指導得好，然後就捧著裝糖的小碟子，去取得玄毅的認可了。

可憐的玄毅是真心不愛吃甜的東西，神經被小翠折磨得半死，還是素年讓他去跑一趟腿，才將他拯救出來。素年讓玄毅去給劉府送一份桂花酥糖。本來素年壓根兒沒這麼打算的，又不是多熟悉的關係、又不是多好的東西，可誰想劉炎梓竟派了小廝竹溪前來，說是從梁珞梁公子那裡偶然嚐到了桂花酥糖，一吃之下甚覺可口，得知是出自沈娘子之手，特此前來求取。素年就納悶了，劉府這個有錢的大戶人家，什麼酥糖點心買不到？就算她們做出來的好吃吧，能好吃到頂了天嗎？居然還特意差人來要？

還有梁珞，該不會是特意讓劉炎梓吃到的吧？給他帶走的那一小包，實際上並沒有多少，一是覺得他壓根兒就不會吃，二是覺得就算吃也吃不了多少——玄毅要死要活地抗拒甜食的舉動，已經讓素年形成「男子都不愛甜食」的觀念了——所以，那一小包酥糖怎麼也不可能剩到劉炎梓那裡，除非，梁珞是直接帶過去的。

素年想的也沒錯，這梁珞得了酥糖後便發了愁，他雖然不忌口，但甜食，還是糖，那就是小女孩吃的東西啊！可他又不好處理掉，要是一個倒楣，處理不好被看見了，他在沈娘子心中的形象就會更差了……雖然現在也沒好到哪裡去。梁珞的腦袋瓜動得快，轉瞬就想到了一個美好的主意，於是立刻轉頭，顛顛兒地去了劉府，再狀似不經意地貢獻出來。這炎梓兄不是對沈娘子另眼相看嗎？他這種討好的舉動，應該會讓炎梓兄對自己大加改觀吧？

劉炎梓確實改觀了，梁珞這廝心機不小啊，找個莫須有的藉口去見沈娘子還不算，得了酥糖居然還要嘚瑟到他眼前，這是炫耀的意思吧？劉炎梓面上不顯，轉頭就派小廝厚著臉皮去要糖了，也不管這個舉動合不合時宜。

小翠之前做的糖早就分光了，劉府這一來要，小翠就得要重新做，幸好桂花還剩一些，因此做好了之後，就讓玄毅給劉府送去了。

第二十四章　猜謎活動

「巧兒，中秋祭月是個什麼樣的活動？」素年忽然很有興趣。

巧兒將手裡的線咬斷，把衣服拎起來左右看了看。「巧兒不大清楚呢，那都是公子、小姐們參加的，巧兒只知道好像要作詩作畫，哎呀，反正琴棋書畫都有吧！」

素年抬頭，秋高氣爽的天藍盈盈的，十分好看。琴棋書畫呀，她靠著作弊倒是不難，但，這個時空的月神娘娘到底靈不靈呢？

「小姐，您要去參加嗎？」巧兒拎著衣服走到素年的旁邊。

素年順從地站起身，平舉著雙臂，任由巧兒在她身上比著衣服。

「不知道，還在考慮，也不知好不好玩。」

「有什麼好玩的？小翠覺得，小姐就是不去參加，也比那些人厲害！」

小翠斬釘截鐵地下結論，理所當然的語氣讓素年汗顏。

「確實沒什麼好玩的，」巧兒接過話頭，坐回去，繼續開始繡活。這件衣服是給素年縫製的，每一寸針線她都極為用心。「不過，聽之前的人說，獲得勝利的人除了有參拜月神娘娘的資格以外，還有不少銀子可以拿。」

素年的耳朵立時一動。銀子？好東西啊！不是她市儈，是她沒辦法不市儈。素年早早地就為自己打算過了，她也知道，在這個時代，她就算以後成為個神醫，那又如何？古代醫生的地位低那是公認的。在平民的眼中，好歹還稍微能夠獲得些尊重，但在高官大人的眼裡，那就什麼都不是。梁珞以為他每次看向自己時不解的那些眼神掩飾得很好，其實素年都看著呢，就是懶得理會而已。她不需要什麼地位，不需要什麼身分，只要一個能夠養活自己的手藝即可，多賺些錢，比嫁個好人可靠多了。再說了，這是古代耶，普通人都能納個妾來玩，素年是有潔癖的，嫁人這種事情，她就不考慮了。

「有銀子嗎？多嗎？」素年的興趣前所未有地高漲起來，這祭月活動似乎還挺不錯的。

巧兒手裡的針線停了下來，看著素年異常明亮的眼睛，再看對面小翠若無其事地飛針走線，心裡暗暗嘆息，自己的修為還不夠啊！

「聽說挺豐厚的，不過那倒是其次，畢竟參加活動的大家閨秀，誰會將那些賞金看在眼裡？所以倒沒聽說有多少。不過，這種活動，定然是不會少的。」巧兒趕緊將自己知道的情況詳細地說出來，然後小心地問：「小姐，您真要參加啊？」

「要，當然要參加！這種盛會，錯過了那多可惜？再說了，那些銀子在等著我呢，我要是不去的話，它們多可憐啊！」

噗哧！小翠的嘴角沒憋住，趕緊用手摸了摸臉，又一本正經地繼續低著頭飛針走線。

好吧，巧兒覺得小姐說得沒錯。雖然那些銀子暫時還不屬於小姐，但巧兒對小姐可是很有信心，小姐要是去參加，那必然是要拔得頭籌的！

素年雖然嘴上說得豪邁，可她心裡也有點打鼓。琴棋書畫，棋書畫她從前倒是玩過，至於琴……她還真沒學過，身體條件不允許啊！這要是不巧，正好有這項，她可就要露餡了！

中秋祭月活動如期而至，在林縣最大的一條街道上，兩旁早已懸掛了紅彤彤的燈籠，周圍店鋪熱鬧非凡，一派紅紅火火的景象。

素年帶著小翠和巧兒，早早地就出門了，本想將玄毅也叫上，可這傢伙非要留守，說是這種時候才更不安全。素年想著也對，就單方面答應會給他帶禮物，也不管玄毅想不想要。

「林縣原來有這麼多人啊……」素年發出了沒見過世面的感慨。

不僅人多，而且許多都是有小廝和婢女跟著的公子、小姐們。小姐們有的在臉上覆了面紗，有的戴了帷帽；公子們則個個打扮得器宇不凡，就是裝，也裝得異常有氣質。

素年穿著素淨的月白色錦衣，只在衣襬和袖口用青翠的絲線繡著竹葉的紋路，青色繡銀色桃枝紋路的腰封，外面罩著一件同樣白色的紗裙，袖口用銀線勾出幾片祥雲，簡單雅緻。頭上是小翠給梳的簡單隨意的髮式，並沒有什麼裝飾，只壓著一朵新鮮的芙蓉，卻讓素年整個人靈動水嫩。素年光顧著看那些燈籠，卻不知道她微抬著頭時，雪白精巧的下巴勾勒出光滑線條的面容，吸引了多少人的目光。

想參加祭月活動的人，可以在街頭舉辦活動處那裡取一塊牌子，上面有標注好的號碼。

第一輪活動，就是這些紅彤彤的燈籠。每一只燈籠下面都掛著一張紙條，上面寫著燈謎。是的，猜燈謎。素年簡直不知道這是中秋活動還是元宵活動，後來得知每一年的形式都不一樣，這才釋然。如果猜出了這些燈謎，就從燈籠下面的框裡取一枚小牌子，然後將所有猜出的牌子帶著，去街尾那裡將答案寫出來即可。猜出來的數量越多，名次就越靠前。

「二形二體，四支八頭，四八一八，飛泉仰流……小姐，這是什麼呀？」巧兒不解地問，素年已經讓小翠去取牌子了。

巧兒的聲音一落，周圍的目光便「唰唰唰」地飛射了過來。猜燈謎啊姊姊，就是知道了謎底也是不能說出來的！

素年抿嘴一笑，將巧兒的手拉過來，在她手裡慢慢地寫了一個「井」字。

巧兒恍然大悟，也察覺到自己剛剛的話有些不妥，吐了吐舌頭，伸手捂住了嘴。

素年伸手摸了一下她的頭，笑容溫暖得體。

「小姐，拿回來了！」小翠將這個燈籠的牌子收好，眼睛滴溜溜地亂轉，希望素年繼續給她指示。

素年也不含糊，輕輕在她耳邊低聲說了兩句，小翠便一溜煙地又鑽進了人群中。

猜謎啊，這個素年擅長。前世沒東西打發時間的時候，她就常捧著一本有十公分厚的燈謎大全挑戰自己的智商，那當然是大半都猜不出來的。不過，有百度啊！猜不出來，素年就去搜索答案，她記憶力又好，那一本燈謎大全，後來就沒有她不知道的！素年這會兒無比慶幸自己還是有點頭腦，當初沒去看什麼腦筋急轉彎大全什麼的，不然可就悲劇了。

「沈娘子。」

素年聽到有人喊自己，轉頭看去，就瞧見梁珞咋咋呼呼的樣子，穿的倒是一如既往的富貴逼人，就是那氣質……嘖嘖，真心紈袴啊！

在梁珞的身後，劉炎梓慢慢地也朝著素年這邊走，他衣著素雅，全身只在腰間綴著一塊羊脂玉珮，並無其餘點綴，可人家那氣場在那兒呢，整個是儒雅清俊。

「沈娘子，妳還真來了啊！」梁珞來到素年的面前，語氣有些驚喜。

素年一聽到梁珞說話就有些無語，就算知道梁珞是無心的，她也不想搭理他，說得好像自己不應該來才對。

「沈娘子。」劉炎梓輕輕跟素年點頭示意。

素年還禮，劉炎梓身後的小廝手中，那個放燈謎牌子的小布包似乎鼓鼓的樣子。

「素年才來到林縣不久，這種盛會自然不想錯過，讓公子見笑了。」素年笑得謙虛，在秀才公子面前她可不敢托大。

結果好死不死，小翠捧著一堆牌子擠了回來。「小姐您看！我一次沒拿完，一會兒再去！」

素年的眼角跳了跳，艱難地點了點頭。

小翠這會兒可忙碌了，忙到根本沒有注意到梁珞和劉炎梓的存在，將牌子交到巧兒的手中後，便頭也不回地又鑽回了人群中。

「沈娘子，這個……中秋祭月活動，不是比賽看誰拿得多……」梁珞怕素年沒搞懂狀況，要是沒猜出來就將牌子拿回來，那一會兒可是要丟人的！

「喔？不是嗎？我以為是拿得越多越好呢！」素年面對梁珞，始終是淡定又略帶嘲諷。

「只要沈娘子猜得出來，那必然是拿得越多越好。」劉炎梓臉上露出了笑容。「沒想到沈娘子還有大才學，看來這次中秋祭月一定很有趣呢！」

「不敢當、不敢當！」素年真心羞愧，百度來的，如何比得上劉炎梓的真學問？

劉炎梓和素年寒暄了幾句，他們畢竟不是來觀光的，素年更是目標明確，便也就打算各玩各的了。

有禮地道了聲再見後，劉炎梓就選擇了另一邊，慢慢走過去。

而梁珞則落後一步，悄悄地問素年。「沈娘子，這些……妳真的都猜出來了？」

素年但笑不語，光盯著他的臉看。

梁珞心想不能啊，他可是都看了幾遍了，也就是看著兩個瞅著眼熟的，問了小廝才去取了牌子，這個小丫頭片子怎麼可能猜得出來？

「沈娘子，沒看出來啊！要是妳真的時來運轉，贏得祭拜資格，可是要讓梁某沾個喜氣！」梁珞讓素年笑得心裡發毛，趕緊說了句客套話後，便跟在劉炎梓身後離開。

跟這人真是沒辦法聊天了！什麼叫時來運轉？自己一向很好運的好嗎？素年哭笑不得，搖了搖頭，轉過頭繼續一路看去。大部分的燈謎素年看一眼就能猜出，有字謎、有打物的，還有只掛著一張無字白紙，打的是中藥名「白芷」。素年一邊猜一邊走，慢慢覺出興味來。

只是苦了小翠，在人群裡竄進竄出的，靠著平常刻意練出的一身力氣，再加上良好的伙食和針灸養生，生生將那些丫鬟、小廝們給擠開，結果，有人不開心了。

「妳是誰家的丫鬟？怎麼這麼沒規矩！」一個被小翠擠開的、身穿鵝黃色束腰長裙的婢女，插著腰指著小翠罵。

小翠覺得莫名其妙，她怎麼沒規矩了？她都等了一會兒了，可這個婢女壓根兒就不拿牌子，站在燈籠面前也不知道要幹什麼，小翠這才抓緊時間擠進去拿一個的。她的任務艱巨著呢，可容不得在這裡磨蹭。

「沒看見我站在這兒啊？擠什麼擠？沒教養！」那丫鬟看小翠不說話，又長得呆裡呆氣的，氣焰立時更加囂張了起來。

「看見了啊，可妳又不取牌子，那還不讓別人取了？」小翠覺得自己沒有做錯，這不是浪費人家的時間嘛！

「誰說我不取的？我不是還沒來得及嗎？妳急什麼急？妳家小姐到底猜出來了沒有？可別是為了面子隨便拿的！」

小翠本覺得無所謂，但一聽這話，怒了。說什麼都可以，就是不能說她家小姐！

「沒來得及？我看不盡然吧？妳就是慢慢挑也能挑出一個看順眼的吧？猜不出來就猜不出來，還非要做樣子站在這裡，妳知道這叫什麼舉動嗎？叫占著茅坑不拉屎！」小翠怎麼說也是歷練過的，存心想要諷刺人的話，那是張口就來，更何況這個小丫鬟明眼一看就知道在拿自己出氣，她可是一點都不嘴軟。

小丫鬟的臉立刻就脹得通紅，嘴裡「妳」了好幾聲。

小翠下巴一揚。「我怎麼了？我家小姐就是厲害！還有不少牌子我沒來得及拿呢，我可不像妳這麼閒！」小翠說完轉身就想走。小姐說了，輸人不輸陣，她們已經沒有顯赫的家世，也不靠著別人生活，所以要活得更加有骨氣！小翠在聽到小姐說這番話的時候，心裡還有些難受，可小姐的眼睛裡一絲傷感的情緒都沒有，反而是神采奕奕的憧憬，小翠這才知道，小姐並沒有感懷曾經，只是在告訴她和巧兒，不管面對什麼人，她們都不需要放下自尊，她們是沈素年的丫鬟，可不是什麼人都能夠欺負的！

驀地，一個人影攔到了小翠的面前。「想走？妳知道妳剛剛得罪的是哪家嗎？那是楊府台的親眷！」

小翠臉色倏地一白。府台大人？不過是個林縣的活動罷了，為什麼會出現府台的親眷？擋住小翠離開的小廝，看見小翠的表情之後有些得意。牙尖嘴利的丫鬟，當真不知道天高地厚了！

剛剛被小翠一頓話說得面紅耳赤的丫鬟這會兒反應了過來，趾高氣揚地走到小翠的面前，眼睛微瞇。「妳剛剛說什麼？妳家小姐很厲害？笑死人了！不知道哪裡跑出來的野丫頭也能稱為小姐？有妳這樣粗魯的丫鬟，也能稱為小姐？」

「妳——」小翠很想反擊回去，可是府台啊……那是個很大的官，她不想為小姐招惹這種麻煩。

「妳什麼妳？嘖嘖，看妳這種模樣打扮就知道，妳家小姐定然也是個不入流的！居然還敢稱很厲害？我看在丟人方面確實很厲害！」

周圍立即有人發出了並不善意的嗤笑。大家都聽到了小廝剛剛的話，人家可是楊府台的親眷啊，因此就算瞧著小翠現在很委屈，也不會有人願意伸出援手。

「是嗎？那麼多謝誇獎了，我家丫鬟能夠隨我，我可是相當滿意的。」乾淨清亮的聲音突兀地從人群後方傳來。

小翠的眼眶突地一熱。剛剛被這個丫鬟說倒不覺得有什麼，可一聽到小姐的聲音，她就忍不住了。人群分開，素年帶著巧兒出現了，明明是身材嬌小的一個人，卻讓小翠覺得無比的安心可靠。

「能放我家丫鬟過來了嗎？她還有重要的事情呢，比不得諸位，那麼清閒。」素年的口氣跟小翠如出一轍，只不過態度更加淡然，令人更加生氣。

正主兒出現了，饒是小丫鬟再仗著府台大人的背景，也不好將剛剛的「不入流」、「野丫頭」這種話再說一遍。

小翠用力揮開小廝擋在自己身前的手，大步地走回素年的身後，用蚊子哼的聲音說：「小姐，他們是楊府台家裡的……」

素年神色不變，只是看著那小丫鬟，忽然抿唇一笑，然後帶著小翠和巧兒轉身就走。

「她、她什麼意思？」小丫鬟被素年「不懷好意」的笑容給弄懵了。她到底知不知道自己是哪家的丫鬟？這真是……真是氣死人了！

「小姐對不起，小翠給您惹麻煩了。」素年的身後，小翠低著頭，語氣低落。

素年漫不經心地看著那些燈籠，一一示意巧兒去拿牌子。「嗯，確實麻煩了些。」

小翠聞言，頭垂得更低了，恨不得埋進胸口。

「這說明我教育得還是不夠到位，不過是府台而已，就讓妳失了氣焰？」

嗯？小翠抬起頭，眼中茫然。小姐的意思是，她後來懼於對方的地位而忍氣吞聲，讓小姐覺得麻煩？好像……有些說不通的樣子啊！

「小翠，府台就能夠保證別人不生病了嗎？就能夠影響我們的財路嗎？就能夠全方位封殺我們嗎？」

「風……傻？」小翠一頭霧水。

「不能的。他們或許會有這個閒情逸致，但我們又不靠他們的施捨才能過日子，除了我會醫術外，咱們還可以賣繡品，還可以搗鼓別的東西賺錢。林縣待不下去了，咱們還可以去別的縣城，甚至京城，沒什麼可以影響到我們的。」素年是真的不在乎。再惡劣，能有她剛穿過來的時候惡劣嗎？沒吃沒喝的，連條禦寒的被子都沒有，燒個柴還得要自己去撿。

現在，小翠會一直陪在她身邊，還有巧兒，還有玄毅，素年很知足，她不想讓這些願意陪著她的人受委屈。她沒什麼階級意識，只知道，這些人她都是當作家人來看待的。

小翠的眼神漸漸清明了起來，她突然發現自己好沒用，明明自以為是最懂小姐的，可到頭來還是膽怯了，要讓小姐來為自己解圍。

素年看到小翠失落的神情，也不說話，這丫頭自我修復功能很強大，很快便會自己振作回來的。果然，巧兒從人群裡艱難地鑽回來了，她的力氣不如小翠，花的時間長了些，將牌子放好後，巧兒打算再去的時候，被小翠拉住了。

「小姐，還是我去吧！」

素年點點頭。

小翠已經沒有自責和軟弱的情緒，小胸脯挺起，意氣風發。她不怕了，什麼府台、什麼高官，她家小姐果然才是最厲害的！

第二十五章　藏龍臥虎

猜燈謎的活動只有一個時辰，一個時辰之後就不再接受答案了。素年的時間完全夠，只不過小翠和巧兒手裡的牌子都快裝不下了。

在街尾的案桌那裡，小翠和巧兒將牌子倒出來時，驚起周圍一片詫異。可數量並不是勝出的關鍵，要看是不是都猜對了。有人將素年引到一張案桌的後面，鋪了雪白的宣紙，將這些牌子對應的燈謎給她，讓她寫出答案。

素年雪白纖細的手輕握筆桿，筆尖吸足了濃墨，慢慢地下筆。彩筆生芳，墨香含素，字跡清秀靈動又不失大氣，素年站在桌案後面振筆疾書，臉上專注的神情引得不少人駐足。

一旁有專人統計她的答案是否正確，正確的會放入一個小籃子裡計數。

素年的小牌子一個接一個的有效，圍觀的人臉上皆是驚訝。都是正確的？

慢慢地，越來越多人站在這裡不肯離去，他們倒想看看，這個小娘子究竟猜對了多少？

「炎梓兄，那是……沈娘子？」梁珞和劉炎梓也看到了街尾的盛況。他們也是來交答案的，卻發現有許多人都在圍觀，走近了一看，居然是沈素年！梁珞倒抽一口冷氣。素年桌案上的那些牌子，數量驚人啊！饒是劉炎梓猜對的也沒有她的多。這怎麼可能？梁珞仍舊覺得不可能，甚至將劉炎梓都給忘了，也定定地站在那裡盯著看。

劉炎梓看著素年，眼睛裡有亮亮的光閃現，然後慢慢地走到另一張案桌後面，也開始寫他的答案。

素年終於擱下筆。寫了太多的字，手有些疼疼。

小翠自然而然地走過去，輕輕地給她揉捏起來。

「一百四十六枚！」負責記錄的人將素年猜對的數量報了出來。

全場一片譁然。一百四十六枚？這條街上兩邊的燈籠數總共也才一百五十個啊！

有人直接將一塊玉色的牌子交到素年的手中，通常程序是要等猜謎結束了以後，根據名次來發放玉牌的，但……這次乾脆就直接發了吧！

「不會是徇私舞弊吧？」人群中，有小人之心者產生質疑。

負責核對答案的人耳朵很尖，人家質疑的聲音並不大，他卻已經聽到了，當即擲地有聲地反駁。「本次祭月大會所有的活動並不存在任何營私舞弊的情形！雖然只是一個民間活動，但林縣的祭月大會可是相當有口碑，由楊府台大人親臨林縣封存題目，若是有疑問，大可找楊府台要個公道！」

於是，那個不和諧的聲音消失了。會來參加祭月活動的，怎麼說也是家裡條件比較好的公子小姐們，私下說可以，要是讓人逮出來具體是誰家這麼酸葡萄的心態，那也不大好看。

「七十八枚！」

旁邊又傳來一聲報數的聲音，又是一片譁然，只不過聲音小了一些。若是沒有素年，這個數字必然能讓人驚嘆。

素年轉頭看去，看到劉炎梓投過來的帶著笑意的眼神。這傢伙行啊！那些燈謎如果自己不是曾經看到過，是絕對不可能猜出來的，什麼「白蛇過江，頭頂一輪紅日」，自己這個偽古代人怎麼可能想到是油燈？所以，她的這些答案是有水分的，完全是依靠自己的記憶力，而劉炎梓則是實實在在破解了七十八道燈謎，這才叫真厲害啊！

素年是衝著最後的賞金來的，她知道，就算自己想低調也低調不起來，於是也不矯情，大大方方地在小翠和巧兒的攙扶下走到一旁，等待燈謎活動最後的結果。

很快地，越來越多的人知道有個小姑娘猜對了一百四十六道燈謎，那些純粹只是來湊熱鬧的人們立刻都擁到街尾，想一睹這位才女的芳容。

楊鈺婉臉色鐵青，她周圍的幾位小姐也都緘默不語。楊鈺婉是楊府台的千金，在家裡排行第三，不是長女，也不是幼女，卻是最得楊府台歡心的，這全因她從小就知書達禮，別的姑娘心思都用在女紅或是管家方面，可她偏不，就對那些詩詞歌賦感興趣。

這女兒家學這些其實本沒有什麼大作用，以後想相夫教子、賢慧持家，只要讀懂《女誡》和三從四德即可。然而楊府台卻不這麼認為，他覺得自己這個女兒不錯，在黎州，誰人不知道他們楊家有一位出了名的才女？那些同僚沒少以這點來恭維自己，說得楊府台是全身舒爽，因此更是對楊鈺婉疼愛有加。

而這次，一個林縣的中秋祭月活動，楊府台為了體現自己勤於體察民情，特意主動親臨林縣主持，林縣的知縣得知以後是心潮澎湃、感激涕零。

楊鈺婉則是聽說林縣的祭月活動很有意思，勝出的人不僅可以獲得祭拜月神娘娘的資格，更會博得才子、才女的頭銜。她對林縣的才女雖不稀罕，但自己多一個成就讓父親高興高興也是不錯的，所以她也來了，只是她發現，自己錯得離譜！誰來告訴她，為什麼區區一個小縣城，搞出來的燈謎居然如此的難？還是說，林縣這些讀書人的學問要比其他地方的好？楊鈺婉看著那一只只紅彤彤的燈籠發愁。她能猜出來的也不過十之二、三，而她的身邊，早已圍了一群仰慕楊家門第和她在外名聲的閨秀們。

其實楊鈺婉誤會了，她不知這些看似普通的燈謎花了大家多少心思，那是搜羅徵集出大量的謎題，然後慢慢篩選出來的一百五十道。普通人能猜出個十題已是不得了了，而有些學問的也就二、三十題，像楊鈺婉差不多能猜出快四十題來，足以說明她的學問還是很不錯的。

可她不滿足，尤其是聽到了消息，有人猜出了一百四十六道燈謎時，那種打擊如同晴天霹靂。她是誰？她是府台大人的千金，是黎州有名的才女啊！結果卻在林縣這種名不見經傳的地方落後人家這麼多？這怎麼可以！

楊鈺婉身邊的小姐們妳看看我、我看看妳，有人的心已經飛去了街尾，很想親自看一眼究竟是哪家小姐居然如此有能耐？她們平常並沒聽說過風聲，莫非是劉家的姑娘？可楊鈺婉這裡也不好離開，這可是府台大人家的小姐，能夠巴結上她，那是千載難逢的機會。

楊鈺婉心裡何嘗不是煎熬？她再次掃視了一遍兩排通紅的燈籠，知道這已是極限，便狀似從容地往街尾邁步。

「聽說了沒有？劉公子猜出了七十八道燈謎呢！」

丫鬟們為林縣的小姐們帶來了最新的消息，讓這些待嫁小姑娘們的心一下子鮮活了起來。婚嫁在古代是很慎重的一件事，就好像是找工作一樣，是姑娘們為了自己以後的生活找的一份固定的工作，且終身不能跳槽，所以在她們心裡，關注那些青年才俊是很正常的一件事。要說在林縣有哪家公子能讓小姑娘們提起名字就臉紅心跳的話，那必然是劉炎梓。

「劉公子好厲害……」

「就是就是，太厲害了……」

閨秀們完全忘記了素年的一百四十六，滿心歡喜地為劉炎梓的七十八而震驚崇拜著。走在前面的楊鈺婉心裡也震驚了一把，這林縣……果然藏龍臥虎啊！

街道兩旁還在猜燈謎的人少了許多，都累積到了街尾，楊府的小廝使出了吃奶的勁兒才為楊鈺婉開闢出了一條道路。

四十一枚，這是楊鈺婉最後猜出的數量。她暗咬著下嘴唇，在丫鬟的引路下往案桌處走，然而才走了兩步，楊鈺婉便停住了。在她的左手不遠處站著三個人，兩男一女，女的清麗脫俗、玉雪婉然，安靜地站在那裡；兩個男的一個衣著光鮮，嘴巴開開合合，一直在說著什麼；而另一個……星眸好似琉璃玉，溫潤的氣質如三月的春水般，讓人的眼睛挪不開，面如冠玉，溫文爾雅，單單是站在那裡，就能夠將所有人的目光吸引過去。

那是誰？林縣……有這麼出色的男兒？楊鈺婉忽地紅了臉，頭微微低下，快步走到案桌後面，之前的不甘心不知飄到哪裡去了，腦海裡只有那文雅男子抿唇一笑的模樣。

這三人正是沈素年、梁珞和劉炎梓。

梁珞這個高興啊！跟炎梓兄站在一塊兒，那是到哪裡都能夠受到萬眾矚目的關注，他很滿意、很開心，果然有學問的人就是不一樣！

「沈娘子，妳真的猜出了一百四十六道燈謎？」梁珞第一百八十次不敢相信地問。這不可能啊，炎梓兄才不過七十八道，這沈娘子難道是比炎梓兄更才華出眾、驚才絕豔？

素年含笑不語，她不好昧著良心說「是的，是我猜出來的」，這是對百度的不尊重，因此只好裝傻。劉炎梓的話也很少，可素年覺得，劉少爺的心情不錯，雖然他平常就是一副溫潤的樣子，嘴角時常含笑，可今天他嘴角的弧度明顯比平常的要大一些。

楊鈺婉的答案寫完了，四十一枚全部有效，負責的人大聲報出了數目，那些大家小姐們立即捧場地發出驚呼。

含羞帶怯地抬起頭，楊鈺婉的目光狀似不經意地掃過文雅男子站的地方，卻發現這人壓根兒沒有注意到自己這裡，而是仍然含笑著聽光鮮男子說話！一個男的說話有什麼好聽的？楊鈺婉抿了抿嘴，再看一旁的清麗女子，不得不說，女子的容貌確實美好，可楊鈺婉怎麼看怎麼覺得她礙眼，那個女的究竟是誰？

燈謎時間結束，這些燈籠並不會撤走，而是要在這裡展出三天，供林縣所有人賞玩，而這次的猜燈謎活動，最後可以爭奪祭拜資格的，共有十名青年才俊，五男五女。

楊鈺婉這時才知道，那位強烈吸引住自己目光的少年，就是那些女子口中熱烈討論著的劉炎梓，楊鈺婉的心臟受到了猛烈的衝擊。在黎州不乏青年才俊對她青睞有加，可楊鈺婉向來是自恃清高的，那些人統統沒有放在眼裡過，即便對方家世再顯赫、家底再豐厚。而劉炎梓……楊鈺婉不著痕跡地打聽了一下，不過只是個秀才而已。可她能看出劉炎梓所蘊含的潛力，此人絕不會甘心束困於一個小縣城，只要有一絲機會，他必會風舉雲搖。

相對劉炎梓讓楊鈺婉心頭小鹿亂撞，沈素年的存在就是另一種心靈激盪了。就是這個女的猜出了一百四十六道燈謎？這不重要，重要的是，為什麼她能跟劉公子站得這麼近?!

十位公子、小姐們被請入了不遠處另一條街上的一座院子裡，這是由林縣做珠寶頭面生意的點翠樓錢老闆提供的場所。

一走進去，饒是楊鈺婉也不禁心生讚嘆。亭台樓榭、奇石曲橋，各色芬芳的鮮花點綴，小橋流水，荷塘蟬鳴，無一不彰顯出這家主人的財大氣粗。就算是小地方，也是有富豪的。楊鈺婉心生不屑，不過是用銀子堆出來的罷了，俗氣得很。

林縣的大家小姐們壓根兒沒有聽說過沈素年，不過，她們打聽事情的能力倒是不錯，很快就知道了這是一位才剛剛搬到林縣的小人物，而且，據說會醫術，劉公子之前的眼疾就是她給治好的。女孩子們眼中開始出現嫌棄，什麼人家的閨女會去學醫術？還是以這個藉口接近劉公子?!她們的眼神充滿了不善。鄉下來的小姑娘，居然也來參加祭月活動？之前猜燈謎一定是碰巧的，或者是劉公子好心指點，讓她取了巧。

小姐們也不管她們的猜測合不合理，私下唾棄得不亦樂乎、同仇敵愾，無形中將素年主僕給孤立起來。

而在她們眼裡從鄉下來的素年主僕，倒是異常鎮定。

小翠現在是知道小姐的意思了，她和巧兒兩人安靜乖巧地跟在素年的身後，對周圍的視線、環境沒有過多的情緒。

素年則是發自內心的淡定，再精巧的園林她也曾見識過，當然不會被眼前的景物震驚，至於那幾個小姑娘們的仇視……跟小女孩有什麼可計較的？

院子的中央有一塊平整的平臺，周圍貼心地用雕花香木隔斷，隔成一間間私密的空間，前面用輕薄的紗簾擋住，既通風透氣，又可以阻隔別人的目光。這些隔間分在平臺的兩側，公子和小姐們各取一邊。

平臺中間放有掛著巨大畫布的畫架、鋪著宣紙的案桌等，看樣子這裡就是接下來比賽的現場了。

素年帶著小翠和巧兒轉身走入了一間隔間，裡面空間還不小，一張圓桌子、幾把雞翅木高背椅，靠近後面有一個架子，上面放置著一個冰盆，架子下面有一個蓮花形銅質小香爐，正幽幽地噴吐著淡淡的煙氣，清爽的荷香讓素年覺得神清氣爽，似乎滯悶的暑氣都消散了一樣。素年由衷地覺得，她們還需繼續努力啊！這裡沒有空調、沒有電扇，還不能穿短袖，她們家也還沒有富裕到可以買冰塊來消暑的地步……素年忽然間又有了動力。

在這裡坐著的，算是林縣比較出色的少男少女了，素年再次感嘆麗朝民風開放，這麼正式的活動，為什麼她能夠往聯誼上聯想？

梁知縣首先站了出來，意思意思地開了個場，然後就退居一旁，讓開地方。

接著，一個穿著紅色官服的胖子站了出來。

這位，就是楊鈺婉的父親，楊府台。看見自己的女兒出現在人群中，楊府台很是欣慰，象徵性地鼓勵了兩句，就落坐在一旁早已準備好的椅子上。身後有美婢打著扇子，楊府台心滿意足。來林縣一趟，是名聲也賺到了，銀子也賺到了，等自己的女兒再給他賺一個才女的名號，那可就圓滿了。

楊鈺婉自然是看到了她爹的眼神，她柔婉地低下頭，心裡卻有些沒底。不管她心裡將沈素年猜測得再怎麼投機取巧，可她仍舊擔心……楊鈺婉環顧了一下，正好見到劉炎梓帶著小廝走進隔間的背影。她從小就對詩詞歌賦有天分，加上自己又感興趣，在書本裡浸淫的時間並不遜於那些書生，怎麼可能會輸給那種不知道來路的野丫頭？且還是在劉公子的面前？楊鈺婉想著，忽然就昂首挺胸起來。

第二十六章　芙蓉顏色

祭月活動第二場，比才情。

有人介紹了一下規則，素年聽著，覺得挺有趣的。說是年年都要比以月亮、中秋為題的詩詞歌賦，今天就別出心裁一下——沒有固定的題目。公子和小姐們當然是分開的，由各自的對手出題，這完全是PK賽制啊！公子和小姐們雖說是分開，但他們的表現所有人都是能看到的，況且究竟誰更有才情，是要另一邊的選手來作決定。也就是說，這幾位閨秀之間互相出題，完了後再由那幾個圍觀的公子來判定她們誰更出色？

素年覺得很有意思，她從前太小看古人了，都是那些小說害的，讓她以為在古代就沒有聰明的人了。可聽聽這規則，弄得很不錯呀！

其實大家也都知道，這幾位千金小姐只是個陪襯，女子再有才，能有才到走科舉出仕嗎？那是絕對不可能的。所以，才女這個名號，只不過是比普通無才便是德的閨秀們稍微好上那麼一點，這些公子才是重頭戲。因此，當然要從他們開始了。

素年安靜地作個合格的觀眾，對面那些公子哥兒嫌氣悶，加上他們又不是女子，早已將紗簾掀起，玩得不亦樂乎。有很沒創新精神，繼續出題詠月的；有另闢蹊徑，要求對方以詩作畫的；有乾脆自己顯擺一番，埋頭揮毫出一幅畫作，要求對方題詞的，不一而足。

素年安靜地看，小翠和巧兒早已在她的要求下坐到了她的身邊，反正又沒有人看得見，不會被人說壞了規矩。錢老闆招待得很周到，有侍女不時地送來茶水、點心和冰碗，架子上的冰盆也時常更換，因此隔間裡的溫度一直保持得很適宜。左右隔間裡，經常會傳來壓抑不住的驚呼，有的是發自內心對對面情況的讚嘆，有的純粹是湊熱鬧。細細碎碎的聲音飄進素年的耳朵裡，裡面包含的名字也就那麼一個——劉炎梓。

好吧，素年也不得不承認，劉炎梓跟他的對手們，似乎確實不在一個層次上。

劉炎梓得到的題目，是讓他題詞，就是那位顯擺自己畫技，花費了大量的時間繪製了一幅水墨青山脂染芙蓉圖的。嬌豔欲滴的芙蓉花背後，襯著濃淡適宜的山水，更有兩隻蜻蜓在花旁活靈活現，確實不錯。

看到水墨芙蓉圖，劉炎梓似乎愣了一愣。素年有種錯覺，她覺得劉炎梓的餘光剛剛掃過了自己的隔間。這是錯覺吧？應該是的。離得那麼遠，別人餘光什麼的，哪就那麼容易捕捉得到？素年端起一旁桌上的茶水，上好的雨前龍井，色澤翠綠，甘醇爽口，正要喝時，素年的動作卻又停住。茶盞裡碧色的茶湯中，自己髮髻上的那朵芙蓉若隱若現……

素年將茶盞放下，忽然又沒有喝茶的興致了。世上那麼多花，為何單單挑芙蓉？桂花才更應景一點呀！芙蓉就芙蓉吧，為何還要不著痕跡地看自己這裡一眼？看就看吧，為何還正好給她發現了？素年覺得，一會兒這些閨秀們的比賽會更加的跌宕起伏、奪人眼球，這都要歸功於劉炎梓公子為自己拉的仇恨。果然，剛剛還窸窸窣窣的隔間裡，這會兒一片安靜。這些小姑娘們的眼睛又不瞎，不只不瞎，那要比素年還敏銳得多啊！

劉炎梓之前那隱約的一瞥，自動在姑娘們的眼裡無限被放大，各種情緒不要錢一樣地往裡面加，然後身體裡發酵出各種負面的情緒，素年感覺自己的小隔間都要被無數眼神給射穿了！她是想著不用低調沒錯，但卻沒打算跟劉炎梓扯在一起啊！

劉公子在林縣的名聲，就好像她第一次去劉府的路上巧兒說的那樣——但凡是個待嫁閨女，都會悄悄地在心裡描繪過的。無妄之災啊……素年撇撇嘴。

那邊，劉炎梓已經開始著手題詞了。

題詞這種事情，事實上是給劉炎梓出了兩道題——

首先，你的字不能醜，不然就是毀了別人的一幅畫；也不能一般般，這樣會完全不出彩。其次，字好看了，內容也不能平淡，必須要符合意境。

素年看過劉炎梓寫字的樣子，也看過他的字，筆鋒強勁，行雲流水，自有一番飄逸大氣之味。劉炎梓那架勢一擺出來，素年身邊又是幾聲抽氣。至於嗎？雖然好看的人做什麼事都好看，但也用不著這麼誇張吧？沒瞧見劉炎梓身側那幾位少爺都滿臉的妒忌嗎？

不過有一位特殊，梁珞，他倒是一絲妒忌都沒有，因為這人自己也覺得炎梓兄不一般，所以完全沒有這種情緒，這會兒，這位知縣公子正殷勤地給劉炎梓磨墨呢！

略一思索，劉炎梓手中的筆便落下，一首詩流暢地書寫了出來——

水邊無數木芙蓉，露染胭脂色未濃。正似美人初醉著，強抬青鏡欲妝慵。

素年心裡咯噔一下。這詩確實很好，將芙蓉花描繪得好似嬌美的美人剛剛微醉，處處透著自在與慵懶，渾然天成。分明是極好的詩，加上劉炎梓的字，那位出題者捧著自己的畫作，十分滿意，臉上已然是佩服的神情。之前因為閨秀中不加掩飾的讚嘆而心生不滿的其餘公子，在看到劉炎梓題的詩以後，也神奇地化解了，改為莫名地理解。可小姑娘們這裡的氣氛，卻是更加壓抑起來。

芙蓉花？美人初醉？小女孩們的想像力是驚人的，更何況，她們還敏銳地發現了一些端倪，立時，素年就感覺自己的隔間又要被眼光給戳穿了。劉炎梓卻好像什麼都沒有發生過一般，走回了自己的隔間裡坐下，表情正派得不行，讓素年想生氣吧，又覺得會不會是冤枉了人家？人家詩做得不錯嘛，用用比喻的手法怎麼了？

公子們的才情對決，由這些閨秀們來給出決定，毫無疑問，劉炎梓勝出，獲得了祭拜月神娘娘的一個名額。

小姐們之間的才藝，向來是很休閒的，或是古琴，或是書法，整天在家裡對著女紅、帳本的，能有什麼才情？也就是意思意思，走個過場而已。

但素年敏感地察覺到空氣中異樣的氣氛，尤其在詢問到第一位姑娘想要給誰出題的時候，人家的視線都不帶轉彎的，直直地盯著自己的隔間。

「小女子聽聞沈姑娘猜中了一百四十六道燈謎，心中佩服不已，想必沈姑娘一定是有大才學的。燈謎不足以讓姑娘展示出全部的才情，剛剛孫公子的那幅水墨芙蓉圖，小女子覺得甚好，剛好沈姑娘的鬢髮上也有一朵水靈靈的芙蓉花，真是巧了呢……」

小姑娘越說越跑題了，更是「不小心」發現了那幅畫和素年的關係，隔間裡陸續傳來壓抑的嬌笑聲。

素年的隔間裡則一絲聲響都沒有，這是事實啊！

「劉公子的這首詩做得極好，小女子從字間彷彿嗅到了芙蓉花的香氣，傾慕不已，沈姑娘，可否請妳也為芙蓉水墨圖題詞一首？」

借刀殺人啊！借刀前還順帶大加讚賞一下劉炎梓。這傾慕不已，傾慕的到底是他做的那首詩還是他這個人，素年就不得而知了。

這位姑娘確實想要刁難素年，她就是不服氣，可奈何自己的學問有限，一時也想不出什麼難題，乾脆就借用那些公子想要刁難劉炎梓的題目來刁難素年。

讓一個女子去題詞，還是在劉炎梓之後？梁珞的臉上流露出了不忍。沈素年這個小娘子，梁珞還是挺欣賞的，雖然對自己的態度一向冷淡，但舉止有禮、待人和善，除了偶爾坑他一下，為人還算不錯。這會兒要在這麼多人面前陷於窘迫，梁珞有些於心不忍。

「炎梓兄，沈娘子能行嗎？」梁珞擔心地詢問劉炎梓。

劉炎梓眉頭微皺，卻沒說話。這確實不容易，可如果是素年……

小翠輕輕地將紗簾掀開，逕自去取了文房四寶，然後拿回隔間。

所有人默不作聲地盯著她的身影看，包括楊鈺婉。

楊鈺婉這會兒心裡狠狠地舒了一口氣，她當然知道這個題目不容易……不，根本就是刁難，就是她，要在這裡瞬間作詩，都是一件難事。很好，都不用她親自動手。不過，楊鈺婉已經在腦海裡想著，如果是自己，她能夠做到什麼程度？

隔間裡，素年看著小翠和巧兒忙著將文房四寶放置好，鋪開雪白的宣紙，胸有成竹。

只要不是絲竹樂器，都沒有問題的！不就是詠芙蓉的詩嗎？自己做當然是不行的，可剽竊，素年的記憶力卻不是問題。
小翠忐忑地給素年磨墨，看到素年嘴邊仍然有笑容，立刻放了心，朝著巧兒使了個眼色後，兩人乖巧地站到一旁。
素年的一手字是照著歐陽詢的字帖練出來的，骨氣勁峭，法度嚴謹，於平正中見險絕，於規矩中見飄逸，端莊秀氣，清雅之至。
外面的人伸長著脖子往裡面看，卻只能瞧見影影綽綽的人影。劉炎梓不動聲色地坐在原地，卻沒發現自己的手指正在一點一點、有節奏地敲擊在椅子的扶手上。
焦躁的情緒在這天氣裡逐漸升溫，小翠掀開紗簾，一股熱浪湧進隔間，讓素年堅定了要賺大錢，以後炎熱時，家裡每個屋子裡都要放上冰盆，不管有沒有人住！
所有人的眼光都集中在小翠手裡捧著的紙張上，她昂首闊步地來到中間的案桌邊，將紙鋪開後，又昂首闊步地走回去，好似一隻得勝的小狐狸。
素年在裡面看著好笑，等她回來了忍不住取笑了她一番，可小翠卻覺得她還不夠囂張。
「小姐您不知道，那些人就是想看您的笑話，太討厭了！」
沒想到沈素年這麼快就做了出來，小姐們不大方便一擁而上，而是矜持地坐在隔間裡。可公子們早已圍了上去，先是被素年的字驚豔了一下，而後就有人將上面的字高聲唸了出來——
「千林掃作一番黃，只有芙蓉獨自芳。喚作拒霜知未稱，看來卻是最宜霜。」
一時間，場面有些寂靜。素年的這首詩，並沒有任何描述芙蓉嬌美的詞語。芙蓉花晚秋始開，霜侵露凌卻丰姿豔麗，占盡深秋風情，故稱「拒霜花」。素年的這首詩，重點是突顯了芙蓉的一番傲骨，嬌美算什麼？芙蓉可不是什麼軟弱的花，它內在的傲然，只有懂花的人才能體會出來。

「好、好！」楊府台不自覺地點頭。走官途的，沒有文盲。楊府台扶著下巴，這首詩所體現出來的韻味，竟然有壓過劉炎梓那首的勢頭。

劉炎梓薄薄的嘴唇微微上揚，臉上似乎有光綻放出來一樣。

那些等著看素年笑話的小姑娘們，注意力立刻被轉移開。劉公子笑了，怎麼笑得如此好看……然後才慢慢反應過來，劉公子絕色的笑顏，彷彿……是因為沈素年的這首詩而展現出來的，這首詩……真有這麼好？

必然是好的，這可是蘇軾的詩，能不好嗎？素年一點都不在乎這些人的反應。抓緊時間吧，她還趕著回家呢，家裡就玄毅一個人，多孤單啊！

素年清潤的聲音隔著紗簾響起。「那麼，我給第二位姑娘出的題很簡單，猜謎。」

第二位姑娘？那些人的目光這才從素年的字上挪開。這第二位姑娘，正是楊府台的三女兒，楊鈺婉。

楊鈺婉在聽到那些人將沈素年的詩唸出來的時候臉就青了，在她的父親說「好」的時候，臉又紫了。這沈素年，果真是有些本事啊……這首詩，楊鈺婉不能昧著良心說亂七八糟，相反地，她就是想挑刺，也挑不出什麼，一口銀牙咬得都幾乎要碎了。本是刁難沈素年的題目，居然讓這個丫頭大放異彩，就連自己的父親都忍不住開口讚賞，而劉炎梓臉上的笑容更是壓根兒沒有去掩飾！現在，沈素年說要給她出個「簡單」的題目——猜謎。竟然是猜謎！這是在諷刺她嗎？是在諷刺她燈謎猜得沒有沈素年多？楊鈺婉手裡的絲帕被她絞成了麻繩，臉色陰得都能滴出水來了，可她不能失態，紗簾的外面，是所有關注著她的人。

「請姑娘賜教。」楊鈺婉慢慢鎮定下來，聲音也恢復了正常。她努力地深呼吸，保持著禮數。只要猜出來就行了，不管如何，只要自己猜出來。這沈素年真是卑鄙，猜謎而已，只有兩個可能，要嘛猜出來，要嘛猜不出來，根本沒有任何可發揮的餘地，卑鄙，太卑鄙了！

素年真沒想這麼多，她趕時間呢，想速戰速決，什麼容易她便出什麼，在她看來，猜謎是最迅速的。

「眼看來到五月中，佳人買紙糊窗櫺，丈夫出門三年整，寄封書信半字空。」素年也不含糊，張口就來，這可是前世快說爛的段子，她就隨手拿來用了。「猜四味中草藥名。」

楊鈺婉傻了，什麼名？不是說好了猜謎的嗎？這沈素年「嘩嘩嘩」一下子說了四句，還要猜中草藥名？誰跟那些東西熟啊？這讓她怎麼猜啊？楊鈺婉感覺氣都喘不上來了，隔間裡的空氣忽然稀薄起來，冰盆完全派不上用場，燥熱和煩躁感一瞬間侵襲了她。

楊鈺婉覺得，如果素年給她出同樣要詠芙蓉的題目，她就算需要的時間會長一些，就算做出來的詩詞會粗糙一些，也不至於像現在這樣，一籌莫展！

她擅長的詩詞歌賦、琴棋書畫裡，並沒有猜謎這種不入流的東西。謎語讓人覺得很小兒科，可就是這種小兒科，楊鈺婉完全沒有辦法！怎麼辦？怎麼辦？楊鈺婉能感覺到周圍的目光都集中到自己的隔間裡，那種無形的壓力讓她額上瞬間出了一層細密的冷汗！

第二十七章　贏得賞銀

不能夠不懂裝懂，這是基本的原則。楊鈺婉迅速在腦子裡理清關鍵，那麼多人看著，要是她胡亂說出一個答案，必然是會被嘲笑的，但是，就算她猜不出答案，也不能那麼輕易地承認了！

「沈姑娘這題目出得極有趣，小女子竟然聞所未聞，林縣這裡果然鍾靈毓秀、地靈人傑。」楊鈺婉的聲音嬌媚可人，柔柔婉婉地先大加讚美了素年的題目。

素年汗顏，猜個謎就鍾靈毓秀、地靈人傑了？

「只是，小女子對中草藥這種……確實不如沈姑娘擅長，所以小女子只得認輸了，呵呵。」楊鈺婉如此乾脆地承認她猜不出來，並且言語裡帶著自嘲，彷彿相當的可惜。

可眾人聽在耳朵裡，就不是那麼回事了。中草藥的名字，在場的這些少爺、小姐們，沒有哪個敢說自己擅長的，楊鈺婉自認不如沈姑娘，言下之意卻是——沈素年怎麼那麼熟悉呢？喔，對了，她可是個醫娘！醫娘是什麼？手藝人，是靠醫術吃飯的，那是什麼身分？

細細碎碎的聲音再次在這個平臺上響起。楊鈺婉抿著嘴，眼裡盡是滿意的神色。很好，這些人也該反應過來了，就算沈素年作得出詩又如何？猜得出謎又怎樣？她的身分就不應該混在他們這些人當中！楊鈺婉認輸了以後就不再出聲，彷彿沒有聽到平臺上的竊竊私語一般，她倒要看看，沈素年還如何能厚得住臉皮待下去！

「眼看來到五月中，應是半夏。佳人買紙糊窗櫺，是為防風。」

這時，從對面的隔間裡，忽然有清亮的嗓音打破了平臺上的氣氛。

劉炎梓微微皺眉，滿臉在思考的樣子，認真專心的模樣一時間又讓眾姑娘們看得愣住。

「丈夫出門三年整，理應當歸。這寄封書信半字空……沈娘子，應該是白芷吧？不知道劉某猜得可對？」以猶疑的語氣將答案說出，劉炎梓滿臉期待的表情，讓他一貫溫潤的面龐竟然顯出幾分可愛來。

「劉公子好才學。」素年語氣溫婉，兩人之間一問一答，很是和諧。

楊鈺婉卻再次崩潰了！這劉公子……這劉公子怎麼這麼……厲害呢？她內心無比的糾結，一方面覺得劉炎梓果然學問淵博，這樣都能猜得出來，另一方面卻又惱怒為什麼劉炎梓在這個時候這麼容易地猜出來！那她之前的那些鋪墊不就失效了嗎？如果沈素年的謎語沒有一個人猜得出，那就不是別人的問題，而是她題目的原因。可現在，劉炎梓將這四個中草藥的名字都說了出來，沈素年也確認是正確的了！

楊府台的臉色有些不大好，他被眾多同僚交口稱讚的女兒，居然這麼爽快地就認輸了？連嘗試一下都不曾，就放棄了？

公子們在心裡稍微想了一下劉炎梓說出的答案，還真是那麼回事，細細想來也覺得並不難，於是一片恍然大悟的氣氛，更有的人覺得素年竟然能說出這樣的謎題，也實屬不易，便開始對素年大加讚賞。

沒人去關注楊鈺婉現在是什麼心情，在紗簾隔著、看不見人表情的情況下，小姐們不需要再虛偽地為了討好而關心安慰，楊鈺婉甚至能夠想像得到那些人臉上嘲諷的笑容！

「哐！」從楊鈺婉所在的隔間裡傳出瓷器碎裂的聲音，將大家的注意力都吸引了過去，半晌，隔間裡有小丫頭惶恐道歉的聲音，似乎是她不小心將茶盞摔在了地上。

「呵，這是惱羞成怒了，還讓個小丫頭來替罪。」某間隔間裡，裝扮得粉嫩端莊的女子輕聲吐出笑語。明眼人都知道，哪是小丫頭失手？一定是楊鈺婉氣不過，怒砸了茶盞。

素年遲遲不見下一位姑娘出題，不禁有些著急。這些人都是閒的，怎麼這麼會磨蹭呢？

而梁珞則湊到劉炎梓身邊。「炎梓兄，你如何對這些中草藥名字這麼熟悉？」

「平日多看多記，自然就能知曉。」劉炎梓回答得雲淡風輕。

鬼才相信呢！梁珞撇撇嘴，他可不認為做學問需要知曉中草藥的名稱。

梁知縣見場面冷了下來，楊府台的面色也不好看，趕緊示意人去提醒她們繼續出題。

後面的姑娘，出的題目都很尋常，以中秋立意彈奏一曲，或是展示一下書法，都很中規中矩，走個流程罷了。

最後詢問公子們獲勝者的時候，所有人的目光自然而然地投向了素年的隔間。

「很好，賞金到手了！」素年暗暗握拳，這才是她最終的目的啊！

楊府台乘興而來，敗興而歸，原指望楊鈺婉給他掙個名頭，可沒想到在黎州吃得開，到了林縣這種小地方卻栽了跟頭，還是在猜謎這種不上檯面的題目上栽了！楊府台可不管題目生不生僻，有人猜出來了，而自己的女兒沒有猜出來，那就是差距！更何況，沈姑娘出的這題，四句話還挺有意思的，這麼一對比，立分高下。

素年拿到了另一個祭拜月神娘娘的名額，心情格外的舒暢，等大家從隔間走出去，從楊鈺婉身邊那個刁難過小翠的丫鬟進而認出楊鈺婉的身分時，則更加的舒暢。自己無意間給小翠報了仇啊，不錯不錯！素年笑意盎然，漂亮的小臉柔和明媚，襯著那朵芙蓉，熠熠生輝。

楊鈺婉的丫鬟也早已經發覺了沈素年主僕，可她不敢跟楊鈺婉說，生怕楊鈺婉認為沈素年出這種題目刁難她是因為自己的關係。

兩名穿著水紅掐腰長裙的婢女捧著兩只托盤，緩緩地走到劉炎梓和素年的身前跪下，托盤上的紅布揭開，上面很高調地放著整整齊齊兩排銀燦燦的小銀錠，旁邊還有一只紫檀木的小匣子。

「哈哈哈哈……兩位，請收下！」梁知縣踱了過來。

劉炎梓他可不陌生，除了梁珞不時地會提起，他自己也關注著。劉炎梓這個少年，梁知縣一直有意交好，他也看得出這個少年不俗的潛力。雖然劉府祖上不曾有達官顯貴，朝中也無人提點，但劉炎梓確實很有才華，一飛沖天也不是不可能的。而沈素年，梁珞在他面前也曾提過，這就是那個曾經落了他們家面子的小醫娘。沒看出來呀，這小醫娘居然能夠勝過楊府台的千金！梁知縣也不知道現在自己心裡是什麼感受？有些氣惱素年如此不識大體，又有些解氣，原來楊府台的才女千金在他們林縣也不算什麼嘛！

小翠和竹溪上前接過托盤，素年和劉炎梓向梁知縣道了謝，並且一個比一個謙虛。

劉炎梓說起客氣話來絕對是不著痕跡，什麼「知縣大人培養得好」這種話都能找機會自然而然地說出來，讓素年心裡無比的震驚，確認此人是個做官的料。

「明日晚上酉時，請兩位到林縣的宗廟來參拜月神娘娘，祈求祂的庇佑。」梁知縣說完便先行離去。知縣每日還是挺忙的，能在這裡花這麼長時間也已經是極限了。

點翠樓錢老闆的這處別院，今日是完全拿出來給這些公子、小姐們使用遊玩的，活動結束後眾人仍舊可以待在這裡。

不過，素年對這個祭月活動的興趣現在已經在小翠的手裡了，這裡風景再優美奇巧，她也沒有繼續觀賞的打算，當即就想要帶著小翠和巧兒離開。

「沈姑娘。」

有人早她一步擋住了她的去路，素年抬起頭，眼睛從楊鈺婉身後低著頭的小丫鬟身上掠過。「楊姑娘。」素年得體地見禮。

楊鈺婉看得出來沈素年的心情很好，但她如何猜得出對方只是因為發現賞金的金額比她預估的要高而已，她只能認為沈素年是因為贏得了這場比試、贏得了所有人心中的「才女」名頭。一想到自己糟糕的表現，楊鈺婉就想上去撕扯素年淡然的笑容。都是她，出的什麼鬼題目，害得自己現在就像個笑話！父親離開前失望的一瞥，讓楊鈺婉的心都涼了。

「楊姑娘，有事嗎？」素年等得不耐煩了，這人喊住自己以後就一直在發呆，臉上青一陣、紫一陣的，好好一個漂亮姑娘愣是有幾分猙獰表情浮現，素年只得開口提醒她。

「沈姑娘的才情出眾，鈺婉甘拜下風。」

「承讓，不過是湊巧而已。」

「沈姑娘出的那道猜謎，真真別具一格，鈺婉饒是自詡飽讀詩書，也無從下手呢！」

「楊姑娘過獎了。」

素年跟楊鈺婉打著太極。楊鈺婉的意思她如何聽不出？不就是嫌她出的謎語什麼玩意兒嗎？她當初只是圖省事，所以隨便用了一個，說出口以後也覺得不妥。這些閨閣裡的姑娘們哪能猜到中草藥名啊？即便它們並不難。幸好劉炎梓以他過人的學識猜出了謎底，不然素年也不大好交代。但現在，素年是一點後悔都沒有了，這姑娘就是楊府台的女兒？就是那個不懂禮貌的丫鬟的主人？早知道她還出什麼猜謎啊，早就「史上最難腦筋急轉彎」伺候了！

素年對楊鈺婉的話一律裝聽不懂，只當是真心誠意地讚美自己，她也照單全收了。

楊鈺婉心裡憤恨，可這麼多人看著呢，她只能將苦水往自己的肚子裡嚥。誰誇她了？讓自己在父親面前、在劉公子面前出醜，誰還有心思誇她啊？不是說才女嗎？才女連自己這些暗諷的話都聽不出來？楊鈺婉更加地恨沈素年了，她知道她在裝傻！

「楊姑娘，如果沒事，請恕素年先行離開了，家裡還有些事務。」素年無視楊鈺婉精彩的面色，帶著小翠和巧兒繞過她，往院子外走。

楊鈺婉臉色鐵青，已沒有心情再掩飾，眼睛盯著沈素年的背，恨不得燒出兩個洞來！

「炎梓兄？」

身後有人叫劉炎梓的名字，楊鈺婉心緒一怔，趕忙用絲帕半遮面，轉過身。站在她身後不遠處的赫然是劉炎梓，而叫住他的，則是梁珞。離這麼近，楊鈺婉更能夠感受得到劉炎梓身上那股溫潤如玉的氣質，一時間心神蕩漾，就那麼直勾勾地盯著他看。

「炎梓兄，你不多留會兒？我跟你說呀，這個院子裡可是有不少好東西的，我之前來過……」梁珞咋咋呼呼地說著，想要挽留劉炎梓。

「下次吧，明日中秋家宴，父親讓我今日早些回去。」劉炎梓的語氣不疾不徐，態度不慍不火。

梁珞看著他一本正經的臉，心中暗想：如果沈素年這會兒沒走，你還會說這些有的沒的？不過梁珞也不拆穿，笑道：「這樣啊！那炎梓兄，明日再見了。」

劉炎梓微笑地點頭，轉身從楊鈺婉的身邊走過。

在這裡的小姐們，誰不希望劉炎梓能夠多待一會兒？這會兒見人都走了，也個個意興闌珊，帶著她們的丫鬟們找舒服的地方歇著去了。

「梁公子、梁公子！」有人來到梁珞身邊。「梁公子啊，剛剛那位沈小姐題的詞，你能不能再給我看一眼？怎麼說也是人家為了我的畫題的。」

梁珞的嘴邊勾起逗弄的笑容，伸手搭在這位公子的肩上。「孫少爺，不是我說啊，你不是全都送給我了嗎？幹麼，還想要回去啊？」

「可、可我又不是主動給的啊……」孫少爺惆悵了，要不是梁珞以知縣公子的身分壓他，他能拱手相讓嗎？

「嘖嘖，你這就不地道了！不是主動的，那也是給了，況且，這會兒也不在我的身上了，你就是想要回去，我也是無能為力呀！」梁珞搖了搖頭。

孫少爺卻是懂了一般，壓低了聲音問：「這麼說……在劉公子身上？」

梁珞讚許地拍了拍他的肩。

孫少爺低下頭，不知道在想些什麼。

「沈姑娘……」

素年三人剛剛踏出院子，就瞧見竹溪匆忙地跑了過來。

「沈姑娘，我家少爺說，這裡離妳們住的地方並不近，妳們三個姑娘家，還帶著這些財物，也不方便，所以想請您坐我們劉家的馬車回去。」竹溪將氣喘勻了，快速地說出來。

素年剛剛還想著讓小翠或巧兒去叫輛馬車呢，沒想到劉炎梓倒是替她們想到了。

「多謝你家少爺，不過，我們也可以僱一輛的，就不麻煩了。」

「怎麼能說麻煩呢？沈娘子對在下有救治之恩，不過舉手之勞而已，沈娘子不會不給我這個面子吧？」

劉炎梓的聲音從身後傳來，素年轉頭看去，只見他帶著微笑，緩緩走近。

「劉公子這是也要離開了？」

「嗯，覺得有些沒意思。」

「我也是這麼覺得的，賞金也拿了，沒有盼頭了。」

劉炎梓微窒，隨即而來的是隱隱的笑意。這個姑娘果然很不一樣，隨隨便便就將真心話說了出來，偏偏還讓人無法反駁，有趣至極。

「劉公子今日心情很好呢？」

劉炎梓沒想到素年會這麼問，他嘴邊的笑容加深。「是，今日能跟沈姑娘一同參與祭月活動，劉某十分高興。」

不是吧？他的高興跟自己有關？素年表示費解，又覺得或許這是古人慣用的客套話，自己在這裡要學的東西果然還有很多啊！

最後，素年沒有拒絕成功，還是乘了劉家的馬車回去。

劉炎梓站在那裡看著她們主僕三人上了車，看著馬車漸行漸遠，嘴角的笑容一直都沒有收起來。

「玄毅！趕緊出來啊！」小翠跳下馬車，在院門口就大聲地叫著。

院門猛地被打開，玄毅滿臉焦急地衝出來，正好看到素年生龍活虎地從車上往下跳的場景。不是小姐出事了？玄毅呆在當場，那幹麼在門口叫得那麼慘烈啊？

「快點快點！跟我上車將銀子拿下來，太重了！」小翠湊到玄毅身邊，將他往車上推。

什麼太重了？玄毅覺得自己的耳朵似乎有些問題了，聽什麼都像「銀子」似的，要不……一會兒找小姐扎幾針？

看見玄毅沒反應，小翠急了。「快點啊！車上有一盤銀子，我和巧兒輪著抱了一會兒，手痠了拿不動了，你去拿下來！」

玄毅又再次聽到「銀子」兩個字，被小翠扯著，幽魂一樣地一步跨上去，掀開簾子，就看見巧兒苦著一張臉，懷裡抱著一個托盤，上面蓋著紅色的布。

目送劉家的馬車離開後，玄毅繼續茫然。手裡的托盤剛剛他稍微瞥了一眼，白花花的，刺眼睛。她們不是去參加什麼活動了嗎？怎麼回來弄了這麼多銀子？這要怎麼處理？放哪兒？他沒有經驗啊！

素年走進院子，玄毅就端著托盤亦步亦趨地跟在她後面，小翠和巧兒則將院門鎖好，幾人一起走進了後院。

擱在石桌上的托盤，將紅布掀開後，碼得整整齊齊的兩排銀子顯露出來，異常的可愛。

「點一點收起來。」素年招呼小翠和巧兒，自己則拿起一旁的那只紫檀小匣子。

小翠一邊點，一邊以嚴肅鄭重的表情囑咐玄毅。「我們的身家你可都看到了，責任重大，還望楚大哥盡心盡力。」

楚玄毅神遊還沒有回來呢，居然順著她的意思點了點頭，然後才反應過來，一聲不吭地轉身離開，去了前院。

手裡的這只小匣子似乎挺沈的，素年臉上的笑意一點一點地凝聚起來，她有一種很好的預感，這裡面的東西應該也挺值錢的！

第二十八章　月神娘娘

慢慢地將匣子打開，一陣金碧輝煌的光芒閃現，讓素年都不敢直視。這是一套赤金紅寶石頭面，紅寶石雖不大，但每顆也有小拇指那麼大，而且是一整套，價值不菲。

巧兒看得眼珠子都要瞪出來了。

素年也沒有想到，這小匣子裡居然有這麼一套頭面。那劉炎梓的那只裡裝的是什麼？總不可能也是一樣的頭面吧？

「小姐，這真好看……」小翠看著那套金燦燦的頭面，語氣中帶著感嘆。

素年今日去參加祭月活動，只戴了一朵水靈靈的芙蓉花，並不是因為這朵花更襯她的氣質，實在是，素年並沒有任何首飾能戴得出門。她們本來的日子根本就不可能有這些妝點自己的金貴飾物，等後來有錢了，小翠幾次三番地提醒素年至少打一套頭面，可素年卻一直都沒有這麼做。素年不是為了省錢，是她覺得沒意義啊！她一個小人物，整天大門不出、二門不邁的，偶爾出去一趟出診，總不能穿金戴銀地去給人治病吧？所以素年一直都沒有買。

今日的祭月活動，小翠給她梳好了頭之後幾乎愁死，這種活動，想想也知道就是這些姑娘們爭奇鬥豔的時刻，素年總不能就這樣出去吧？倒是巧兒，不聲不響地出去，採了幾朵芙蓉回來，才算解了燃眉之急。

「是啊，是挺好看的。」素年笑笑，朝著小翠搖了搖匣子。「這下妳小姐我總算有戴得出去的首飾了吧？」

小翠「噗哧」一笑，將頭低下來。漸漸地，她們都長大了，今日在錢老闆的別院中，那些對劉炎梓讚美不已的話，小翠都能讀懂裡面的意思。小姐再過三年，也該是要到說人家的時候了，可……

「門外有劉府的小廝求見。」玄毅出現在院子外。

劉府小廝？素年皺了皺眉，讓玄毅將人帶進來。

「沈娘子，我家少爺讓我來傳個話。」進來的正是竹溪。

素年覺得奇怪，剛剛在別院時他們才道別，有話那時怎麼不說，還特意多跑一趟？

「我家少爺說，沈娘子剛來林縣不久，可能並不清楚祭拜的規矩，所以趕緊又讓我再跑一趟。不知沈娘子看了沒有，那只匣子裡面的頭面，明日祭拜的時候是需要戴上的，請沈娘子千萬記得。」竹溪噼哩啪啦地趕緊將話帶到，然後又急匆匆地要趕回去。

「替我多謝劉公子。」素年很感激地道謝。巧兒趕緊捧出一碗消暑解渴的涼茶，端到竹溪的面前。「辛苦小哥了，還勞煩你來回跑，趕緊喝點涼茶歇一歇。」

竹溪也是真渴壞了，端起碗「咕咚咕咚」地一氣喝完，頓時感覺涼意從腳底升起。將茶碗遞還給巧兒，竹溪客氣地跟素年告辭，說是他家少爺還等著他答話呢！

竹溪走後，素年早已是一貫懶散的狀態。

小翠和巧兒這段時間一人給她做了一套衣服，為了投其所好，兩個小丫頭在動手之前很誠懇地徵求了一下素年的意見，素年居然不客氣地真的有不少要求，等她提完了要求，兩個小丫頭都凌亂了。如果按照素年的想法做出來，那衣服得長什麼樣？可這又是小姐要求的……於是小翠和巧兒一商量，那就取折中的辦法，小翠按照素年的要求做，而巧兒則做一套她們原先就想好的。今日參加祭月活動的那套衣服，就是巧兒給她做的，素雅大方；而素年此刻身上這一套，則出自小翠之手。

寬鬆柔軟的家居服，按照素年的想法，繡了一隻大嘴猴的圖樣，周圍還有好幾顆愛心，素年看著十分喜愛。玄毅第一次看到的時候，那副頭痛欲裂的神情，素年現在都還記得，可真的是很舒服啊，現在只要在家裡，她都會換上。

小翠看素年是真心喜歡，即便自己無法欣賞，卻也已經在著手做第二套了。

「小姐，我瞧著劉公子對您可真好。」小翠從竹溪離開之後就一副欲言又止的樣子，最後終於憋不住，蹭到素年身邊，狀似隨意地說。

「是嗎？我也是這麼覺得的。」

小翠呆住。不對啊，一般不是應該不管怎麼樣都得先否認的嗎？她腦子裡已經想好了一堆「證據」要說給小姐聽，小姐怎麼就這麼承認了呢？

「妳說，這劉炎梓可真是個好人，不過給他治療了眼疾，就一直都很照顧我，不愧是飽讀詩書的！」素年沒什麼形象地蹺著二郎腿。「我是不是明日見到他之後，除了感謝他之外，再預祝他鄉試成功？」

這次不光小翠凌亂了，連巧兒都聽不下去了。

「小姐……劉公子已經考完鄉試了……」

「考過了？」素年一下子從椅子上坐起來。「什麼時候的事？我怎麼不知道？」

小翠都無奈了，雖然自己是小姐的丫鬟，可她怎麼覺得劉公子有些可憐呢？

「前些日子，劉府不是沒有派人來接我們去複診嗎？您還讓玄毅特意去問一下的呢，您忘了？」

「沒忘啊！不會就那時候吧？」素年是真沒有往那上面想，不過鄉試什麼時候開考、什麼時候放榜，她似乎一點概念都沒有。考過就考過吧，雖然之前沒有來得及祝福，等著之後祝賀也是一樣的。素年心安理得地躺回椅子上，沒心沒肺地繼續舉著一本雜書看。

小翠再一次覺得劉公子有些可憐，之前想跟小姐說的話，這會兒也說不出口了。小姐瞧著一點兒都沒有將劉公子放在心上的樣子，她這個做丫鬟的還是不要多嘴的好。

第二日，祭拜活動在傍晚。若不是這些銀子和首飾的價值超出了她的想像，素年壓根兒都不想去。

像是知道素年的猶豫一般，下午時間還不到，劉家的馬車就出現在槐樹胡同。

素年聽著玄毅的稟報，默默地站起來，讓一直碎碎唸的小翠開始更衣。

小翠長出一口氣，做人丫鬟真不容易，人家的丫鬟要小心受氣排擠，她們倒好，是需要鬥智鬥勇的。

巧兒趕緊將衣服捧出來，伺候素年換上。

小翠特意給素年梳了個精緻的髮髻，將髮釵、步搖小心地插上去。

向後退兩步，小翠歡喜得差點要哭出來。小姐可真好看，比任何人家的小姐都要好看！未施脂粉的臉素淨清爽，透著小女兒應有的粉嫩和通透，在屋子裡看已經瑩白如玉，要是走到陽光下，那必然是瑩潤到幾乎透明。小翠的眼神又落到素年的手上，同樣瑩白纖細的手，還沒有完全長大，這一雙羊脂般柔嫩的細白小手卻沒有被珍惜保護起來，而是經常跟那些銀針打交道……小翠趕忙挪開視線，小姐的手背細膩光滑，可只有她和巧兒知道，小姐右手指肚上的肌膚比其他的地方要粗糙得多，那是經常撚轉銀針、練習扎針所留下的。

「小姐，我去準備一下。」小翠低著頭匆匆離開屋子。

素年怔怔地看著她的背影。準備什麼？她今天就是打算去混混而已，有什麼可準備的？

巧兒卻在小翠離開的時候瞥見了她眼角的水光。她上前將素年扶起，稱讚道：「小姐今天可太漂亮了！」

「原來我平常不漂亮啊？」

「……巧兒不是這個意思。」

「明白的，我明白的，可惜我不是劉公子啊，穿什麼都好看。」

「小姐！」

門口，劉家馬車上的管家都要急死了。他們少爺今兒要他將沈娘子安全地送到宗廟，可管家這會兒不大清楚，如果過了時辰，那還能稱為安全嗎？

「小哥，麻煩你再幫我催一下，祭拜就快要開始了，沈娘子怎麼還不出來？」

玄毅的目光飄過去。「遲了？」

「呃……還沒有，不過……」

「沒遲不就行了？」顯然玄毅也對這個祭拜活動沒有太大的誠心。

「來了來了，勞煩吳管家走這一趟！」小翠是認得吳管家的，從院門一踏出來就抱歉地跟他打招呼。

吳管家的面色好了許多。「小翠姑娘客氣了。沈娘子呢？趕緊上車吧！」

小翠讓開身，巧兒扶著素年從裡面緩緩走出來。

吳管家的眼光落到素年的身上後，立刻就停住了，彷彿連時間都停了那麼一瞬，他才緩緩地躬下身。「給沈娘子請安。」

少爺的眼光，真是太毒了。吳管家坐在馬車前面，腦子裡還回想著剛剛見到沈素年時的情景。沈素年他不是第一次見，之前也來接過沈娘子去劉府，只覺得是個挺讓人舒心的小娘子，不驕不躁、不卑不亢，跟她的兩個丫鬟都挺讓人欣賞的，小小年紀卻一點都不會讓人看輕。吳管家以為少爺是因為這個才對沈素年另眼相看的，可今日他才發現，自己似乎想得太深刻了。那就是個絕色的美人胚子啊！從前沈素年每回來劉府，不施脂粉不說，連一件首飾也沒見她戴過，衣服更是尋常無奇，再加上她刻意低調的態度，自己竟然沒有看出來，還是少爺厲害啊！自己都一把年紀了，竟然都能被沈素年盛裝的樣子給驚豔到，可想而知，等沈小娘子再過那麼個三、五年，會是怎樣一番驚為天人的模樣？

林縣的宗廟離槐樹胡同有些遠，素年覺得馬車走了很久，速度卻漸漸慢了下來。

「吳管家，怎麼回事？」小翠一邊問，一邊將簾子掀開一點點。吳管家還沒有開口說話，小翠就又退了回來。「小姐，外面人好多啊……」

素年想著也是這麼回事，林縣的中秋節似乎是一個非常盛大的節日，有這麼多人來看祭拜也是正常的。「要不，我們下車步行吧，這樣會不會稍微快些？」

吳管家聽到了素年的建議，當機立斷地否決。「沈娘子稍安勿躁，我們很快就能到的。」開玩笑，要是在這裡讓素年主僕下車，少爺知道了還不將他給撕了？

吳管家振奮精神，大聲吆喝起來，駕著馬車在人群中穿梭。宗廟是官府建造出來的，規模和氣勢非一般民間的廟宇能相比，吳管家駕著馬車到達時，他的衣衫已經被汗水浸透了。

宗廟前有縣衙的衙役在維持著秩序，圍觀的民眾只能在兩旁伸著脖子往裡面看。

祭拜的時辰快要到了，梁知縣原還在煩躁沈素年怎麼還不到，卻在看到吳管家狼狽的樣子時，火氣有些發不出來。看樣子吳管家也是在盡力趕路了，這人多他還真沒辦法。

劉炎梓站在梁知縣的身後，不遠處楊府台和楊鈺婉也在那裡，他們的身分可不是那種圍觀民眾能比的，早一步被請進了宗廟好生招待著。

楊鈺婉今日要低調得多，溫婉柔雅地站在父親的身後，一副大家閨秀的風範，只是眼角餘光還是會不時地關注著劉炎梓的一舉一動。

小翠從馬車上跳下來，巧兒也鑽出來，輕輕掀開簾子。

素年低著頭從車廂裡走出來，踩著小杌凳，姿態優雅地走下馬車，鬢旁的步搖輕輕地晃動。站定，抬眼，素年端莊地尋找到知縣所在的位置後，輕柔的笑意浮現，慢慢地走過去。

原本有些嘈雜的宗廟周圍安靜了下來，素年緩慢的步伐一步一步，如同踩在眾人的心上，嬌美的面龐清雅柔嫩，晃進了不少人的心裡。

「讓大家久等了，小女子惶恐。」素年微微蹲身行禮，為她的遲來表示歉意。

「不礙事，左右時辰還沒有到，算不上遲。」劉炎梓眼中的驚豔一閃而逝，溫言為她解圍。

素年這才發現，劉炎梓頭上的束髮，竟然跟自己的釵環如此相似，赤金鑲紅寶石，一個款式的？

素年在這裡疑惑著，林縣其他閨秀小姐們心裡卻泛著難言的酸澀。昨日的燈謎也好、才情也好，讓她們認識了這個剛來林縣不久的沈素年，她們心裡不服氣，並有深深的優越感，那沈素年算個什麼東西？真真樸素到貧寒，跟她們都不是一個層次的，保不齊就是為了那些賞金才參加活動的！可是現在，沈素年只是稍加妝扮一下，站在劉公子的身邊，竟然讓她們產生了金童玉女的感覺！特別是劉炎梓眼中的盈盈笑意，無不刺激著每一位少女的心。

「婉兒？」楊府台忽然注意到女兒臉上不正常的慘白，想著楊鈺婉昨晚跟他請罪，說是身體不舒服，現在看來，果真是這麼一回事。「婉兒，是不是又不舒服了？那就不要硬撐，先回去休息吧？」楊府台還是心疼女兒的，更是覺得自己的女兒不可能比林縣的任何人差，這會兒知道了理由，心裡舒服了許多，對女兒的疼愛絲毫不見少。

「爹爹，不礙事的，女兒能堅持得住。」楊鈺婉低聲地說。

一旁的丫鬟彩月從楊鈺婉的背後盯著她用力到泛白的指尖。

「爹爹，女兒確實覺得不大舒服，不過，女兒聽說那位沈娘子可是有名的大夫，女兒想，一會兒祭拜過後，能不能請沈娘子來為女兒診治一下？」楊鈺婉微微低頭之後，終於在劉炎梓側頭一笑的時候下定了決心，以略帶虛弱的語氣徵求父親的意見。

楊府台愣了愣，眉頭微皺。大夫？怎麼可能？這個跟楊鈺婉差不多年歲的小姑娘，能是大夫？

「爹爹，是真的，劉炎梓劉公子之前的眼疾就是沈娘子給治好的。」楊鈺婉生怕父親不信，趕緊補充道。

「若果然如此，那這位沈娘子確實是個奇娘子。」楊府台輕輕點頭，眼中竟全是讚賞。

「爹……」楊鈺婉趕緊又喚了一聲，她可不是為了讓父親稱讚沈素年的。

「知道了，一會兒祭拜完成，我去說一聲。」楊府台拗不過女兒，點頭答應下來。

楊鈺婉「虛弱」地靠在丫鬟身上，看著素年的方向，彎了彎嘴角。有什麼好得意的？光是一個大夫的身分，就足以讓所有人看清妳的地位！

祭拜的儀式比素年想像中要更加繁瑣，她不止一次後悔沒有意志堅定地死賴在家裡！像個木偶一般地跟隨著祭拜的隊伍，人家怎麼做她便怎麼做，最後，她和劉炎梓兩人雙雙跪在了月神娘娘的神像面前。很奇怪，麗朝的宗廟裡，竟然會有月神娘娘這種神像，雕刻得精美神聖，慈祥的臉上似乎有聖潔的光輝散發出來。素年跪在那裡，忽然心裡就一陣悵然。

麗朝的人崇信月神娘娘能夠給他們帶來富足安康的生活，能夠保佑家人康健平安，她隨著指示慢慢地叩首，額頭碰到柔軟的蒲團上。

月神娘娘在上，請您保佑小女子前世的父母不再悲傷，他們的女兒在這一世裡會認真珍惜地好好活下去。他們教會了我什麼是感恩，教會了我生命的意義，我會銘記在心，感謝他們不放棄地精心呵護之情。如果有下輩子，小女子願繼續做他們的女兒，承歡膝下，報答他們的恩情。

三次叩首後，素年眼裡一片酸澀，澄清的眼睛裡有水光溢出。她雙手合十，虔誠地望著月神娘娘慈愛的臉，然後垂下頭，在心裡祈禱。

再抬起頭時，素年已經恢復了平靜，平靜到劉炎梓幾乎以為自己看錯了。剛剛那一瞬間，眼裡濕潤的素年是自己從未見過的軟弱，可又是一瞬間，她便已經完全收拾好情緒，鎮定自若地從地上站起身，只是眼睛看著似乎比平日裡更加的堅定。

「給月神娘娘上的首炷香，是出了名的靈驗，你們二人許下的心願，必然會被實現的！」梁知縣笑呵呵地看著沈素年和劉炎梓。

兩人再次見禮，感謝梁知縣能給他們這個機會。

第二十九章 銀針問診

宗廟在素年和劉炎梓祭拜完以後重新開放，民眾們可以排隊來進香，在這種日子給月神娘娘上一炷香，保佑全家喜樂安康，是很重要的事。

素年覺得自己任務完成了，長時間不戴任何首飾，現在只是多插了兩支髮釵步搖而已，她居然會覺得脖子痠痛。那些整天將自己的腦袋插成孔雀的貴婦，絕對個個頸椎都有問題啊！素年想想都覺著可怕。

「沈娘子請留步。」

素年正打算低調退場的時候，楊府台穩步走了過來，將她叫住。

素年低身行禮，不知所為何事。

「沈娘子，是這樣的，小女從昨日開始身體就有些不適，聽聞沈娘子醫術了得，不知可否為小女診治一二？」楊府台也是無奈，他剛剛打算為楊鈺婉請別的大夫來瞧瞧，畢竟是這種場合，當眾請沈素年來瞧病不大合適。再說了，他也信不過沈素年的醫術，一個小丫頭，談什麼醫術？然而，楊鈺婉也不知道為什麼，就是不願意，非要這個沈素年不可，說是相信她的醫術。楊府台看女兒似乎病情嚴重了，開始不時地咳嗽，這才下決心開口。

素年周圍忽然一片寂靜，那些普通人的熱鬧似乎都沒有傳過來。她身邊圍著的都是非富即貴的小姐、公子們，這會兒都有些瞠目結舌。

小翠更是咬緊了牙，果然做官的都不是個好東西！這什麼場合？居然就這樣想請小姐看病？他們憑什麼?!

楊鈺婉「柔弱」地倚在彩月的身上，手裡的絲帕微微舉在唇邊，像要掩飾自己的病態一般，只有她自己知道，她是怕嘴邊的笑容暴露出來。這下你們看清楚了吧？沈素年不過是一個會治病的小醫娘而已，她憑什麼受萬眾矚目去祭拜？憑什麼堂而皇之地站在劉公子旁邊？憑什麼讓其他人露出羨慕的眼光？醫娘？真是笑死人了！低賤的身分還不自知，那就讓她來幫助大家認識認識！

劉炎梓的臉色有些冰寒。「楊府台，林縣醫館裡有不少好大夫，不妨去請他們來為令千金診斷。」

「喔？這麼說，沈娘子老夫還請不動了？」楊府台的臉色也開始不好了。請不請是他的事情，但還沒有人敢這麼當眾駁他的面子！

「承蒙府台大人看重，小女子就斗膽了。」眼見劉炎梓還要開口，素年趕忙在他之前應承下來。這是府台大人，劉炎梓想要走科舉出仕，這種官可得罪不得。素年轉過頭，笑盈盈地看向楊府台，眼中沒有絲毫不甘。

楊府台心裡的那點火氣，頓時又消了下去。

素年的眼光轉向楊鈺婉。「令千金瞧著確有些不爽利，府台大人可能不知道，小女子擅長針灸之術，令千金的病……恐怕還得要盡早治療。」

楊府台看著素年沈穩的態度，一時間竟然有些相信了，當即使人將楊鈺婉領到宗廟後面的廂房。「還請沈娘子費心了。」

沈素年溫婉行禮，一面讓巧兒回去取針灸包，一面慢慢地也往廂房的方向走。

周圍詭異的靜謐一直沒有消散的趨勢，那些人不可思議的眼神在沈素年的背影完全消失之後都沒能收回來。主要是沈素年太淡定了，既沒有出現窘迫難堪，又沒有假裝鎮定勉強，他們不知道自己是不是還應該繼續嘲笑，這真是個困難的決定。

劉炎梓抿著唇，轉頭讓吳管家送巧兒回去，他卻不急著走，悠閒自得地在宗廟周圍找了個落腳的地方休息下來。

小翠跟在素年的身後，滿臉的不忿，她做不到像小姐那麼豁達，這個楊府台分明就是故意的！想要找小姐看病，不會悄悄私下裡請嗎？非要在這種時候、這種場合開口？

素年走得很慢，卻也來到了楊鈺婉歇腳的廂房。

在門口候著的彩月，臉上的笑容收都收不住，趾高氣揚地拉開了房門。

素年就奇怪了，給自己開個門而已，有什麼好得意的？

屋裡只有楊鈺婉一個人，坐在桌邊舉著一只茶盞，看到沈素年進來，她嘴角的笑意加深，根本沒有動，只是抬了抬下巴，示意素年過去。

「楊姑娘，您哪兒不舒服？」素年也站著沒動，客氣地詢問她的症狀。

楊鈺婉嗤笑出聲。「沈姑娘不是大夫嗎？我哪兒不舒服，該問妳呀！」

「可我總得知道症狀吧？」素年一直保持著笑容，並沒有因為楊鈺婉的態度有所改變。

「頭疼、心慌。沈姑娘，我可是知道妳給劉公子治好了眼疾，我的身子，就拜託妳了。」楊鈺婉勾著嘴角，有些陰陽怪氣。

「那是自然。」

楊鈺婉有些氣結，這人怎麼還能笑得出來？她以後在林縣可是一點地位都不會有的，她就這麼能沈得住氣？沈素年帶著丫鬟站在窗邊，她說了要等工具，楊鈺婉也不催，反正自己的目的已經達到了。她打定了主意，不管素年怎麼醫治她，她都不會說感覺好些了，她不僅要沈素年在眾人面前失了面子，更要讓她連醫娘都當不下去！

楊府台特意前來詢問情況，只見楊鈺婉「虛弱」地靠在床上。

素年笑著向楊府台表示沒什麼大礙，心慌、頭疼，可能是一時貪涼，受了風寒，扎幾針再開些藥即可。

「扎針?!」楊鈺婉聽到素年的話，忽然坐了起來。扎什麼針？不是診斷一下、開個藥方就行了嗎？

「楊姑娘有所不知，小女子擅長針灸之術，不敢說針到病除，但確實是極有效的。喔，對了，劉炎梓劉公子的眼疾就是用針灸之術治好的。楊姑娘既然這麼信任小女子，小女子自然不敢辜負了妳的厚愛。」

「那就拜託沈娘子了。」楊府台剛剛讓人打聽了一下，知道素年說的確實是實情。

「爹爹……」楊鈺婉驚恐了，什麼針灸？她不要針灸！

「婉兒放心，爹爹就在這裡陪妳。妳既然堅持要沈娘子醫治，就應該放下心來。」楊府台以為女兒擔心自己的病情，好言好語地安撫著。

素年無比的省心，她本來就打算讓楊府台留在這裡的，理由都想好了，結果人家十分有自覺，自己就留下了。

楊鈺婉如同吞嚥了一隻蟲子，誰信任她的醫術了？自己是想要她丟臉而已！為什麼偏偏是針灸之術？這沈素年不是故意的吧？可她又不能直說，是自己跟父親軟磨硬泡，非要沈素年來給自己診治的，還以她的醫術為理由，現在要是自己推翻自己，就算父親再疼愛她，想必也是會惱怒的吧？

巧兒的動作很快，額上一層汗水，小臉熱得紅撲撲的，將針灸包交到素年的手裡後，有些忐忑地站在她身後。

針灸包鋪開，裡面一根根毫針閃著銀光，看在楊鈺婉眼裡實在寒涼恐怖。

「楊姑娘請放心，不過幾針而已，算不得大事。」

楊鈺婉怎麼可能放心！沈素年漫不經心地挑選銀針，不知道她是不是故意的，竟特意選了一根極長的拿在手裡，那根針，怎麼看怎麼有可能將自己整個頭都扎穿！她下意識地往床裡退。

素年有些無奈地求助於楊府台。

「婉兒。」楊府台微微皺眉，像是不滿她身為府台之女而做出的舉動。

楊鈺婉一怔，定了定心神，身子又坐了回來。

「沒事的，不怕啊！」

素年的口氣像在哄孩童一般，讓楊府台聽得莞爾。

可楊鈺婉卻覺得自己緊抓著被子的指尖在顫抖，因為沈素年她面對著自己的臉上，是甜美到瘆人的笑容！楊鈺婉看見素年撚著銀針的手就要往自己的頭上扎，還是沒有忍住，驚呼一聲躲開了。

素年嘆了口氣，口氣似乎有些無奈。「府台大人，或許，您還是另請高明吧？」

楊府台的臉黑了下來，婉兒這次來林縣有些失了水準，才學如是，修養亦如是。「婉兒，妳要為父重新去請大夫來嗎？」楊府台的聲音冰冷，他之前不是沒有跟楊鈺婉提過這個建議，是她堅持不肯。即便是自己的女兒，這樣三番兩次地讓自己為了她改變主意，楊府台也覺得很不滿。

楊鈺婉的牙齒咬住嘴唇，嬌嫩的唇瓣已失了鮮豔，慘白一片，她聽見自己的聲音木然地響起。「讓爹爹擔心了，婉兒剛剛只是沒做好準備。」然後她的視線轉向沈素年。「還請沈娘子費心。」

這才是府台之女該有的態度！楊府台滿意地點點頭，仍然站在一旁。

素年也不嫌棄他擋光礙事，再次舉起手中的銀針。

「府台大人，令千金的症狀是風寒所致，此時雖並無明顯的症狀出現，卻已出現心慌、頭疼，故我會取太陽、印堂，加之百會穴，能較好地緩解症狀。」素年下手前，先跟楊府台交代一下。她取的穴都是普通治療風寒的穴位，反正楊鈺婉壓根兒沒事，隨便扎扎就好。

楊府台雖聽不確切，但還是瞭解似地點點頭，示意她可以開始了。

楊鈺婉渾身都緊繃著，等待著預期之中的疼痛。沒讓她失望，沈素年的銀針一扎下去，那種刺痛差點沒讓她跳起來。

素年早知道會如此，身體僵得跟木頭一樣，銀針能扎下去已經不錯了。

楊鈺婉緊閉著雙眼，手中的錦帕都要給她摳出個洞來了，心裡所有惡毒的話在輪番著詛咒。這個賤人，這個賤人！

素年這次扎針扎得相當愉快，緊繃的肌肉剛好可以給她練習一下手法，平日可都找不到真人做實驗的，而且她每扎一個穴位都會跟楊府台報備一下，意思是如果不信任她的話，大可以去醫館找別的大夫驗證，這種謹慎的態度讓楊府台很滿意。

頭上和四肢都扎著幾根銀針，沈素年說需要留針一段時間。楊府台很客氣地請沈素年坐下喝茶等著，並沒有注意到自己女兒悔得幾要滴血的表情。

「行了，老夫先離開了，沈娘子的醫術我瞧著還是很不錯的，婉兒就拜託妳了。」有小廝進來在楊府台耳邊低語了兩句後，他便起身跟沈素年打招呼，然後走了出去。

楊府台一離開，楊鈺婉的眼睛立刻就睜開來，裡面像是要噴出火來，可她又擔心自己頭上的這幾根銀針，那酸脹的感覺讓她非常的難受，特別是這針還是沈素年扎下去的。楊鈺婉有心將它們都拔出來扔掉，又害怕會不會出什麼問題，只得用眼神惡毒地瞪著沈素年。

「我要是妳，就閉著眼睛休息，不然一會兒出現什麼不適，怪不得我。」素年完全不理睬她，捧著茶盞喝得愜意。

楊鈺婉心裡那個悲憤，又不得不將眼睛閉起來。

時間一到，素年去將銀針一根根起出來，然後笑著問道：「楊姑娘，可有好些？」

楊鈺婉氣得腦仁當真開始疼痛了，剛想開口，就聽見素年繼續說——

「楊姑娘可能不知道，針灸之術講究療程，也就是說，有時不是一次就可以好轉的，若是症狀沒有緩解，之後的幾天，還需持續針灸方可有效。」

「……」楊鈺婉到了嘴邊的話又吞回去了，她在考慮是不是有必要為了抹黑沈素年而讓自己的身體吃那麼大的苦……剛剛的疼痛和折磨讓她立刻作出了決定！「好多了。」

「是嗎？那就好。」素年笑了笑，收拾收拾就打算離開。

「妳別以為妳就能夠得意了！」

素年轉過頭，看著楊鈺婉泛紅的眼眶。

「不過一個醫娘而已，妳有什麼資格站在所有人的面前？妳以為用謎語難住了我，用不入流的手段獲得祭拜的資格就有用了嗎？到頭來，還不是要低三下四地給我治病？」

素年嘆了口氣，說實話，她不是很理解這些半大的小姑娘心裡在想些什麼，她的靈魂是個成熟的女子，讓她去揣摩著實為難了些。這小姑娘是從自己出了謎語開始就記恨起自己了？要不要這麼小心眼？「妳說得對，我只是個醫娘而已，而且拜妳所賜，現在有不少人都知道了我的身分。能夠讓府台大人親自請來治病，我很榮幸，想必以後來找我治病的人應該會更多才對，我還得謝謝妳呢！」素年這番話說得真心誠意，她就是這麼想的。她要身分能吃嗎？能養活自己和丫鬟、護院嗎？那都是浮雲，什麼都比不上真金白銀來得真實可靠。

原本素年還覺得自己一個小丫頭，靠醫術為生可能要再等個三、五年，沒想到讓楊鈺婉這麼一鬧，倒是無形間替自己宣傳了出去。

楊鈺婉呆愣著坐在床上，甚至將之前的那些疼痛都給忘記了。沈素年一定是在硬撐，一定是的！她回到家裡後肯定會痛哭流涕，後悔之前不應該得罪了自己才是！可楊鈺婉看著沈素年輕柔的笑容，心裡又開始有些不確定了。怎麼會這樣？為什麼她看起來一點都不介意的樣子？那自己做的這些又有什麼意義？

在沈素年出門之前，楊鈺婉攥著身下的錦墊，壓低了聲音喊道：「別讓我再看見妳！」

素年回眸，給了她一個意味深長的笑容後，消失在門口。

哐！屋子裡傳來重物落地的聲音。素年搖了搖頭，這次不知道是什麼東西被小姑娘給砸了，脾氣可真不好。

「小姐，您真的一點都不生氣嗎？」小翠和巧兒不明白，慢慢地跟在素年身邊。

「有什麼好生氣的？我還挺高興的。」

「可是、可是這麼一來，大家都知道您是醫娘了，醫娘……」

「醫娘怎麼了？小翠啊，我們要這麼想，楊姑娘想要大家知道我醫娘的身分，是為了讓那些人看低我，可我本來就不需要他們的高看，所以根本沒什麼關係。而且託她的福，以後上門來找我看病的人說不定會多起來呢！」

可，那終究不是什麼值得驕傲的身分……小翠沒有說出口，但她還是希望小姐能受到所有人的尊重，今天小姐出現在眾人面前時，那份端莊尊貴，看得她內心無比的驕傲……

第三十章 升職管家

素年出門時遇上了楊府台，跟他說了一下楊鈺婉的狀況，並開了一副藥方給他。「楊姑娘說已經好了許多，只要照這個藥方喝藥，不出三日定可以恢復正常，還望府台大人悉心照料。」

「多謝沈小娘子。」楊府台接過藥方，覺得甚是神奇。小小一個丫頭竟然真的會看病開藥，待人接物也一派大家風範，雖然只是個醫娘，的確讓人另眼相看。

出了宗廟，還沒走多遠呢，素年就發現不遠處站著一個熟人，劉炎梓。他站在自己的對面，淡淡地笑著。

「劉公子這是……」

「等妳。」

劉炎梓實話實說，讓素年一陣心虛。這廝不會真看上自己了吧？雖然自己今天是挺秀色可餐的，可她還是個孩子啊！古代人都這麼成熟？

「楊姑娘的身體如何？」

素年笑笑。「並無大礙。」劉炎梓走在素年的身側，街道兩旁節日的氣氛濃重，熱熱鬧鬧的，吸引著素年的目光。

「看來，我的擔心是多餘的了。」劉炎梓忽地笑了，轉過頭看著素年亮晶晶的眼睛。

素年心裡微暖，她知道劉炎梓是在等自己，如果自己心情不好的話，他說不定會陪著自己直到心情好轉，這在上一世，可是標準暖男。更別說劉炎梓家境不錯，身上更是開始積攢功名，以他的才學，這次鄉試再中個舉人，劉老爺多花花心思，日後得個官不在話下。這樣的條件，得天獨厚，素年有自知之明，她一早就知道自己跟劉炎梓這種人不可能有更深刻的關係。那些小姑娘對她的仇視其實一點必要都沒有，光是身分，兩人就相差甚遠。門當戶對在古代是非常講究的，飛上枝頭變鳳凰的故事，也只能存在於故事裡。素年笑得淡然，別說她現在沒有任何感情方面的想法，就是有了，劉炎梓也不會是她心中的良配。

「多謝劉公子惦記，素年不過略懂醫術，承蒙府台大人厚愛，確實沒什麼好擔心的。」

劉炎梓眼神一顫，漸漸地將目光轉開。

「少爺、少爺！」這時，有名小廝滿頭大汗地向劉炎梓的方向擠了過來。「少爺，老爺請您趕緊回去一趟！」

劉炎梓點點頭，吩咐一旁的吳管家將素年主僕三人安全地送到家，然後跟素年致歉。

「行了，你快回去吧！」素年看著劉炎梓漸行漸遠的身影，心裡微微可惜。如果自己現在仍舊是沈府的千金小姐，沒準她就爭一爭了，可惜啊……

吳管家恭敬地站在素年身後。活了這麼多年，少爺的心思他要是一點都看不明白，也就白活了。不過吳管家也知道，這是非常難的，除非，這位沈姑娘願意放棄正室之位。

可是吳管家的眼睛也毒，他覺得沈姑娘是不可能屈居人下的，所以說，難啊……

「小姐您看，這個兔子燈做得可真漂亮！」

吳管家這裡正感慨著呢，素年主僕三人卻已經閒逛起來了。

街道兩邊有出售各種玩意兒的小攤子，小翠舉著一只做得活靈活現的兔子燈籠給素年看，素年二話不說就讓巧兒掏錢買下。

「小姐……我就看看而已……」小翠覺得不值，這一個小小的燈籠就要賣十文錢呢！她趕緊將燈籠放回去。

素年將兔子燈拿回來，塞到小翠的手裡。「喜歡就買！記住，特別是姑娘家，可不能虧待了自己。」

這句話素年常常掛在嘴邊，她也確實這麼做，小翠和巧兒在她那裡從來沒有被虧待過，吃的跟素年一樣，穿的跟素年差不多，每日還搗鼓各種美容養顏、強身健體的食物，加上定時的鍛鍊和針灸，巧兒的身子竟比來之前要好很多。

小翠知道素年的性子，既然是小姐給的，她也就不推辭了，拿在手裡舉著看，圓滾滾的小肚子，長長彎彎的耳朵，可愛極了。

三人就這麼慢慢地逛著，走累了就找了一家臨街的小攤子坐下。這裡有一種桂花蜜釀，有點像桂花酒釀，但酒味很淡，甜甜的，很好喝，連吳管家都被素年拉坐下來點了一碗。

攤子周圍的紅燈籠將這一片映得通透，素年還是第一次逛古代夜市呢！

正悠閒著，一陣嘈雜聲驀地傳來，吳管家迅速站起身，將素年三人護在身後。人群中傳出了尖叫聲，只見很多人轉身就跑，一時間街道上亂哄哄一片。

「沈姑娘，我們也趕緊離開。」吳管家雖不知道發生了什麼事，但還是建議道，並立刻護著她們也開始撤離。

素年在疾走中無意間回了一下頭，結果看到引起騷亂的，居然是一頭牛。不知道誰家的牛溜了出來，似乎被無處不見的燈籠迷亂了心智，這會兒正低著頭，銳利的兩隻角四處在掀翻攤子，而在離牠不遠的地上，一個兩、三歲的孩童愣站在原地嚎啕大哭。

可能是在動亂中跟父母親走失了，這麼點大的孩子看不見娘親，只懂得哭，小小的臉龐布滿了淚水，聲音卻將瘋牛的注意力吸引了過去。

素年停下腳步，抽過一旁布攤上的一塊布就迎了過去，也沒看清自己拿的是什麼顏色的布，那不重要，反正牛是色盲，什麼顏色在牠眼裡都是一樣的。

素年繞到孩童的旁邊，開始衝著牛瘋狂地抖動布，企圖吸引牠的注意力。

「小姐！」小翠和巧兒的聲音有些撕心裂肺，她們看到那頭牛，腿都軟了，小姐怎麼能健步如飛地過去挑釁？

原本注意力已經落到孩童身上的牛，開始注意到素年的舉動，一切抖動的物體在牠眼裡統統被認為是在挑釁，牠尖銳的角已經轉向了素年，腳下還開始一下一下地刨地。

在這個時候，孩童的娘親焦急地出現了，以驚人的速度衝過來，將仍舊在哭的孩子抱走，還不忘對著素年鞠上一躬。

那……現在該如何收場呢？素年的心在顫動，如果她能夠瀟灑地將這頭牛給制伏就太完美了，可實際上，她的小腿肚子也在打轉，她沒有鬥牛的經驗啊啊啊！

剛剛會站出來完全是下意識的行為，那麼一點點大的孩子要是被牛頂一下，絕對會腸穿肚爛慘死的，可素年現在想起來了，她好像也只是個半大的孩子啊！她剛剛才在宗廟裡發誓要好好活下去的，這還沒過多長時間呢，果然月神娘娘是靠不住的？

看著噴著粗氣就要朝著自己衝過來的瘋牛，素年表情僵硬，腦子裡一片混亂。怎麼辦？一會兒要往哪兒躲？她還沒有反應過來，自己手裡的布仍然在抖著……

「小姐——」

是小翠嚇得完全走調的聲音。牛衝過來了是嗎？她還沒有想好要往哪邊閃呢……不過也沒差了，不論想往哪兒閃，她都沒辦法移動腳步了。作孽啊，自己這世究竟幹麼來了？是不是就為了救剛剛那個孩子？原來她是來報恩的呀！

轟！素年的心神被驚了回來，她花了一點時間才看清楚眼前的狀況——剛剛那頭衝著自己猛撞來的牛，已經歪倒在一邊。站在她身前的，是一個彪形大漢，手裡抱著一根粗長的樁子，剛剛那一下，就是他用這樁子生生將一頭牛給頂了出去……這還是人嗎？

素年雖被救了，心裡卻在默默吐槽，這不科學啊！一個人拿一根木樁就能跟牛抗衡了？

「小姐……嗚嗚嗚……」小翠和巧兒撲過來，貨真價實的一把鼻涕、一把眼淚的，兩個小丫頭剛剛都被嚇傻了，這會兒還沒緩過來呢！

素年心不在焉地安慰著，卻不時地用餘光掃視著大漢的背影，有些眼熟呢……

「讓讓，都讓讓！」一隊衙役很快出現了。

林縣的治安還是不錯的，來的速度不算慢了。等他們看到牛倒在地上的慘狀，再看到大漢抱著木椿的舉動，立刻有人走了過來。

「魏捕頭……喔不，魏兄！」

素年想起來了！怪不得覺得眼熟，自己針灸過的身體她還是有點印象的。這次救了她的，就是那個離開了縣衙的魏捕頭啊！之前看著就五大三粗、孔武有力，沒想到還真對得起他那副身材。

魏捕頭顯然不大想跟他以前的同僚敘舊，將木椿隨意扔到旁邊便打算離開。

「哎，魏兄，好久不見，你仍然這麼冷淡啊？」衙役們帶頭的這位捕頭似乎跟魏捕頭之前有些過節，沒想這麼容易放他離開。

魏捕頭站住，面無表情地盯著他看，看得他一句話都說不出來。

素年在一旁差點沒拍手叫好，這種魄力簡直太懾人了，威武霸氣！

「多謝魏捕頭……呃……魏公子……呃……」素年想去道謝來著，可她發現這個稱呼有點問題。

「魏西。」

「多謝魏西大哥出手相救，小女子感激不盡！」

魏西點了點頭，轉身離開了。

「切！什麼東西？離開了縣衙以後，以為能做什麼？哼，喪家之犬！」

被魏西瞪到一言不發的捕頭在他離開後，好像忽然又會說話了，極盡唾棄之所能，末了還衝著魏西離開的方向唾了一口。

素年真想嘲諷一下，可是忍住了，不過，她忽然想到了一個好主意！

吳管家終於有驚無險地將素年主僕三人送到家，姑且稱之為安全，只是卻還多了一個人……這少爺要是問起來，算是安全呢，還是不安全呢？

玄毅將院門打開，一眼就看到了素年身後的魏西，這人他是認得的，還印象深刻，在自己小偷小摸的歲月裡，沒少跟這位捕頭打交道，最後只得儘量不在他的管轄範圍內犯事。

「來介紹一下，這位是魏西魏大哥，以後是我們院子裡的總護院了。玄毅，恭喜你高升了，現在是管家，大家鼓掌鼓勵一下。」素年敷衍地介紹，敷衍地祝賀，敷衍地拍手。今兒折騰了一個晚上，她就算是金頂電池也要沒電了。

玄毅一頭霧水，還沒弄懂什麼意思呢，素年就飄飄忽忽地回房去了。

小翠去伺候素年，巧兒則給魏西收拾房間。

外院一共就兩個空著的房間，其實可以讓魏西和玄毅兩個人用一間房，但素年覺得不大方便，所以乾脆一人一間，不過這樣一來，她們的小院子裡可是一點空餘的房間都沒有了。

累了一天，素年幾乎是挨了床就睡著了，夢裡自己抖著塊布，跟神經病一樣，對面站著的哪是牛啊，分明是劉炎梓俊秀的身影，只不過他一隻腳還在不停地刨地……

昨晚那個夢素年作得格外荒誕和艱辛，以至於第二天清晨她感覺就像沒睡一樣，死活賴在床上不肯起來，小翠用盡了招數，才將她拖起來梳洗。

「小姐，是您說一天之計在於晨的，這麼美好的時間浪費在床上多可惜呀！」小翠一邊給素年梳頭，一邊振振有詞。

素年心裡那個委屈啊！當初說這句話的時候，那是在忽悠其他人啊，怎麼小翠這麼死心眼呢？

祭月活動幾乎沒在素年心上留下啥印記，除了多出一些身家和一套頭面，她並無感觸。只是幾天之後，忽然有人送了一些銀子過來，說是奉了楊府台的命來送診金的，素年這才激動起來，她都忘了這事了！送銀子來的小廝趾高氣揚的，似乎受了某些人的指點，言語間壓根兒沒有敬畏，倒是有些挖苦的意思。可很不巧，這種態度在魏西面前還真橫不起來。魏西也沒做啥，很老套地只用眼睛瞪，愣是瞪得那人自己住了嘴，放下銀子就離開了。

「魏大哥果然英雄豪傑！」素年嘴裡嚼著小翠切好的水果，含糊不清地說著。

魏西也不謙虛，抓著一顆果子直接啃了一口，大大咧咧的作風跟一旁的玄毅呈鮮明對比。

素年想到自己那天心血來潮追過去，很嚴肅地跟魏西說，想請他來自己家裡做護院，魏西也是這麼一副大大咧咧、毫不在乎的表情，然後就出人意料地答應了，根本沒有問她自己會得到什麼樣的待遇。家裡多了一個人，開銷大了，可安全指數也增加了。

最開心的莫過於小翠了，她是親眼看見魏西擊退瘋牛的，魏西在她心裡的形象已經上升到偶像的地步了，整天魏大哥長、魏大哥短，恨不能拜師學藝才好。

這種待遇原本都是玄毅享受的，這會兒小翠轉移了目標，玄毅居然還有些不適應。

「擊退瘋牛而已……」玄毅狀似無意地感嘆。

魏西還沒反應呢，小翠就先跟打了雞血一樣。「你也能？真的嗎？對了，你跟魏大哥到底誰厲害呀？」

小翠這無心的一句疑問，讓魏西和玄毅互相對看了起來。

素年一看有門，她正好閒得慌，立刻就讓小翠和巧兒收拾東西清場。

「想知道誰厲害，比劃比劃不就行了？正好讓我們這些弱女子見識一下！」素年坐在屋簷下，旁邊有小翠剛洗好端上來的鮮果，一旁還有巧兒打扇，三個人眼睛炯炯有神，充滿興趣地盯著玄毅和魏西。

魏西的動作僵住了。這是什麼意思？比劃不是說不行啊，可哪家姑娘這麼愛湊熱鬧的？

玄毅則是經驗老道，他早已經習慣素年奇怪的行事方式了，認命地開始擺起了架勢。

「請指教。」

魏西一看，也並不矯情，抱了個拳就衝了上去。

抬腿橫掃，魏西和玄毅的腿猛烈地踢到一起，然後急速分開，接下來素年就看不大真切了，只能看到兩人你來我往、拳打腳踢，虎虎生風。

魏西原本輕慢的眼神漸漸凝重了，眼前這個小子的身手居然不錯，他開始認真起來，出手也越來越快，越來越刁鑽有力。

玄毅漸漸有些不支了，對付混混之類的，他還不放在眼裡，可面對魏西，他覺得自己已經盡力了，卻還是很快出現要落敗的跡象。
砰！玄毅的身子跌出去。
魏西並沒有乘勝追擊，勝負已分，他看向玄毅的眼神卻是十分讚賞。「能在我手裡堅持這麼久，你很不錯。」
玄毅原本是個多傲嬌的人啊，這會兒怎麼著也該有些惱怒和不甘的情緒才對，但他卻發現，難道是跟素年接觸久了，他的想法也奇特了起來？他現在最大的感想竟是，還好那個時候自己聰明，早就看出了魏西厲害而躲著他，要不然，說不定已經被抓起來十次八次了！
「精彩！漂亮！」素年在一旁拚命鼓掌，這可不是看電視，是活生生在她眼前比武啊！雖然沒有華麗的特效，但真材實料，讓她異常的安心，這個護院沒有請錯！
「魏大哥，我能問你件事嗎？」
「請講。」
「你為何會答應做我們的護院？原本我還不自量力地以為自己是給你提供了一個不愁吃喝的環境，但現在我不這麼想了。以魏大哥你的身手和本事，根本就不愁找不到合適的地方啊！」素年想弄清楚，她對魏西的身手很滿意，可人家對她滿不滿意就難說了。要是她有魏西的本事，還行什麼醫啊？去賭場看看場子就能收到不菲的報酬了。
「沒什麼，妳請了我而已。我這人喜歡長久，只要主家不辭退我，我就會一直待著。」
素年點了點頭，有他這句話就夠了。魏西的性格應該不是朝三暮四的人，當然，如果以後有更好的去處，素年也不會攔著他的。

第三十一章 快馬急信

「小姐，謝大夫有段日子沒來了吧？」一日，小翠正繡著花樣時，忽然抬頭問道。不習慣了，以前謝大夫可是每日必要出現一會兒的。

「謝大夫去外地出診了，那天來跟小姐說的，小翠姊姊妳正好不在。」巧兒笑盈盈地說，她手裡正繡著一件衣衫，是給素年繡的。

也不知道為什麼，自從看過小姐盛裝打扮後，巧兒覺得什麼衣服都配不上小姐的樣子，於是她絞盡腦汁，還徵求了素年的意見，決定以後都要給小姐親手做衣衫！

小翠點點頭，原來是這樣，她還以為謝大夫膩煩了呢。那麼一位老大夫，每次見到小姐都誠懇地叫著師父，小翠不是謝林，根本不知道他的心情。

這時玄毅忽然出現在院外，說是門口有孫府的小廝求見。

「孫府？哪個孫府？」

「莫非是城東的那家？」

城東、城西素年不知道，不過既然來了，她也就打算見見。

「見過沈娘子。」孫府的小廝異常的客氣，先是毫無意義地客套了一番，然後才說明來意。「是這樣的，我家少爺最近身子有些不適，聽聞沈娘子醫術過人，更是醫治好了楊府台千金的身子，故特意差我前來，想請沈娘子去瞧上一瞧。」

這麼快就有生意了？素年覺得有些不真實，她那天跟小翠說以後找她看病的人可能會多，這話有九成純粹是自我安慰，畢竟她才十二、三歲啊！這麼小的年紀，除了讓有名望的人強烈推薦，比如謝大夫；或者單純地找茬，比如楊鈺婉，誰腦子有洞會主動來找她？

「不知府上的孫少爺可曾找其他大夫看過？」

「回沈娘子的話，並不曾。少爺只是有些頭疼，還請沈娘子移步，前去診治。」

孫府的小廝極力地懇請素年前往，並說馬車就停在門口，少爺的頭疼有些嚴重，請沈娘子務必不要耽擱了。

行吧，雖然素年總覺得有些蹊蹺，但既然人家請自己去，她就去一趟吧！

這個孫府，果然是城東的那家。據巧兒介紹，又是一有錢的主。這位孫少爺也屬於「富二代」，整天不務正業、喝酒取樂，跟梁珞是一類人。但這位孫少爺跟梁珞也不同，他雖然也不求上進、不思進取，可他居然還是有些學問的。

素年想起來了，她說呢，怎麼聽起來這麼熟悉，原來在祭月活動上自己見過的，不就是畫出水墨芙蓉山水圖讓他們題字的那位？這下素年更不確定孫少爺的頭疼是否是正常範疇內的頭疼了，難道也是一位閒得發慌的公子找樂子的行為？

孫府的景致說起來並不比劉府差，可總是缺一些什麼，讓人看上去就生出一種財大氣粗的感覺，特別是那些有意堆砌起來的名貴山石，光體現價值而已。

跟著小廝一路往裡走，來到一座庭院的門口，老遠就能聽到裡面一陣陣女子的哭聲——

「兒啊……這可怎麼得了啊！你別嚇娘啊！大夫呢？大夫怎麼還不來？」

素年動作隱秘地摸了摸手臂上的汗毛孔。

小廝趕緊跑進去。「夫人，大夫請來了！」

「還不趕緊讓人進來！」

素年深吸了一口氣，帶著小翠和巧兒，鎮定地走了進去。

來到孫少爺所在的房間，素年繞過巨大的屏風，瞧見了躺在床上、額上綁著防風邪的白色布條的孫少爺，和坐在他床邊，用一方絲帕不停抹眼淚的孫夫人。一見她進來，孫夫人的哀嚎聲就停止了，素年估計是驚嚇的，因為孫夫人的嘴巴還張著，明顯是吃驚的神情。

「這……不是說去請大夫了嗎？」

「回夫人，這位就是大夫，沈娘子。」

孫夫人仍然沒回過神。這也能叫大夫？她看上去還沒有自己兒子大呢！不行不行！「你怎麼做事的？去，去同仁堂請大夫去！」孫夫人並沒有看素年第二眼，完全沒將她當回事。

「娘，是我叫觀言去請沈娘子的。娘您不知道，這沈娘子可是楊府台親口稱讚的呢！」

孫少爺立刻解釋道，並對觀言使了個眼色，觀言慢慢地退了出去。

孫夫人一聽這話，又轉過臉來看向素年，只是眼睛裡的懷疑並沒有消退。

素年也知道讓她立刻相信自己不大可能，於是只是笑，並沒有解釋什麼。孫少爺的精神狀況很好，一點都不像那個小廝形容的頭疼欲裂的樣子，真不知道這位孫夫人因為什麼哭得那麼肝腸寸斷？

「娘，沈娘子之前還將劉炎梓劉兄的眼疾給治好了呢！不信您可以去打聽打聽，大家都知道的。」

「喔？是這樣嗎？」剛剛還懷疑不已的孫夫人，忽然眼睛就睜大了。「果然是醫治好了劉公子的眼疾？」

素年點點頭。

「如此就有勞沈娘子了！」

素年咋舌，這劉炎梓的魅力不小啊！怎麼，難道他其實是林縣的大眾偶像？孫夫人居然起身給自己讓地方了！

素年走過去的時候，孫少爺似乎忽然想起來自己現在應該要頭疼才對，臉上的表情一下子糾結起來，成功惹出孫夫人的又一陣悲戚。

太不專業了！素年在心裡暗想。估計這演技也就能唬唬疼他的娘親了，一點技術含量都沒有，說實話，還不如楊鈺婉來得真實。

「哎喲，沈娘子妳可得救救我，我這頭也不知怎麼的，疼得不行啊……」孫少爺演技浮誇，一手撫著頭哀鳴起來。

素年循規蹈矩地開始診脈，強健有力的脈搏讓她心中一陣無語，偏偏又不能直白地跟孫夫人說「妳兒子可能是腦殘」，愁得她秀氣好看的眉毛都皺了起來。

「沈娘子，是不是、是不是睿兒他……不好了？」看到素年皺眉，孫夫人的身子晃了晃，差點倒下去。一旁的丫鬟眼明手快地將她扶住，孫夫人硬是忍著眼淚，故作堅強地跟素年詢問情況。

真是……作孽啊！素年搭在孫少爺脈搏上的手下意識地加重了力道。讓自己母親露出這種表情，只是因為好玩嗎？她忽然憤怒起來。

「孫夫人請安心，令公子的病無大礙，只是有些心火亢盛、濕熱中阻，容我開一副藥方即可。」素年款款站起來，臉上是安慰的笑容。

孫夫人立刻長舒一口氣，臉色卻仍舊蒼白。

一旁的小翠讓人取來筆墨，素年開始寫她的藥方了。

「黃連七錢，水一盞半，煎成一盞，溫服，可治療心經實熱。」素年一邊寫一邊直接唸了出來，然後將方子交給孫府的下人，讓他們抓藥去。

那邊的孫少爺本還捂著頭呢，聽到素年的話一下子就不哼唧了。他自己知道自己得了什麼病，可不就是相思鬧的嗎！祭月活動上一遇，沈素年的倩影就一直在他眼前揮之不去，自己的那幅水墨芙蓉圖和素年題詞的紙張又都被梁珞給誆走拿去做人情了，可素年題的那首詩卻早已刻在了他的心裡，他心裡癢癢啊！特別是在祭拜的時候又瞧見沈素年嬌豔的樣子，那更是抓心撓肺。

後來，楊府台請素年去給他的女兒瞧病，然後又客客氣氣地道謝，讓孫少爺一下子見到了曙光。這不還沒過多久，他就開始實施了。也就是想見素年一面，卻沒想到素年居然真給他開了藥方，還是黃連！孫少爺這回是真愁了，他不要啊，黃連那個味道……自己的娘親他是知道的，一點都見不得自己的身體有個什麼問題，回回喝藥都要看著他喝下去，他一有不想喝的打算，那就是一頓眼淚伺候！他忽然覺得後悔了。

「沈娘子，我的頭似乎有些不那麼疼了……」孫少爺冥思苦想，硬著頭皮假裝忽然好了的樣子。

素年面不改色地說：「那是因為孫少爺的心熱並不嚴重，不過還是要吃藥，免得日後又再頭疼。」

「對的對的！睿兒，要聽大夫的話。」孫夫人聽兒子說好了許多，立刻主觀地覺得這都是素年的功勞。

天知道素年啥都沒做，只是用黃連恐嚇了一下而已。

孫少爺的臉一下子皺成了苦瓜，這沈娘子真不好說話，她莫不是故意的？可不對啊，自己並沒有得罪她的地方，請她來看個不存在的病，自己說治好了也只會讓她的醫術更受到肯定，她這是為什麼呢？

其實現在已經沒素年什麼事了，孫夫人讓人取來了診金，她這會兒應該離開的，可素年卻不著急，她要親眼看到孫少爺因為這種無聊的把戲受到懲罰。

前世自己強忍著痛楚，將自己的大腿都掐得青一塊、紫一塊，就是為了不讓父母看到自己難受的樣子而傷心，這孫少爺真是欠教訓，有娘親這麼疼愛他，他居然一點都不心疼？

孫府下人們的動作倒是利索，很快地，藥汁就被端了上來。

素年盯著那碗泛著苦氣的藥汁，不動聲色地站在一邊。

孫夫人親手接了過去，微微地吹涼，然後遞到孫少爺的手裡。

孫少爺這次是真頭疼了，他都要哭了，這真的不在他的計劃之內啊！他有心想要跟自己娘親撒撒嬌，糊弄過去，可素年又在一旁盯著，這……

「有些燙，還是放涼些再喝吧。」孫少爺抿著嘴，就要將手裡的碗放到一旁。

「孫公子，良藥苦口，況且這本來就是要溫熱著喝的。」素年的聲音及時響起，柔柔婉婉，很是好聽。

只是這會兒孫少爺就沒那個心情欣賞了。

孫夫人聽到素年這話，立刻又將碗拿過來，直接送到他的嘴邊。「睿兒聽話，趕緊喝了藥，不然娘這心裡總也不踏實。」說著，孫夫人的眼眶就又要紅了。

孫少爺欲哭無淚，那黃連湯一陣陣的苦氣聞得他幾欲作嘔，這玩意兒真是人喝的東西？

「沈娘子，您府上有人來找。」這時，門外有小廝的通報聲傳來。

素年一聽，也顧不得看人笑話了，急忙跟孫夫人打了招呼，匆匆離開了房間。只不過走之前，她還很「善意」地提醒了一下，這藥啊，一定得趁熱喝呢！

來孫府找素年的是玄毅，他說有謝大夫的信要給她，而且送信的人似乎很著急，所以他才匆匆來這裡。

玄毅已經僱好了馬車在門口，等她們上了車，素年趕緊拆開了謝大夫的信。

謝大夫人還在青善縣，那是一個比林縣又要大上許多的縣城，謝大夫這次接診的患者是一個老人家，天氣悶熱，老人因為一些事情，情緒一激動，就倒了下去。謝大夫說，這位老人家的症狀跟巧兒的娘那時候差不多，話也說不清楚，大半的身子已不能動彈，而且長時間在昏迷中，他便想著要用素年之前針灸的方法來醫治，可當他正想要施針的時候，卻被人攔住了，說他是「不知道從哪兒跑出來的鄉野大夫」！謝大夫氣不過，就將巧兒娘的病例說出來，結果那人仍舊是一臉不屑，並且放言，要是謝大夫執意用這種方式的話，那老人家撐不了多少時候，謝大夫這才想請素年走一趟。

素年將信放下，心想，還好有人將謝大夫攔住了，她看信居然看出一身冷汗！

巧兒娘跟這位患者最大的不同，是她當時並沒有出現意識障礙，也就是神智還是清醒的，是中經絡型腦中風；而這位，已經出現長時間昏迷，估計也有頭痛、頭暈和其他症狀，這分明是中腑臟中風，也就是腦出血。情緒激動，年紀也大了，血壓增高，很容易腦出血的。

這跟巧兒娘看似差不多，其實並不一樣，一個是腦梗塞，一個是腦出血，治療的方法也必然不同。素年著急起來，這趟青善縣，看來她是必須要去了。

回到家裡，素年將情況說了一下，就讓小翠和巧兒去整理行囊。

「魏大哥，這段時間，家裡就拜託你了。」

素年打算帶玄毅和兩個小丫頭上路，有玄毅在，她們心裡也踏實點。

「沈姑娘放心。」

玄毅一言不發地出門，等素年她們收拾好，門口已經停著玄毅找來的馬車。

素年暗自點頭，玄毅雖說在來到她們這裡之前的生活經驗只有混吃混喝、小偷小摸，可這少年人聰明，也好學，既然做了人家的護院，現在又成為了管家，便潛移默化地在學習自己應該做的事情，雖然有時候做得並不出色，譬如這輛馬車僱得不夠舒服，到青善縣的路可不近啊！但，他至少已經儘量在努力了。

還是小翠機靈，連忙轉身進院子，又拿了幾個軟墊出來，然後幾人才上了車。

「小姐，謝大夫說的那個病人，跟我娘是不同的病嗎？」

素年靠在軟墊上，說：「可以這麼說。妳娘的病，是因為缺血阻塞所致，而謝大夫說的這位，則是因為出血的原因。」素年說得很含糊，因為說深了巧兒也不一定能理解。她之前在跟謝大夫討論醫術的時候，一度很艱難，斟詞酌句地絞盡腦汁才能溝通起來，所以她現在學乖了。

巧兒似懂非懂地點點頭，感嘆了一遍「小姐真厲害」，然後就跟小翠離題了。

林縣到青善縣的路程並不近，他們晚上還需要找地方住，好在中途有一個小鎮子，裡面有客棧，這才免了他們連夜趕路或是露宿荒野。

雖然小翠拿了軟墊，可這麼長時間坐下來，素年覺得臀部以下都已經麻木了，不管換多少個姿勢，都極度不舒服。

「還有多久啊……」巧兒給素年輕輕揉著腿，口中喃喃地抱怨。

小翠將簾子掀開一個口，腦袋探了出去。「楚大哥，還有多久啊？」

「快了，今晚應該能到。」玄毅早跟車夫打聽好了。

「今晚啊……」小翠的頭又縮了回去。小姐估計會撐不住的，想到這兒，她又將簾子掀開了。「楚大哥，要不你講個笑話？」

玄毅望向遠方的目光一呆，然後慢慢地挪回來。講個什麼？小翠這是什麼思路？

「小姐無聊了嘛！我和巧兒每次無聊的時候，小姐都會逗我們開心的，可我們兩個太笨了，也想不到什麼能逗小姐開心，楚大哥你那麼厲害，一定知道怎麼做的！」

玄毅面無表情地看著一臉期待的小翠。他厲害在哪裡？是之前討生活的經驗豐富嗎？要不要講一段如何智鬥酒樓老闆吃霸王餐的故事？

小翠還是很會看人臉色的，見玄毅的臉色有發黑的跡象，便慢慢地將頭縮了回去。要逗小姐開心，還是靠她和巧兒吧。等小翠進了車廂，卻看到素年一邊忍著不適，一邊又憋不住想笑的表情。「小姐？」

素年擺了擺手。小翠太天才了！讓玄毅說笑話？她怎麼想出來的？

晚上，四人終於到了青善縣。這麼晚了也不好去找謝大夫，素年便找了一家客棧，豪爽地開了四個房間，嚴厲拒絕小翠和巧兒要就近服侍她的要求，遊魂一般地進了房間，撲在床上就睡了。全身的肌肉都僵硬痠痛，素年覺得她要是再不好好休息一下，人會崩潰的。

臨睡前，素年忽然想起來，她之前想要春日踏青、夏日賞花、秋日遊湖、冬日玩雪的計劃，還是要再慎重考慮一下才行，在古代，旅遊似乎並不是一件美好的事情啊……

——未完，待續，請看文創風341《吸金妙神醫》2

2015年10月出版

吸金妙神醫

文創風 340～345

他知她、懂她，可她卻避他、逃他，
只因為面對他時，她的情緒極易波動，
她曉得這代表了什麼，所以始終不願正視啊……

嗔癡愛恨　化作一聲嘆／微漫

前世她拖著病重的身子，年紀輕輕就蒙主寵召，
幸好上天垂憐，給了她重生，但……重生就好了，為啥還得穿越呀？
她是不奢求穿成大富大貴啦，可穿成個窮得快死的小姐是哪招？
日子都這樣緊巴巴的了，據說之前的「小姐」還要求吃好的、喝好的，
虧得小丫鬟自己省吃儉用的，要不她們主僕倆早餓死在院子裡啦！
這樣下去不行，她難得中大獎獲得重生，豈能活活餓死？那簡直太虧了啊！
伙食問題無論如何都得先改善才行，家裡沒錢，那就賺唄！
上山採藥、做女紅兒售、出門猜謎贏賞金，只要能掙錢，她是來者不拒的，
她想買間大宅子，養一批奴僕護院伺候著，整天舒舒服服地過日子，
而要想實現這種生活，就得趕緊賺錢，賺大大的錢才是正經的啊！
雖說她真的沒啥生存技能，可她不還有一手針灸好本事嗎？
即便醫娘的身分卑微，還有男女之防的禮教大帽子在那兒，
但她是誰？她沈素年骨子裡那就是個現代到不行的現代人啊！
這些不過是雞毛蒜皮大的小事罷了，壓根兒都難不倒她的，
在她這個大夫面前，沒有男女之分，亦無性別之異，看到的就是一團肉啊～～

流浪貓狗介紹所

為流浪貓狗加油 和貓寶貝 狗寶貝 廝守終生(一定要終生喔！)的幸福機會

對人來說，貓寶貝狗寶貝只是生活的一部分，但妳（你）對牠們來說，卻是生活的全部，領養前請一定要考慮清楚——

▲ 活潑乖巧的帥哥小黑！

性　　別：小男生
品　　種：米克斯
年　　紀：大約3、4個月大
個　　性：活力十足
健康狀況：已結紮，已施打第一劑預防針，也有體內驅蟲
目前住所：屏東縣九如鄉（中途之家）

本期資料來源：http://www.meetpets.org.tw/content/61330

『小黑』的故事：

與小黑相遇在某個下雨的午後。那時在路邊停車，看到想躲雨的牠不停被人用棍子驅趕，只因為牠身上多處掉毛，被認為會帶來跳蚤。看到牠已然被逼到角落的盆栽堆躲起來，但驅趕的人依然不放棄，執意拿著棍子在一旁等牠出來。我跟先生看不下去，只好先用紙箱將牠帶走，以免牠繼續被打。

大概知道我們是來救牠的，在我們抓起牠時，小黑完全沒掙扎。讓我們不禁慶幸，還好牠沒因為被排斥嫌惡而失去對人的信任。回程路上，牠可能累了，更是一直乖乖待在箱子裡睡覺，不吵也不鬧。

剛撿到牠時，牠患有脂漏性皮膚炎，全身的毛幾乎掉了一半以上，是名符其實的癩痢狗。不過除此之外，小黑健康狀況良好，並無其他問題。而經過幾個星期的治療後，皮膚炎就幾乎痊癒了，毛髮恢復牠應有的烏黑亮麗。然而由於家住大樓，且已有一貓，還有一個一歲多小孩和即將卸貨的孕婦，讓我們無暇照顧牠。於是目前只能先將牠安置在熟識的動物醫院中。

我們如果有空都會去帶牠出門散步放風。小黑個性活潑，也正是好動的年紀，所以吃飯很急，幾乎餐餐秒殺。不過帶牠散步還算輕鬆，只要有牽繩牠就會乖乖跟人走，相信只要好好訓練，牠會是很適合相伴的小家人。近期便會帶牠去中途之家，衷心希望帥氣活潑的小黑能等到有緣人，給牠一個溫暖的家。有意者，歡迎來信wupingho@seed.net.tw(何小姐)。

認養資格：

1. 認養者須年滿20歲，有獨立經濟能力，並獲得家人與同住室友或房東的同意。
2. 學生情侶或單獨在外租屋的學生，須提出絕不棄養的保證。
3. 同意送養人後續之追蹤探訪，希望偶爾能照相讓送養人看看，對待小黑不離不棄。

來信請說明：

a. 個人基本資料：姓名、性別、年齡、家庭狀況、職業與經濟來源等。
b. 想認養「小黑」的理由。
c. 過去養寵物的經驗，及簡介一下您的飼養環境。
d. 若未來有當兵、結婚、懷孕、畢業、出國或搬家等計劃，將如何安置「小黑」？

吸金妙神醫 1

國家圖書館出版品預行編目資料

吸金妙神醫 / 微漫著. --
初版. -- 臺北市 : 狗屋, 2015.10
冊 ; 公分. --(文創風)
ISBN 978-986-328-509-0(第1冊：平裝). --

857.7　　104016085

著作者	微漫
編輯	黃淑珍
校對	黃亭蓁　蔡佾岑
發行所	狗屋出版社有限公司
地址	台北市104中山區龍江路71巷15號1樓
電話	02-2776-5889～0
發行字號	局版台業字845號
法律顧問	蕭雄淋律師
總經銷	知遠文化事業有限公司
電話	02-2664-8800
初版	2015年10月
國際書碼	ISBN-13　978-986-328-509-0
原著書名	《素手医娘》，由起點女生網（www.qdmm.com）授權出版

定價250元

狗屋劃撥帳號：19001626

網址：love.doghouse.com.tw　E-mail：love@doghouse.com.tw